愿你仍在来时路，从未 有过孤独

季羡林 周国平 毕淑敏 等 著

梁小琳 选编

长江出版传媒 长江文艺出版社

图书在版编目（CIP）数据

愿你仍在来时路，从未有过孤独 / 季羡林等著；梁小琳选编. -- 武汉：长江文艺出版社，2021.6
（"她阅读"经典散文系列）
ISBN 978-7-5702-1489-1

Ⅰ.①愿… Ⅱ.①季… ②梁… Ⅲ.①散文集－世界
Ⅳ.①I16

中国版本图书馆 CIP 数据核字(2020)第 107752 号

责任编辑：程华清　孙　琳　　　　　责任校对：毛　娟
封面设计：壹　诺　　　　　　　　　责任印制：邱　莉　杨　帆

出版：长江出版传媒　长江文艺出版社
地址：武汉市雄楚大街 268 号　　　　邮编：430070
发行：长江文艺出版社
http://www.cjlap.com
印刷：湖北新华印务有限公司

开本：880 毫米×1250 毫米　　　1/32　　印张：8.75
版次：2021 年 6 月第 1 版　　　　2021 年 6 月第 1 次印刷
字数：191 千字

定价：36.00 元

愿你
仍在来时路，
从未有过孤独

她阅读

Never
Hao
Loneliness

她阅读 · 旅行卷

第一章 烟雨碎梦

第二章 小城逸情

Never Had Loneliness

她阅读·旅行卷

目录

第三章　澄澈世界

第四章　四季幽香

第五章　域外留荧

第六章　万古山河

都说青山悦目，其实沉积了冬雪的白山也是悦目的。白山看上去有如一只来自天庭的白象。

你仍在西湖，在千山万水间自在地观风望月并且
读着圣贤书，想天下事，与万千世人摩肩接踵。

蹄声远逝，云雾缭绕，寒风吹彻。这清简浩大的
凉意，在白鹭与云雾沆瀣一气的野岭，适合我们
在此楼远眺。

我能忘记那初春的睥睨吗？曾经有多少个清晨我独自冒着冷去薄霜铺地的林子里闲步——为听鸟语，为盼朝阳，为寻泥土里渐次苏醒的花草，为体会最微细最神妙的春信。

河对岸北面的山坡高而缓，绿茸茸的，有一小片树林寂静地栖在半坡上。顺着那儿一直爬到坡顶的话，会发现坡顶上又连着一个坡。继续往上爬的话，在尽头又会面对另一面更高的坡体……如巨大的台阶一般，没完没了地一级一级隆起在大地上。

我曾做过树我曾做过鸟。我曾做过金色的麦穗和蓝色的矢车菊。
我做过乌云铁青色的边缘，我做过鲤鱼水泡似的眼睛……

就我个人而言，更喜欢小火车游览的这程。并非钟情代表现代文明的动力车组，是钟情于穿行在古老的地质年代，那灵魂漫卷浩瀚的苍凉。

愿你
仍在来时路，
从未有过孤独

她
阅
读

Never Had Loneliness

她阅读·旅行卷

第一章 烟雨碎梦

下雪了 我的世界

她阅读·旅行卷

迟子建

　　我之所以喜欢回到故乡，就是因为在这里，我的眼睛、心灵与双足都有理想的漫步之处。从我的居室到达我所描述的风景点，只需三五分钟。我通常选择黄昏的时候去散步。去的时候是由北向南，或走堤坝，或沿着河岸行走。如果在堤坝上行走，就会遇见赶着羊群归家的老汉，那些羊在堤坝的慢坡上边走边啃噬青草，仍是不忍归栏的样子。我还常看见一个放鸭归来的老婆婆，她那一群黑鸭子，是由两只大白鹅领路的。大白鹅高昂着脖子，很骄傲地走在最前面，而那众多的黑鸭子，则低眉顺眼地跟在后面。比之堤坝，我更喜欢沿着河岸漫步，我喜欢河水中那漫卷的夕照。夕阳最美的落脚点，就是河面了。进了水中的夕阳比夕阳本身还要辉煌。当然，水中还有山峦和河柳的投影。让人觉得水面就是一幅画，点染着画面的，有夕阳、树木、云朵和微风。微风是通过水波来渲染画面的，微风吹皱了河水，那些涌起的水波就顺势将河面的夕阳、云朵和树木的投影给揉碎了，使水面的色彩在瞬间剥离，有了立体感，看上去像是一幅现代派的名画。我爱看这样的画面，所以如果没有微风相助，水面波澜不兴的话，我会弯腰捡起几颗鹅卵石，投向河面，这时水中的画就会骤然发生改变，我会坐在河滩上，安安静静地看上一刻。当然，我不敢坐久，不是怕河滩阴森的凉气侵蚀我，而是那些蚊子会络绎不绝地飞来，围着我嗡嗡地叫，我可不想拿自己的血当它们的晚餐。

在书房写作累了，只需抬眼一望，山峦就映入眼帘了。都说青山悦目，其实沉积了冬雪的白山也是悦目的。白山看上去有如一只只来自天庭的白象。当然，从窗口还可以尽情地观察飞来飞去的云。云不仅形态变幻快，它的色彩也是多变的。刚才看着还是铅灰的一团浓云，它飘着飘着，就分裂成几片船形的云了，而且色彩也变得莹白了。如果天空是一张白纸的话，云彩就是泼向这里的墨了。这墨有时浓重，有时浅淡，可见云彩在作画的时候是富有探索精神的。

无论冬夏，如果月色撩人，我会关掉卧室的灯，将窗帘拉开，躺在床上赏月。月光透过窗棂漫进屋子，将床照得泛出暖融融的白光，沐浴着月光的我就有在云中漫步的曼妙的感觉。在刚刚过去的中秋节里，我就是躺在床上赏月的。那天浓云密布，白天的时候，先是落了一些冷冷的雨，午后开始，初冬的第一场小雪悄然降临了。看着雪花如蝴蝶一样在空中飞舞，我以为晚上的月亮一定是不得见了。然而到了七时许，月亮忽然在东方的云层中露出几道亮光，似乎在为它午夜的隆重出场做着昭示。八点多，云层薄了，在云中滚来滚去的月亮会在刹那间一露真容。九点多，由西南飞向东北方向的庞大云层就像百万大军一样越过银河，绝大部分消失了踪影，月亮完满地现身了。也许是经过了白天雨与雪的洗礼，它明净清澈极了。我躺在床上，看着它，沐浴着它那丝绸一样的光芒，感觉好时光在轻轻敲着我的额头，心里有一种极其温存和幸福的感觉。过了一会儿，又一批云彩出现了，不过那是一片极薄的云，它们似乎是专为月亮准备的彩衣，因为它们簇拥着月亮的时候，月亮用它的芳心，将白云照得泛出彩色的光晕，彩云一团连着一团地出现，此时的月亮看上去就像一个巨大的蜜橙，让人觉得它荡漾出的清辉，是洋溢着浓郁的甜香气的。午夜时分，云彩全然不见了，走到中天的明月就像掉入了一池湖水中，那天空竟比白日的晴空看上去还要碧蓝。这样一轮经历了风雨和霜雪的中秋月，实在是难得一遇。看过了这样一轮月亮，那个夜晚的梦中就都是光明了。

　　我还记得 2015 年正月初二的那一天，我和爱人应邀到城西的弟弟家去吃饭，我们没有乘车从城里走，而是上了堤坝，绕着小城步行而去。那天下着雪，落雪的天气通常是比较温暖的，好像雪花用它柔弱的身体抵挡了寒流。堤坝上一个行人都没有，只有我们俩，手挽着手，踏着雪无言地走着。山峦在雪中看上去模模糊糊的，而堤坝下的河流，也已隐遁了踪迹，被厚厚的冰雪覆盖了。河岸的柳树和青杨，在飞雪中看上去影影绰绰的，天与地显得是如此苍茫，又如此亲切。走着走着，我忽然落下了眼泪，明明知道过年落泪是不吉祥的，可我不能自持，那种无与伦比的美好滋生了我的伤感情绪。三个月后，爱人别我而去，那年的冬天再回到故乡时，走在白雪茫茫的堤坝上的，就只是我一人了。那时我恍然明白，那天我为何会流泪，因为天与地都在暗示我，那美好的情感将别你而去，你将被这亘古的苍凉永远环绕着！

　　所幸青山和流水仍在，河柳与青杨仍在，明月也仍在，我的目光和心灵都有可栖息的地方，我的笔也有最动情的触点。所以我仍然喜欢在黄昏时漫步，喜欢看水中的落日，喜欢看风中的落叶，喜欢看雪中的山峦。我不惧怕苍老，因为我愿意青丝变成白发的时候，月光会与我的发丝相融为一体。让月光分不清它是月光呢还是白发；让我分不清生长在我头上的，是白发呢还是月光。

　　几天前的一个夜晚，我做了一个有关大雪的梦。我独自来到了一个白雪纷飞的地方，到处是房屋，但道路上一个行人也看不见。有的只是空中漫卷的雪花。雪花拍打我的脸，那么凉爽，那么滋润，那么亲切。梦醒之时，窗外正是沉沉暗夜，我回忆起一年之中，不论什么季节，我都要做关于雪花的梦，哪怕窗外是一派鸟语花香。看来环绕着我的，注定是一个清凉而又忧伤、浪漫而又寒冷的世界。我心有所动，迫切地想在白纸上写下一行字。我伸手去开床头的灯，没有打亮它，想必夜晚时停电了；我便打开手机，借着它微弱的光亮，抓过一支笔，在一张打字纸上把那句最能表达我思想和情感的话写了出来，然后又回到床上，继续我的梦。

那句话是：我的世界下雪了。

是的，我的世界下雪了……

鞑靼荒漠

地阅读·旅行卷

李修文

每天黄昏，我结束写作，对着窗外喊一声他的名字，他就会欢快地答应着，穿过二十多只孔雀，朝我住的吊脚楼狂奔过来。他不会跑进我的房间，而是怯生生地站在窗口，看着我收拾好桌子上的杂物，他的嘴唇动了几次，终于没能说出话来，最后，看我收拾好了，他才带着慌乱和一丝雀跃指着远处说："你看！"

有时候我会看，有时候我就不看。太阳底下并无新事，何况我来这被群山与大水阻隔的荒岛上已经足足一月，不用抬头我也早已熟知他一再对我指点的那些事物：无非是野猫追赶着三两只鸟雀奔入丛林，远处江面上的一只小木船在漩涡里打转；无非是，登高望远，拨云见月，孔雀开屏，豌豆开花。是啊，它们存在，甚至正在发生，但它们不会带领我离开此刻的荒岛，最终我们尚需在各自的世界里痴呆、受苦和癫狂，借我一双翅膀，我也飞不进豌豆花的花蕾。

我更愿意和眼前的他散步，从岛上下来，下六百多级台阶，在乱石丛中没有目的地往前走。经过大大小小十几个船坞，天色黑了下来，那时我们再折回。山区之夜星光明亮，他就忍不住在星光下歌唱，刚唱了一句，便把余下的歌词硬生生吞了回去，他应该是羞涩地偷看了我一眼的，但是夜幕深重，我们都看不清对方的脸。

哪怕看不清脸，他也是我的小弟兄。尽管他瘦，他胆怯，他只有十五岁，他是来自安徽的童男子。

他的名字叫莲生。

奇迹发生在涨水之夜，我们照常散步到了很远，回来的路上，仍然一前一后地走着，耳边一直回响着江水拍打防浪堤的声音。突然，莲生大声唱了起来，我诧异地回头，但他全然不理会我，面朝江水，中了魔障一般使出全身力气，不光我受了惊，就连一艘原本在夜幕下沉静航行的机动船上也亮起了电灯，两个渔夫从灯火下现出身影朝岸边不断张望，他们说不定还以为这里要发生凶案。而我，干脆就被这突如其来却没有理由的歌声震动得不知所以，刹那间，我手足无措，忘记了眼前的人又是谁，也不知道他想做什么。如果我没记错，上次听见这样的嗓音和歌声还是在山西，在让人怀疑一辈子也走不到头的焦渴群山之中。

我等待了一阵子，莲生终于唱完了，我们继续深一脚浅一脚地朝前走，没有说话，耳边回响的仍然只有江水的拍打声，我不曾问他突然唱起来的原因，但我知道，就在他歌唱之时，我莫名其妙地想起了中学操场上的荒草、电台里播放的京剧和几段难堪直至不堪的往事；最后，散步结束，在我住的吊脚楼前，看得出来，莲生是想了又想，终了，他还是告诉我："我其实和那本书中的人也差不多。"

这是我带到荒岛上来的唯一一本书，意大利作家扎内第（应该是 Dino Buzzati 布扎蒂）所著：一个年轻的军人接到命令，前往与敌国交界的北方荒漠等待伏击敌人，殊不料，终其一生他也没见到自己的敌人是什么样子，在没有敌人的战场上，他能做些什么呢？他只好迷恋上了枯燥，并且一再告诫自己要相信"等待是必要的"，就这样，年华老去，直至最后被他的同胞如此宣告死亡："他和我们一样，都没遇到敌人，也没有遇到战争，然而，他却是死在战场上。"

莲生果然和小说里的那个年轻人差不多吗？我和他共同栖身的小岛竟然等同扎内第笔下的鞑靼荒漠？在许多寂寥的时刻，我已经听他说起过自己的来历：小学毕业之后，他从芜湖的一个小村庄里跑出来，到此地投奔做厨师的舅舅，舅舅也只够糊口而已，于是将他送到了这个岛上。据说，打清朝起这个岛的名字就叫孔雀岛，但那不过是地貌形似，别无其他原因。大概是五年前，一帮人突发奇想，要把它变成真正的孔雀岛，先建了几幢吊脚楼，再引进来非洲孔雀，以求游人光顾，结果事与愿违，从开始到结束，从来就没有多少人知道这个地方，到最后，岛又重新变回荒岛，吊脚楼的房梁上都长满了苔藓，可是，要有一个人侍候那些当事者不知如何处置的孔雀，于是，莲生上了岛，转瞬便是两年。

两年里，他没离开过这个岛，也没有人上岛来看过他，每隔半个月，会有人托船家给他捎来吃喝的东西，每隔半年，那些看不见的雇主还会为他捎来微薄的工钱。在我来之前，他的粮草已经断了两个月，原因据说是雇主们彻底闹翻，不再过问这个荒岛的事情，如此，他和他侍候的孔雀被遗忘了，两个月来，他的吃喝全靠过路船家施舍，幸亏那些孔雀暂无性命之忧，就在我的房间隔壁，堆满了它们的粮食，只怕吃上十年也吃不完。但是，莲生的一堆问题却不可能指望过路船家给出答案，譬如，粮草断绝之后，他是否应该为自己种上一片菜园？譬如，如果他离开，这里的孔雀会在多长时间里死去？问题还有更多：他现在的雇主究竟是谁？他在为谁侍候那些色彩斑斓的同伴？还有，他到底会在这里待多长时间？雇主们会有一天重新过问起这座荒岛吗？

"人间亦有痴于我，岂独伤心是小青？"几乎是挣扎着，用了一个月时间，小学毕业的莲生看完了一部繁体竖排的小说，并且在书里找到了自己，也就是说，他明白了自己的处境，只有天知道，这对他究竟是坏是好：不是每个人都能认清并且认同自己的处境，就像个别的酒鬼，让他糊涂也好，让他执迷也好，偏偏不要叫醒他，闭上眼睛只当是睡着了，一叫醒偏偏就要发疯。可是，小弟兄莲生，却全然不作这等想，下一个黄昏，当我们散步，他一点也不似往日的怯生生，看着我，告诉我："我想过了，我得动起来。"

于是他就动起来了。既然太阳底下无新事，他就从种菜园开始，连续一个星期，他终日蹲在防浪堤上求告过路船家，结果不错，他找他们要来了萝卜籽、红薯籽，甚至还要来了西瓜籽。每当得手，他就赶紧狂奔上岛，奔向丛林里的一小块空地，那是他的菜园，是他的小小乌托邦；岂止他的小小乌托邦，我们的沉默之岛，在他的歌声与日渐奔走中越来越显露出理想国的模样：过去的日子里，我曾给过他一些钱，现在，他用这些钱拜托船家买来了一群鹅，并且顺利地安排它们在孔雀中间招摇过市；他还买来了丝线，他说，他要织一张渔网，这样，他就不用为自己的嘴巴发愁了；他还和自己陶打赌，赌自己还会不会脸红，因为他暗自定下了一个目标，希望我每天教会他认识十个繁体字，脸红怎么能行呢？

而那突出的、使我惊骇的，仍然是他的歌唱，我怀疑，这些日子以来，他已经唱完了自己能唱出来的所有的歌，无论是在江水边织网，还是在孔雀与鹅群之间嬉闹，他都张开嘴巴涨红了脸，但那还算不上奇迹，奇迹发生在另外一个涨水之夜：这一晚，天降大雨，我再次被莲生的歌声惊醒，打开窗户，借着闪电，看见他正全身上下湿漉漉地守护他的乌托邦——为了菜地里的新芽不被摧毁，他将自己的被褥高悬于树木之上，而他自己，和新芽们坐在一起，放声歌唱，嗓音粗涩，曲调生硬，那些歌词就像是一块块石头般从他的胸腔里逬了出来，但它们又分明像匕首般刺破了夜幕，看上去，全似一个苦役中的小小十二月党人。

　　我突然感到一阵厌倦，那厌倦只针对我自身：如果我能哭，我就会哭着告诉莲生，其实，我也在漫无边际的鞑靼荒漠中，但是，当我想起荒草、京剧和往事，而你已开始张开了嘴巴，我为什么就不能告诉你，其实，我一个字也写不出来，即使从荒漠逃到荒岛，我也还是一个字都写不出来，我每日的写作，无非是一波未平一波又起的发呆与痴狂？

　　是啊，在我们眼前，或有一片荒漠，或有一座荒岛，我们的肉身与心魄只能任由其包裹与浮沉，即使借我们一双翅膀，我们也飞不进豌豆花的花蕾。我们到底能怎么办？卡夫卡说，一切障碍都在粉碎我；海德格尔说，人仅有一个世界是不够的；苏东坡说，长恨此身非我有，何日忘却营营；耶和华说，天国近了，你们应当悔改；唯有你，我的小弟兄，你说："我想过了，我要动起来。"

　　——就是这样，即使在风雨如磐的后半夜，你也可能遭遇自己的定数：它是命定的闪电、歌唱和新芽，它是命定的小弟兄，小弟兄会对你说，我想过了，我要动起来。什么都不要管了，走上去，抱住他，哭出来，因为他是你鞑靼荒漠上的小弟兄。

没
有
目
的
的
旅
行

地阅读·旅行卷

Never
Had
Loneliness

周
国
平

没有比长途旅行更令人兴奋的了，也没有比长途旅行更容易使人感到无聊的了。

人生，就是一趟长途旅行。

一趟长途旅行，意味着奇遇巧合，不寻常的机缘，意外的收获，陌生而新鲜的人和景物，总是意味着种种打破生活常规的偶然性和可能性。所以，谁不是怀着朦胧的期待和莫名的激动，踏上旅程的？

然而，一般规律是随着旅程的延续，兴奋递减，无聊递增。我们从记事起就已经身在这趟名为"人生"的列车上了，一开始，我们并不关心它开往何处，孩子们不需要为人生安上一目的，他们趴在车窗边，小脸蛋紧贴玻璃，窗外掠过的田野、树林、房屋、人畜无不可观，无不使他们感到新奇。

不知从何时起，车窗外景物不再令我们陶醉了，这是我们告别童年的一个确切标志。我们长大了，我们开始需要一个目的，而且往往也就有了一个也许清晰但多半模糊的目的。我们相信列车将我们带往一个美妙的地方，那里的景物比沿途优美，我们在心里悄悄给那地方冠以美好的名称，名之为"幸福""成功""善""真理"等等。

不幸的是，一旦我们开始憧憬一个目的，无聊便接踵而至，既然生活在远处，近处的就不是生活，既然目的最重要过程就等而下之，我们的心飞向未来只把身体留在现在。

视正在经历的一切为必不可免的过程，耐着性子忍受。

列车在继续行进，但我们愈来愈意识到自己身寄逆旅，不禁暗暗算日程，琢磨如何消磨途中的光阴。好交际者便找人攀谈胡侃神聊，不厌其烦地议论天气物价，新闻之类无聊话题；性情孤僻者则躲在一隅闷头吸烟。自从无烟车厢普及以来，就只是坐着发呆、瞌睡、打呵欠；不学无术之徒掏出随身携带的通俗无聊小报和杂志，读了一遍又一遍；饱学之士翻开事先准备的学术名著，想聚精会神研读终于读不进去，便屈尊向不学无术之徒借来通俗报刊，图个轻松。先生们没完没了打扑克，太太们没完没了打毛衣；凡此种种，雅俗同归，都是在无聊中打发时间，以无聊的方式逃避无聊。

当然会有少数幸运儿为了自身的性情，或外在的机缘，对旅途本身仍然怀着浓厚的兴趣。一位诗人凭窗凝思，浮想联翩，笔下灵感如涌；一对妙龄男女隔座顾盼，两情款款眉间秋波频送，他们都乐在其中，不觉得旅途无聊。愈是心中老悬着一个遥远目的地的旅客，愈不耐旅途的漫长，容易百无聊赖。由此可见，无聊生于目的与过程的分离，乃是一种对过程疏远和隔膜的心境。孩子或者像孩子一样单纯的人，目的意识淡薄，沉浸在过程中；过程和目的浑然不分，他们能够随遇而安，即事起兴，不易感到无聊。商人或者像商人一样精明的人，有非常明确实际的目的，以此指导行动，规划过程，目的与过程丝丝相扣；他们能够聚精会神，分秒必争；也不易感到无聊。怕就怕既失去孩子的单纯，又不肯学商人的精明。目的意识强烈却并无明确实际的目的，有所追求但所求不是太缥缈就是太模糊，我只是想要，但不知道究竟想要什么，这种心境是滋生无聊的温床。

心中弥漫着一团空虚，无物可以填充。凡到手的一切都不是想要的，于是难免无聊了。

　　舍近逐远似乎是我们人类的天性，大约正是目的意识在其中作祟。一座围城，城里的人想出去，城外的人想进来。如果出不去进不来，就感到无聊，这是达不到目的的无聊；一旦城里的人到了城外，城外的人到了城里，又觉得城外和城里不过尔尔，这是目的达到后的无聊。于是，健忘的人（我们多半是健忘的）折腾往回跑，陷入又一轮循环。等到城里城外都厌倦，是进是出都无所谓，更大的无聊就来临了，这是没有了目的的无聊。

　　超出生存以上的目的，大抵是想象力的产物，想象力需要自己寻找一个落脚点。目的便是这落脚点，我们乘着想象力永往远方，疏远了当下的现实。一旦想象中的目的实现，我们又会觉得它远不如想象。最后，我们倦于追求一个目的了。但并不因此就心满意足地降落到地面上来，我们乘着疲惫的想象力，心旷意懒地盘旋在这块我们早已厌倦的大地上空，茫然回顾，无处栖身。

　　让我们回到那趟名为"人生"的列车上来，假定我们各自怀着一个目的，相信列车终将把我们带到心向往之的某地，为此我们忍受着旅途的无聊。这时列车的广播突然响了，通知我们列车并非开往某地；非但不是开往某地，而且不开往任何地方，它根本就没有一个目的地。试想一下，在此之后，不再有一个目的来支撑我们忍受旅途的无聊，其无聊更将如何？

　　然而，这正是我们或早或迟会悟到的人生真相，"天地者万物之逆旅"。万物之灵也只是万物的一分子，逃不脱大自然安排的命运。人活一世，不过是到天地间走了一趟罢了。人生的终点是死，死总不该是人生的目的，人生原本就是趟没有目的的旅行。

　　鉴于人生本无目的，只是过程。有的哲人就教导我们重视过程，不要在乎目的。如果真能像孩子那样沉浸在过程中，当然可免除无聊；可惜的是，我们已非孩子，觉醒了的目的意识不容易回归混沌，莱辛说他重视追求真理的过程胜于重视真理本身。这话怕是出于一种无奈的心情。正因为过于重视真理，同时又过于清醒地看到真理并不存在，才不得已而追求诸过程，看破目的却如此执着过程，这好比看破红尘的人还俗，与过程早已隔了一道鸿沟，至多只能做到貌合神离而已。

如此看来，无聊是人的宿命，无论我们期待一个目的，还是根本没有目的可期待，我们都难逃此宿命。在没有目的时，我们仍有目的意识；在无可期待时，我们仍茫茫然若有所待。我们有时会沉醉在过程中，但是不可能始终和过程打成一片。我们渴念过程背后的目的，或者省悟过程背后绝无目的时，我们都会对过程产生疏远和隔膜之感；然而我们又被黏滞在过程中。我们的生命仅是一个过程而已，我们心不在焉而又身不由己，这种心境便是无聊。

车窗外

地阅读·旅行卷

周国平

小时候喜欢乘车，尤其是火车，占据一个靠窗的位置，扒在窗户旁看窗外的风景。这爱好至今未变。

列车飞驰，窗外无物长驻，风景永远新鲜。

其实，窗外掠过什么风景，这并不重要。我喜欢的是那种流动的感觉。景物是流动的，思绪也是流动的，两者融为一片，仿佛置身于流畅的梦境。

当我望着窗外掠过的景物出神时，我的心灵的窗户也洞开了。许多似乎早已遗忘的往事，得而复失的感受，无暇顾及的思想，这时都不召自来，如同窗外的景物一样在心灵的窗户前掠过。于是我发现，平时我忙于种种所谓必要的工作，使得我的心灵的窗户有太多的时间是关闭着的，我的心灵的世界里还有太多的风景未被鉴赏。而此刻，这些平时遭到忽略的心灵景观在打开了的窗户前源源不断地闪现了。

所以，我从来不觉得长途旅行无聊，或者毋宁说，我有点喜欢这一种无聊。在长途车上，我不感到必须有一个伴让我闲聊，或者必须有一种娱乐让我消遣。我甚至舍不得把时间花在读一本好书上，因为书什么时候都能读，白日梦却不是想做就能做的。

就因为贪图车窗前的这一份享受，凡出门旅行，我宁愿坐火车，不愿乘飞机。飞机太快地把我送到了目的地，使我来不及寂寞，因而来不及触发那种出神遐想的心境，我会因此感到像是未曾旅行一样。航行江海，我也宁愿搭乘普通轮船，久久站在甲板上，看波涛万古流涌，而不喜欢坐封闭型的豪华快艇。有一回，从上海到南通，我不幸误乘这种快艇，当别人心满意足地靠在舒适的软椅上看彩色录像时，我痛苦地盯着舱壁上那一个个窄小的密封窗口，真觉得自己仿佛遭到了囚禁。

我明白，这些仅是我的个人癖性，或许还是过了时的癖性。现代人出门旅行讲究效率和舒适，最好能快速到把旅程缩减为零，舒适到如同住在自己家里。令我不解的是，既然如此，又何必出门旅行呢？如果把人生譬作长途旅行，那么，现代人搭乘的这趟列车就好像是由工作车厢和娱乐车厢组成的，而他们的惯常生活方式就是在工作车厢里拼命干活和挣钱，然后又在娱乐车厢里拼命享受和把钱花掉，如此交替往复，再没有工夫和心思看一眼车窗外的风景了。

光阴蹉跎，世界喧嚣，我自己要警惕，在人生旅途上保持一份童趣和闲心是不容易的。如果哪一天我只是埋头于人生中的种种事务，不再有兴致趴在车窗旁看沿途的风光，倾听内心的音乐，那时候我就真正老了俗了，那样便辜负了人生这一趟美好的旅行。

许士林的独白

地阅读·旅行卷

Never Had Loneliness

张晓风

——献给那些睽违母颜比十八年更长久的天涯之人

驻马自听

我的马将十里杏花跑成一掠眼的红烟，娘！我回来了！

那尖塔戳得我的眼疼，娘，从小，每天，它嵌在我的窗里，我的梦里，我寂寞童年唯一的风景，娘。

而今，新科的状元，我，许士林，一骑白马一身红袍来拜我的娘亲。

马踢起大路上的清尘，我的来处是一片雾，勒马蔓草间，一垂鞭，前尘往事，都到眼前。我不需有人讲给我听，只要溯着自己一身的血脉往前走，我总能遇见你，娘。

而今，我一身状元的红袍，有如十八年前，我是一个全身通红的赤子，娘，有谁能撕去这袭红袍，重还我为赤子？有谁能抟我为无知的泥，重回你的无垠无限？

都说你是蛇，我不知道，而我总坚持我记得十月的相依，我是小渚，在你初暖的春水里被环护，我抵死也要告诉他们，我记得你乳汁的微温。他们总说我只是梦见，他们总说我只是猜想，可是，娘，我知道我是知道的，我知道你的血是温的，泪是烫的，我知道你的名字是"母亲"。

而万古乾坤，百年身世，我们母子就那样缘薄吗？才甫一月，他们就把你带走了。有母亲的孩子可聆母亲的音容，没母亲的孩子可依向母亲的坟头，而我呢，娘，我向何处破解恶狠的符咒？

有人将中国分成江南江北，有人把领域划成关内关外，但对我而言，娘，这世界被截成塔底和塔上。塔底是千年万世的黝黑混沌，塔外是荒凉的日光，无奈的春花和忍情的秋月……

塔在前，往事在后，我将前去祭拜，但，娘，此刻我徘徊伫立，十八年，我重溯断了的脐带，一路向你泅去，春阳暖暖，有一种令人没顶的怯惧，一种令人没顶的幸福。塔牢牢地揳死在地里，像以往一样牢，我不敢相信你驮着它有十八年之久，我不能相信，它会永永远远镇住你。

十八年不见，娘，你的脸会因长期的等待而萎缩干枯吗？有人说，你是美丽的，他们不说我也知道。

认　取

你的身世似乎大家约好了不让我知道，而我是知道的，当我在井旁看一个女子汲水，当我在河畔看一个女子洗衣，当我在偶然的一瞥间看见当窗绣花的女孩，或在灯下衲鞋的老妇，我的眼眶便乍然湿了。娘，我知道你正化身千亿，向我絮絮地说起你的形象。娘，我每日不见你，却又每日见你，在凡间女子的颦眉瞬目间，将你

——认取。

而你，娘，你在何处认取我呢？在塔的沉重上吗？在雷峰夕照的一线酡红间吗？在寒来暑往的大地腹腔的脉动里吗？

是不是，娘，你一直就认识我，你在我无形体时早已知道我，你从茫茫大化中拼我成形，你从冥漠空无处抟我成体。

而在峨眉山，在竞绿赛青的千岩万壑间，娘，是否我已在你的胸臆中。当你吐纳朝霞夕露之际，是否我已被你所预见？我在你曾仰视的霓虹中舒昂，我在你曾倚以沉思的树干内缓缓引升，我在花，我在叶，当春天第一棵小草冒地而生并欢呼时，你听见我。在秋后零落断雁的哀鸣里，你分辨我，娘，我们必然从一开头就是彼此认识的。娘，真的，在你第一次对人世有所感有所激的刹那，我潜在你无限的喜悦里，而在你有所怨有所叹的时分，我藏在你的无限凄凉里，娘，我们必然是从一开头就彼此认识的，你能记忆吗？娘，我在你的眼，你的胸臆，你的血，你的柔和如春桨的四肢。

湖

娘，你来到西湖，从叠烟架翠的峨眉到软红十丈的人间，人间对你而言是非走一趟不可的吗？但里湖、外湖、苏堤、白堤，娘，竟没有一处可堪容你，千年修持，抵不了人间一字相传的血脉姓氏，为什么人类只许自己修仙修道，却不许万物修得人身跟自己平起平坐呢？娘，我一页一页地翻圣贤书，一个一个地去阅人的脸，所谓圣贤书无非要我们做人，但为什么真的人都不想做人呢？娘啊！阅遍了人和书，我只想长哭，娘啊，世间原来并没有人跟你一样痴心地想做人啊！岁岁年年，大雁在头顶的青天上反复指示"人"字是怎么写的，但是，娘，没有一个人在看，更没有一个人看懂了啊！

南屏晚钟，三潭印月，曲院风荷，文人笔下西湖是可以有无限题咏的。冷泉一径冷着，飞来峰似乎想飞到哪里去，西湖的游人万千，来了又去了，谁是坐对大好风物想到人间种种就感激欲泣的人呢，娘，除了你，又有谁呢？

雨

西湖上的雨就这样来了，在春天。

是不是从一开头你就知道和父亲注定不能天长日久做夫妻呢？茫茫天地，你只死心塌地眷着伞下的那一刹那温情。湖色千顷，水波是冷的，光阴百代，时间是冷的。然而一把伞，一把紫竹为柄的八十四骨的油纸伞下，有人跟人的聚首，伞下有人世的芳馨，千年修持是一张没有记忆的空白，而伞下的片刻却足以传诵千年。娘，从峨眉到西湖，万里的风雨雷雹何尝在你意中，你所以眷眷于那把伞，只是爱与那把伞下的人同行，而你心悦那人，只是因为你爱人世，爱这个温柔绵缠的人世。

而人间聚散无常，娘，伞是聚，伞也是散，八十四支骨架，每一支都可能骨肉撕离。娘啊！也许一开头你就是都知道的，知道又怎样，上天下地，你都敢去较量，你不知道什么叫生死，你强扯一根天上的仙草而硬把人间的死亡扭成生命，金山寺一斗，胜利的究竟是谁呢，法海做了一场灵验的法事，而你，娘，你传下了一则喧腾人间的故事。人世的荒原里谁需要法事？我们要的是可以流传百世的故事，可以乳养生民的故事，可以辉耀童年的梦寐和老年的记忆的故事。

而终于，娘，绕着那一湖无情的寒碧，你来到断桥，斩断情缘的断桥。故事从一湖水开始，也向一湖水结束，娘，峨眉是再也回不去了。在断桥，一场惊天动地的婴啼，我们在彼此的眼泪中相逢，然后，分离。

合 钵

一只钵，将你罩住，小小的一片黑暗竟是你而今而后头上的苍穹。娘，我在噩梦中惊醒千回，在那份窒息中挣扎。都说雷峰塔会在夕照里，千年万世，只专为镇一个女子的情痴，娘，镇得住吗？我是不信的。

世间男子总以为女子一片痴情，是在他们身上，其实女子所爱的哪里是他们，女子所爱的岂不也是春天的湖山，山间的晴岚，岚中的万紫千红，女子所爱的是一切好气象、好情怀，是她自己一寸心头万顷清澈的爱意，是她自己也说不清道不尽的满腔柔情。像一朵菊花的"抱香枝头死"，一个女子紧紧怀抱的是她自己亮烈美丽的情操，而一只法海的钵能罩得住什么？娘，被收去的是那桩婚姻，收不去的是属于那婚姻中的恩怨牵挂，被镇住的是你的身体，不是你的着意飘散如暮春飞絮的深情。

——而即使身体，娘，他们也只能镇住少部分的你，而大部分的你却在我身上活着。是你的傲气塑成我的骨，是你的柔情流成我的血。当我呼吸，娘，我能感到属于你的肺纳，当我走路，我想到你在这世上的行迹。娘，法海始终没有料到，你仍在西湖，在千山万水间自在地观风望月并且读着圣贤书，想天下事，与万千世人摩肩接踵——藉一个你的骨血揉成的男孩，藉你的儿子。

不管我曾怎样凄伤，但一想起这件事，我就要好好活着，不仅为争一口气，而是为赌一口气！娘，你会赢的，世世代代，你会在我和我的孩子身上活下去。

祭塔

而娘，塔在前，往事在后，十八年乖隔，我来此只求一拜——人间的新科状元，头簪宫花，身着红袍，要把千种委屈，万种凄凉，都并作纳头一拜。

娘！

那豁然撕裂的是土地吗？

那倏然崩响的是暮云吗？

那颓然而倾斜的是雷峰塔吗？

那哽咽垂泣的是——娘，你吗？

是你吗？娘，受孩儿这一拜吧！

你认识这一身通红吗？十八年前是红通通的赤子，而今是宫花红袍的新科状元许士林。我多想扯碎这一身红袍，如果我能重还为你当年怀中的赤子，可是，娘，能吗？

当我读人间的圣贤书，娘，当我援笔为文论人间事，我只想到，我是你的儿，满腔是温柔激荡的爱人世的痴情。而此刻，当我纳头而拜，我是我父之子，来将十八年的亏疚无奈并作惊天动地的一叩首。

且将我的额血留在塔前，作一朵长红的桃花，笑傲朝霞夕照；且将那崩然有声的头颅击打大地的声音化作永恒的暮鼓，留给法海听，留给一骇而倾的塔听。

人间永远有秦火焚不尽的诗书，法钵罩不住的柔情，娘，唯将今夕的一凝目，抵十八年数不尽的骨中的酸楚，血中的辣辛，娘！

终有一天雷峰会倒，终有一天尖耸的塔会化成飞散的泥尘，长存的是你对人间那一点执拗的痴！

当我驰马而去，当我在天涯地角，当我歌，当我哭，娘，我忽然明白，你无所不在地临视我，熟知我，我的每一举措于你仍是当年的胎动，扯你，牵你，令你惊喜错愕，令你隔着大地的腹部摸我，并且说："他正在动，他正在动，他要干什么呀？"

让塔骤然而动，娘，且受孩儿这一拜！

后记：许士林是故事中白素贞和许仙的儿子，大部分的叙述者都只把情节说到"合钵"为止，平剧中《祭塔》一段也并不经常演出，但我自己极喜欢这一段，我喜欢那种利剑斩不断，法钵罩不住的人间牵绊，本文试着细细表出许士林叩拜囚在塔中的母亲的心情。

幽径悲剧

地阅读·旅行巷

季羡林

　　出家门，向右转，只有二三十步，就走进一条曲径。有二三十年之久，我天天走过这一条路，到办公室去。因为天天见面，也就成了司空见惯，对它有点漠然了。

　　然而，这一条幽径却是大大有名的。记得在五十年代，我在故宫的一个城楼上，参观过一个有关《红楼梦》的展览。我看到由几幅山水画组成的组画，画的就是这一条路。足证这一条路是同这一部伟大的作品有某一些联系的。至于是什么联系，我已经记忆不清。留在我记忆中的只是一点印象：这一条平平常常的路是有来头的，不能等闲视之。

　　这一条路在燕园中是极为幽静的地方。学生们称之为"后湖"，他们是很少到这里来的。我上面说它平平常常，这话有点语病，它其实是颇为不平常的。一面傍湖，一面靠山，蜿蜒曲折，实有曲径通幽之趣。山上苍松翠柏，杂树成林。无论春夏秋冬，总有翠色在目。不知名的小花，从春天开起，过一阵换一个颜色，一直开到秋末。到了夏天，山上一团浓绿，人们仿佛是在一片绿雾中穿行。林中小鸟，枝头鸣蝉，仿佛互相应答。秋天，枫叶变红，与苍松翠柏，相映成趣，凄清中又饱含浓烈。几乎让人不辨四时了。

小径另一面是荷塘，引人注目主要是在夏天。此时绿叶接天，红荷映目。仿佛从地下深处爆发出一股无比强烈的生命力，向上，向上，向上，欲与天公试比高，真能使懦者立怯者强，给人以无穷的感染力。

不管是在山上，还是在湖中，一到冬天，当然都有白雪覆盖。在湖中，昔日激滟的绿波为坚冰所取代。但是在山上，虽然落叶树都把叶子落掉，可是松柏反而更加精神抖擞，绿色更加浓烈，意思是想把其他树木之所失，自己一手弥补过来，非要显示出绿色的威力不行。再加上还有翠竹助威，人们置身其间，决不会感到冬天的萧索了。

这一条神奇的幽径，情况大抵如此。

在所有的这些神奇的东西中，给我印象最深，让我最留恋难忘的是一株古藤萝。藤萝是一种受人喜爱的植物。清代笔记中有不少关于北京藤萝的记述。在古庙中，在名园中，往往都有几棵寿达数百年的藤萝，许多神话故事也往往涉及藤萝。北大现住的燕园，是清代名园，有几棵古老的藤萝，自是意中事。我们最初从城里搬来的时候，还能看到几棵据说是明代传下来的藤萝。每到春天，紫色的花朵开得满棚满架，引得游人和蜜蜂猬集其间，成为春天一景。

但是，根据我个人的评价，在众多的藤萝中，最有特色的还是幽径的这一棵。它既无棚，也无架，而是让自己的枝条攀附在邻近的几棵大树的干和枝上，盘曲而上，大有直上青云之概。因此，从下面看，除了一段苍黑古劲像苍龙般的粗干外，根本看不出是一株藤萝。每到春天，我走在树下，眼前无藤萝，心中也无藤萝。然而一股幽香蓦地闯入鼻官，嗡嗡的蜜蜂声也袭入耳内，抬头一看，在一团团的绿叶中——根本分不清哪是藤萝叶，哪是其他树的叶子——

隐约看到一朵朵紫红色的花，颇有万绿丛中一点红的意味。直到此时，我才清晰地意识到这一棵古藤的存在，顾而乐之了。

经过了史无前例的"十年浩劫"，不但人遭劫，花木也不能幸免。藤萝们和其他一些古丁香树等等，被异化为"修正主义"，遭到了无情的诛伐。六院前的和红二、三楼之间的那两棵著名的古藤，被坚决、彻底、干净、全部地消灭掉。是否也被踏上一千只脚，没有调查研究，不敢瞎说；永世不得翻身，则是铁一般的事实了。

茫茫燕园中，只剩下了幽径的这一棵藤萝了。它成了燕园中藤萝界的鲁殿灵光。每到春天，我在悲愤、惆怅之余，唯一的一点安慰就是幽径中这一棵古藤。每次走在它下面，闻到淡淡的幽香，听到嗡嗡的蜂声，顿觉这个世界还是值得留恋的，人生还不全是荆棘丛。其中情味，只有我一个人知道，不足为外人道也。

然而，我快乐得太早了。人生毕竟还是一个荆棘丛，不是到处都盛开着玫瑰花。今年春天，我走过长着这棵古藤的地方，我的眼前一闪，吓了一大跳：古藤那一段原来凌空的虬干，忽然成了吊死鬼，下面被人砍断，只留上段悬在空中，在风中摇曳。再抬头向上看，藤萝初绽出来的一些淡紫的成串的花朵，还在绿叶丛中微笑。它们还没有来得及知道，自己赖以生存的树干已经被砍断了，脱离了地面，再没有水分供它们生存了。它们仿佛成了失掉了母亲的孤儿，不久就会微笑不下去，连痛哭也没有地方了。

我是一个没有出息的人。我的感情太多，总是供过于求，经常为一些小动物、小花草惹起万斛闲愁。真正的伟人们是决不会这样的。反过来说，如果他们像我这样的话，也决不能成为伟人。我还有点自知之明，我注定是一个渺小的人，也甘于如此，我甘于为一些小猫小狗小花小草流泪叹气。这一棵古藤的灭亡在我心灵中引起的痛苦，别人是无法理解的。

从此以后，我最爱的这一条幽径，我真有点怕走了。我不敢再看那一段悬在空中的古藤枯干，它真像吊死鬼一般，让我毛骨悚然。非走不行的时候，我就紧闭双眼，疾趋而过。心里数着数：一，二，三，四，一直数到十，我估摸已经走到了小桥的桥头上，吊死鬼不会看到了，我才睁开眼走向前去。此时，我简直是悲哀至极，哪里还有什么闲情逸致来欣赏幽径的情趣呢？

但是，这也不行。眼睛虽闭，但耳朵是关不住的。我隐隐约约听到古藤的哭泣声，细如蚊蝇，却依稀可辨。它在控诉无端被人杀害。它在这里已经待了二三百年，同它所依附的大树一向和睦相处。它虽阅尽人间沧桑，却从无害人之意。每到春天，就以自己的花朵为人间增添美丽。焉知一旦毁于愚氓之手。它感到万分委屈，又投诉无门。它的灵魂死守在这里。每到月白风清之夜，它会走出来显圣的。在大白天，只能偷偷地哭泣。山头的群树、池中的荷花是对它深表同情的，然而又受到自然的约束，寸步难行，只能无言相对。在茫茫人世中，人们争名于朝，争利于市，哪里有闲心来关怀一棵古藤的生死呢？于是，它只有哭泣，哭泣……

世界上像我这样没有出息的人，大概是不多的。古藤的哭泣声恐怕只有我一个能听到。在浩浩无际的大千世界上，在林林总总的植物中，燕园的这一棵古藤，实在渺小得不能再渺小了。你倘若问一个燕园中人，绝不会有任何人注意到这一棵古藤的存在的，绝不会有任何人关心它的死亡的，绝不会有任何人为之伤心的。偏偏出了我这样一个人，偏偏让我住到这个地方，偏偏让我天天走这一条幽径，偏偏又发生了这样一个小小的悲剧；所有这一些偶然性都集中在一起，压到了我的身上。我自己的性格制造成的这一个十字架，只有我自己来背了。奈何，奈何！

但是，我愿意把这个十字架背下去，永远永远地背下去。

她阅读 · 旅行巷

胡
榴
明

烟雨走黄山

　　那一日你在黄山的时候，你觉得没有了你自己。满山的细雨白雾，没有了峰峦，没有了林木，没有了路，自然也就没有了你。只有我知道，你依然存在，虽然你已经很恍惚。

　　只有我清楚你的感觉，你和我很多年里封闭在一起，只有我知道你只有我了解你，除了我再也不会有旁人。我知道，山水是你的梦，梦里，你将自己放逐到白云的深处。今天，你走进黄山，走进真实的白云深处，可是你却感觉到恍惚，你把真实当成了你的梦。我多么想唤醒你，但是你我之间似乎有一段距离，我伸手去抚摸你，影影绰绰的，隔着雨，隔着雾，我抓住一手润润的潮湿。霏霏的细雨，渺渺的白雾，我够不着你，于是只有任你茫茫然地在山间来去。我等你，你不会走远。

　　你来得真不是时候，这样一个阴暗的灰色的天气。我知道，这一天，你等了那么久，当初，你不曾料到，这一天来得会如此之苍凉。

鬓角苍苍了心绪飘零着，混沌如黄山的烟雨。你看山山不见，山看你你不见，难道你和黄山你梦中的山你心中的自然归宿就要如此地擦肩而过？

那么多年，你对我无数次地谈到黄山。夜里，大大的白月升到对街的灰褐的瓦屋楞上，街边的梧桐婆娑了黑影，没有睡着了的鸟雀。你说你在都市中一天天地枯萎，你说有一天你一定会到黄山中去，你说好些人去过了又回了，你觉得唯独你没去。在深夜的斗室，我记得，你安静然而心若困兽，你隐伏在你的书中，餐着山间的风露枕着山间的烟霞，你已经从尘世向高处飞升，你的高处就是那一轮大大的白月。你说你今夜才读懂鲁迅先生新编的故事，这个故事你曾经读了四十年。我知道你永远也离不了尘世，因为你没有不死的灵药。我耐着性子冷冷地看透了你的一生，只有我能把住你思绪的躁动。你沉沉地看我，你说，我们本来一样。

你走在山中，我走在山中，一步步摸索着山中的路，雨丝轻扬，雾气迷蒙，衣衫已经湿透，你背负的背囊更沉，你脚下的石级更陡，你蜿蜒地走向山峦，山峦在云的背后。天光开启，迎面出现山的豁口，好一股大风，吹得浓雾清清淡淡地散去，你发现你站在千仞绝壁。绝壁外的云海间无数石柱刀削斧劈般地浮起，深渊下面还摇曳着植物鲜碧的团团的枝叶。天倾西北，地陷东南，东南形胜，天造地设的奇景，风光就在山口之外。

那一刻，你才意识到你没有白来，尽管你很孤独，你有许多话可是没人说，虽然你有我，你在心里叹："真美！"只有我听得见。你握住身下的铁链，潮湿而又冰冷，你轻轻地摸过好些把铜锁，你摸着了好些人的梦，你似乎感觉得到它们的热度。你松开别人的梦，那些个巴望着天长地久的梦，我知道你现在再也没有这样的梦。你继续你自己的梦，梦里不知多少片花瓣在飘落，你没来得及数。风势稍稍减弱，云朵又迅速聚合，烟云苍茫，你正好回归到你的梦里去。

这是一个黑白的世界，没有阳光照射的黄山收敛了五彩。白山黑石，白云白雾，青灰色的长石铺砌成青灰色的山路。山路上的你很静，你走在你自己的梦中，你走在宋人的画中，水墨淋漓的山水长卷，你从小就很喜欢那画中潮润润的水气，在那画里，人若米点，今天，你若米点，你身在画中。那画原本就没有五彩，你曾经觉得很美，只是今天的陷落让你有些恍惚。身子前后的山路上拥挤着五彩的人群，你没在五彩中，你记得，那画里的山水要安静得多。

时间正在过去，我对你说，今天再也不会有画里的那种悠远的静寂。莲花峰下，我见你缓缓地从轻雾微雨走出。我说我一直都在等你，你说你没能好好地看一看这山峰如莲瓣，我扬头，一样只见云气吞吐中的山形隐约参差。你抹去一脸的雾水。我为你卸下身后的背囊。坐在石桥的栏杆上，你和我，听山泉自身下奔涌而去，左右峰峦壁立，之间水声铿锵得如古戏台上的歌吹鼓乐。知了叫起来，长一声短一声地脆脆地啼。我说，天晴了，该下山了。你看见山间雾自下而上地慢慢散去，一派绚丽的山色在下面的山路两旁缥缥缈缈地现了出来。

翠色披离的老树，褐色宛转的柔藤，粉白色的瑟瑟抖动的小野花，青绿色的岩石苍绿色的苔藓，晶晶亮的泛着泡沫的山泉，然后是跳动的淡金色的阳光，然后就是我和你。从黑白的烟雨中走出，朝五彩的山下走去。你回首山的最高处，那里依然是一片云烟朦胧，你依然有些恍惚，你说你不相信你曾经自那高处走过。懵懵懂懂中你游遍了黄山的峰峰岭岭，好像是人生历尽之后惊起却回首的感觉。其实，那只是一种古往今来的感觉，你在书中不知读过了多少次。我想，也许，你还想走回到深山，也许，你还在留恋那之中的经历，回味那笼罩在身心内外的美，于天地间虚虚实实地变幻无穷，让人来世今生永远不会感到餍足。

　　我理解你的遗憾，数十年的朝思暮想却是如此地来去匆匆，当你盘桓在排云殿飞来石光明顶玉屏楼的时候，你在梦中，你在雨中你在雾中，我找你不见，烟雨将你隔断得朦朦胧胧，等待我唤你如大梦初醒，你的心似乎还留在天光云影乍开乍现的峰岭之巅。那里真是仙境，但是，你我必须回到尘世中去。

　　石级在脚底渐渐落下，山壁在身边渐渐升起，墟里上炊烟，黄昏，我们走到黄山下的人字瀑。瀑水干涸成一线，河滩上乱石滚滚。你说你很累，我说我知道，同时，我还知道，走出黄山之后，你将终老在喧闹的都市，永远的一个俗人。你不愿意但是你又不能脱身而去，如同你今天不愿意离开黄山但是你非得离开一样，你只是黄山的过客，你只是人生的过客。我也是。

　　你慢慢地往客店走，沉沉地拖了步子，我记得，你回头对我说：我就是你。

　　这时候，我很清楚我们俩都没有在黄山的烟雨中迷失，尽管那里仙境般的一切的确会让人迷失若梦。

母亲的四川

胡榴明

　　我这一生，旁的地方都可以不去，四川非去不可，不为别的，因为那地方是我母亲的老家，也就是我的另一个故乡，想想看，哪有出门的游子老不归家的理？虽说我出生地在湖北，但是有一个从四川盆地走出来的母亲，就好比早年间遗弃在外乡的孩子，心里惦记着有一个家就是多年没能回去看看。

　　对四川的印象首先从母亲那里得知，然后是书籍、电影和电视。都是一些片段的，零星的，支离破碎的印象。读《三国》，书中对四川竭尽全力地渲染，只因刘皇叔要天下三分进川执掌帝业，故作此描述，于是知道了"益州险塞，沃野千里"，眼面前展开一大片山间平地，稻菽葱葱碧碧，河水湍急地奔流，乌瓦木门的农舍掩映在绿树的浓荫里，一群鸟在四围的山岭上散一片黑点点，悄没声地从视野里飞过，一个山川秀丽物产丰富的地域，是一个好地方。

　　地方是好，然则交通闭塞，军事上叫"易守难攻"，李白说"蜀道难难于上青天"，除了一条长江而外，只有"天梯石栈相勾连"，自鄂西北鄂西南起地形逐渐向上攀升，山势险要兀立得蔽日遮天，阻隔住与大陆东南部平原在地理上的联系，所以成为抗战时期国民政府的临时国都，多亏有川东高原这一幅巨大的天赐屏障。

凡是土生土长的四川人，一旦知道了外面有世界，最大的愿望就是沿长江而下走出四川，再好的地方闭塞得太久都会令人窒息，四川也一样。李白就是这么走出来了，苏东坡就是这么走出来了，郭沫若巴金就是这么走出来了，后来我的母亲也是这么地走了出来。茅盾的小说《蚀》，有一段女主人公坐川江轮离开重庆朝天门码头过三峡出川的详细描写，我想，母亲会有我不可能有的更深的感慨。当轮船在雾气笼罩的江面，向东朝着太阳升起的方向往四川盆地的豁口驶去，那真是一种从未有过的激动和新奇，尽管前路渺茫，还是以为离开四山环抱的故土从此可以拨云见日。只等到老时他们才会怀念故乡，急切切归乡的心情如同年少时急切切地离开。母亲姊弟五人没有一个人留在四川，家乡只剩下了外祖父，土改时老家老屋的家产全部抄没，年老的外祖父被派到山顶敲钟，死的时候身边没有一个人，只有鸟雀在杉树林子间婉转啼鸣，空山野岭荒凉静寂，直到有村民上山送粮食才在小窝棚里发现他的尸体。就在那一年，母亲断了她同故乡的最后的血脉。

外公出身大户，兄妹排行十人，结队出行声势威赫，那时候的四川泸州城，提起陈家公馆无人不知。公馆内有花园有池塘有亭子有树，有年深日久的老屋，有密布了青苔的石级，木椽子上顶着五彩雕花的藻井，隔扇窗子上刻着福禄寿的图案，也许有一口井，青石的围栏，俯下去，井水深得黑黑的，间或闪烁出天顶的亮光来。母亲说，每年的春天，花园里必然要开桃花，桃花灼灼地粉红了一个园子，装饰了母亲半个世纪的记忆的深处，那是童年梦中一点残留的娇艳的红色，点缀在苍黄败落的画幅里，那画框已经古旧得憔悴不堪了。

外公长成之后，安家在泸州市郊的乡间南田坝，不远处，川江卷起晶莹的浪花飞快地在青山绿树之间流过，有木船摆渡过河，长篙着力地插进河水中去，河水青碧得醉人，船行水中，悠悠地滑过长长的一卷淡墨水彩，船上坐满了扎黑包头的男人和穿大脚宽边裤的女人。牛在河岸边吃草，太阳胭脂般地沉到山岚的背后，小路蜿蜒地从稻田中穿过，一直延伸到升起袅袅炊烟的人家，农家住屋的四周都围着低矮的荆棘扎成的篱笆，那嫩绿的密匝匝的荆条上开满了雪白的花骨朵，星星似的闪烁。放学的母亲过了河踩上了田埂子走过了农家屋低矮的篱笆，嫩绿的荆条勾住了她的衣服，一朵朵雪白的花朵柔润润地在书包上摩擦出清清淡淡的几缕香味。

乡居幽静，外婆守着深深的庭院度过很孤单的岁月，一个人数着春天的花朵秋天的落叶，一个沉默寡言的女人，我的外婆在她的暮年头发雪一样白了，但是依然看得出当年惊人的美貌。那一年她头发还是乌黑，盘着光亮的髻，插了翡翠簪子，穿了绣花的缎子旗袍，坐在红木雕花的小圆桌边，盛在花纹凸凹的细瓷小碗里的莲子羹渐渐地凉了，孩子们的笑闹声在院子里隐隐约约，用人点了灯进来，窗外天色已昏，竹叶影子丫杈着映上了窗户的花格，自鸣钟嘀嗒嘀嗒的摆动声显得厅堂更加空空落落。

我想外婆一定一生寂寞，寂寞也没有个说处。很多年之后外婆死在山东，这个生于泸州城官宦世家的小姐后来过得很苦，虽然当年在四川时她也不是很快乐。生活在山东的那些年，一直到死她都很沉默，也许她觉得她这一生已经没什么话好说。

七十年代，我在山东兖州小城的乡间见过她，她轻轻地在低矮的小平房里走来走去，雪白的头发披散下来，屋子里放着水缸和煤球炉子，有一张床，有一只木头小方桌子，全家人围着坐就着咸菜吃馒头喝稀饭。在四川南田坝乡间那一所宽屋大宅，那里有一个穿着华丽的贵妇人，步履轻轻地行走在一个离我离得太遥远的故事中，故事里有一个古老年代的鬼魂，当她抬起眼睛凝视，溶我进她那一双又深又黑的瞳孔。就在那一年的山东，我记住了外婆的那一双眼睛，还有那一头披散的雪白的头发。

从城里回来，母亲常常租一匹马，马在山道放开蹄子跑，踏得草叶子溅出碧绿的浆液，石头冒头的地面飞起火星星，路边的乡民背着竹篾篓子，背的是盐巴水果青菜大米和小娃娃，身上衣衫褴褛。赶马的贩子不慌不忙地赶路，他知道马和孩子会在前面的茶棚里歇下来等，茶棚常常在山路交叉口，几根杉木撑着，竹片茅草搭顶，竹桌竹椅一把长嘴大铜壶，摆开几只青花盖碗，客人还没坐稳当茶就给沏上了。山尖茶寮望远观景最是适宜，早晨看见峰峰岭岭都是白雾漫着，中午可见山下平坝的阡陌纵横河流如银带一样穿过，傍晚赏夕阳远炊目送归鸟投林，这时候才想起要赶紧上路。家门口几盏灯笼已经高高地挑起，灯笼燃烧着很暖的金黄金黄的光焰，跑回家的孩子巴不得一下子吃一碗醪糟打鸡蛋。

南田坝的老屋子的红木书架，有满架子的书，有满架子的墨香，洋装书线装书，横七竖八地放着，那是外公多年的收藏。书架旁边挂几幅字几幅画，条幅长轴，浓淡晕染的水墨纵横恣肆地覆盖了古人心中的沟壑。母亲说老屋的院子里长着一株桂圆树，秋天结出一树的果子，褐色的果皮，亮晶晶的果肉，咬一口蜜一样的甜汁。她说老屋子里面有一个女孩子，白白的圆脸，黑黑的弯眉，厚厚的短发垂到肩臂，阳光穿过窗棂跳跃在她脚下的石板地上，她喜欢看这些昏朦的淡淡金色的图案。那几年,在那一幢老屋,她读了好多的书，吃了好多的桂圆，她记不清楚了，她也不知道为什么她总是记得这样一些特别赏心悦目的事。

还有一些很热闹的场面，过节的时候过年的时候办喜事的时候办丧事的时候，记忆已经很朦胧了，她离故乡离得太久，故事在烟尘漫漫的年岁中沉浮成零零星星的碎片，留下的尽是金碧红紫，华丽而喧闹，唯有这种回光返照的气象才能够烙下印迹，特别在童稚的混沌之中。席面的珍馐，床上的绫罗，匣内的珠宝，高烧的红烛，垂挂的纱灯，半启的绣帘，曲曲的回廊，重重的庭院，出则轿马进则仆从，她见得多了，从生下来就是这样，她也不觉得什么稀罕，也不觉得有什么留恋，很多的生死很多的悲欢关在黑漆铜钉的高门大墙背后。她感兴趣的是老宅以外的故事，她感兴趣的是四川以外的故事，她很想知道，故乡外面的天地有一些什么，她想知道，长江出峡之后一泄数千里，东流入海时那样令人心醉的恢宏。等到了她的垂暮之年，她才回忆起故乡那些阴沉沉的老宅子里曾经耀眼过的一瞬而逝的光华。她说，老家有一铺床单,床单上绣着一百只蝴蝶，一百只蝴蝶的形态都不相同，百样的丝线百样的色泽绣成的蝶影翩翩，娇俏柔媚地飞旋在那一床朱红色的缎子底面上，金迷纸醉的辉煌，预示了这个家族即将面临的败落。

她在它衰落前离去，一个人，一个少女，她在重庆朝天门码头上船，山城参差地逐级而上，灯火在夜雾中高高下下地闪烁，黝黑的岩岸与黑夜融成一团昏暗不清的块面。挑担的脚夫沿着陡峭的阶梯奔走着，长长的竹杠子和沉甸甸的货物胶着地晃动。石头台阶上湿漉漉的，空气也湿漉漉的，抚住轮船的冰冷的栏杆，城市在暗夜中浑然一体，川江就好似沉到了这个城市的足下，轮船如陷深渊，她等待着轮船的开航,她知道,往东方可以走向平原。汽笛的嘶叫声，山壁悄悄地后退，虽然现在依然是遮天蔽日，她一个人，看着故乡的山水往身后悄悄地退去。

巫峡瞿塘峡西陵峡，轮船的甲板上，她举头仰望两山之间至日中才现出的一枚太阳，那太阳小若银币，白光直泻，一路阴森晦暗的川江峡谷此时才有了一束变幻着光团的亮色。山多么高啊人多么小啊，风舞动她的黑发飘拂，她茫然前行。

她走出四川，一去五十年，故乡和童年捏到了一处，如水和泥捏到一处，捏成一个泥坨坨在心里窝着，将那里的山那里的水那里的人那里的故事，浓浓地溶进自己的心里，溶成一罐老酒，故乡的酒，地地道道的泸州老窖，点点滴滴的酒香浓洌之中，母亲回到了记忆的故乡。当年虽说是走出了四川，但是永远也走不出故乡的记忆，此后的一生，此后的一世，睡里梦里纠葛盘缠直到老死。

直到今天我依然不清楚母亲的牵挂，直到今天我也没有去过四川，于是，她的故乡对于我，依旧是一个遥远的神秘的梦幻的国度。我在心深处描画着想象中的四川，我在梦中走进母亲的记忆，片段的记忆，如同风中落下的叶子，我在梦一样的思绪里捡起地上的落叶，把它们拼成不完整的故事。当记忆消失的时候梦也会一同消失，所以母亲至今都不肯忘记她的故乡，她想把她的记忆留给我同时留给我她的梦，留给我一些缤纷五彩的凄凉和悲伤。我对她说，我会回到四川去。

蒿草青未央

地图阅读·旅行卷

刘醒龙

一棵荒草用细细的根须抵达千年史实，一行黄叶用小小的叶面采集千年的荣光，一瓣野花用嫩嫩的蕊丝扰动千年的芬芳。

这就是长安城，荣华末路唯有荒草。

这就是未央宫，岁月流转尽是浮尘！

千百年前，这里曾是龙首山。

千百年后，这里又是龙首山。

岁月之间，肯定有过那座方方正正，四面筑围墙的未央宫；也肯定有过东西长 2150 米，南北宽 2250 米，面积约 5 平方公里，内有 40 多座建筑的未央宫。宫城之内，肯定有过居全宫正中，台基南北长 350 米，东西宽 200 米，最高处达 15 米的前殿。这一刻，脚下的一切，又都恢复成平常人也能察觉风水极好的龙首山模样——当地人还不肯将其称作山，只管与黄土叠叠的汉中大地一样，笼统地叫塬。

站在这样的山上或者说是塬上，秋天刚刚来到，花儿们忙着谢了，叶子们却不急着染上红黄，满眼之中的绿自然不那么理直气壮。一阵风吹来，甚至是一片阳光刮来，就会显出深处里已经在弥漫的枯瘦。

　　这情景，正如南方楚地民谣所唱：风吹麻叶一片白。下一句唱词是：葫芦开花假的多。从南方楚地一路攻城略地，率先攻陷长安城的刘邦，果然依着"怀王之约"抢得"秦王"位置而号令诸侯，如此，中华天下岂不是将要称为说"秦语"的"秦人"与"秦族"？好在西楚霸王倚天怒吼，顷刻间山河倒置沧海横流。面对英雄愤怒，刘邦只得领了"汉王"衔，一时憋屈的无奈，竟然成就了千年万代的"汉人""汉语"与"汉族"。诎寸信尺，小枉大直，莫非善忍，哪得长安？一棵葫芦藤蔓铺天盖地开花，到头来只结得几只瓜果，那些结不了果的花儿，鲜也鲜过，艳也艳过，也招过蜂，也惹过蝶，最终还是逃不脱作假的命。历史高高在上，在现实的眼光里，如同上面青黛、下面粉白的麻叶，有风吹与无风吹，景致大不相同。

　　分得清的是前世，分不清的是重生。荒草再猛怎么生长千百代？一丛丛狗尾草偏偏要光鲜地摇滚，宛如未央宫内六大殿中的大汉重臣。芳菲再烈如何弥漫万万岁？一片片瘦芭茅在炫耀地飘扬，好比未央宫外十八阁里的汉室小吏。

　　左手捡起一只瓦砾，掌心里有了一座殿的沉重。右手拾得半个瓦当，指缝中夹带着一处阁的优雅。抬起左脚，无论是不是小心翼翼，都会将东阙踢得空空回响。落下右脚，无论有没有故意，注定要将柏梁台踩得踏踏实实。向西一个喷嚏，足以让西司马门风雨飘摇。向东一声咳嗽，定招致东司马门草木惊心。

　　帝宫未央，周回多少兴衰。

　　焦土一抔，拂一拂就得见天禄。老尘一捧，闻一闻就想起石渠。泥巴一坨，捏一捏就造就金华。沙砾一掇，数一数就数出玉堂。浮灰一团，吹一吹就飘来白虎。流沙一把，漏一漏就变成麒麟。离宫别殿，崇台闳馆，总记得星宿般列列环绕。

王者长乐，更知岁月无敌。

飞灰一阵，如裙袂飘落掖庭。汀泞一掬，如胭脂抹到椒房。土骨一堆，像英姿锦绣合欢。石子一粒，像玛瑙闪耀昭阳。残垣一列，似淑女窈窕鸳鸯。枯沟一带，似珊瑚出浴披香。荒径一路，为红玉流连蕙草。兽迹一行，为白玉圆润兰林。断墙一面，当长袖画眉飞翔。青石一方，当翡翠夜映凤凰。后妃闺室，粉阁香楼，忘不了虹彩般灿灿流霞。

雁过留声，那些早已开过花，舞蹈得汪洋肆意而累得歇季的虞美人，若不是来了赵家飞燕，岂会再叹三十六宫秋夜长！风过留痕，那些早已飘香过，芬芳得醉生梦死的野蔷薇，若是不迎来陈家女儿，也就没有人再去金屋修成贮阿娇！天涯望断，正在不远处悄然伫立的雪花与梅花，等待的是那位步出长安，千载琵琶作胡语的出塞昭君！

不知从何处刮来的秋风醉了，仿佛刚刚穿越汉武大帝流连过的三千余种名果异卉：棠枣、樗枣、西王母枣；紫梨、青梨、芳梨；霜桃、含桃、绮叶桃；紫李、绿李、金枝李；赤棠、白棠、青棠、沙棠；朱梅、燕梅、猴梅、紫叶梅、同心梅；白银树、黄银树、千年生长树、万年生长树、扶老树、金明树、摇风树、鸣风树、琉璃树。百里长安，铺陈绿蕙、江蓠、芜蒌和留夷。十里未央，尽是揭车、衡兰、结缕和戻莎。茈姜蘘荷，葴持若荪，鲜支黄砾，蒋苎青蘋，天下奇花妙草，世上国色天香，可以遮蔽江湖大泽，可以蔓延帝国原野，只是抵不过一夜风尘。树还是树，草还是草，花还是花，却一一还原成树中杨柳、草中青蒿和花中酢浆。

荒郊旧址，古来绝唱。

野遗之上，满目无常。

那天，在未央宫遗旁，同行的一位朋友忽然说起，曾有甘肃朋友送他一只汉代陶罐，摆在家中的日子，一家人天天做噩梦。有一回惊醒时还记得梦中之人对自己说的话：若无鬼魂，何来惊扰？朋友将陶罐放到地下室后，家中一切重回安宁。

来自楚地的刘邦，大概更在乎中国南方的魔幻之于自身及汉王朝的现实效用。于楚地中心湖北随州孔家坡出土的汉简中，记载了用鸡血祭祀土地神，其中有简文"央邪"，表明其时"央"与"殃"相通，"殃邪"当然是指殃祟与灾祸。如此例证还有云梦睡虎地的秦简、长沙马王堆的帛书。堂堂汉高祖，肯定对身后之事有所预见，"未央宫"就应当是没有灾难，没有殃祸的王宫了。

经历吕氏之乱、七国之乱、巫蛊之祸，待到商人杜吴于宫中酒池杀了王莽，校尉公宾斩其首级，"未央"的意义，无论解释为没有尽头，还是理解成没有祸患，都不过是传说了。

正如朋友们所遭遇的，百代千年的未央宫存于当下、活在当下的意义，是在长乐长安之上，不使那些历史中的邪恶再犯人间。史遗所在，宁肯葳蕤酢浆作了国色，唯愿梦离青蒿是为栋梁，也不让前朝奸佞重享一缕阳光。一棵草的未央，于过往是莫大遗恨，对历史则要撷笔穷鞠。人文烝会，瑰异日新，如此芳草积积，嘉木满庭，才有天下兴盛，无极长安的深远寓意。焦土累累，雁碛遥遥，那些生长在历史中的狗尾草，飘荡在时光里的蒲公英，都将蕴藏着现实的强大力量。

Never Had Loneliness

地阅读 · 旅行卷

第二章 小城逸情

西栅的梆声

地阅读·旅行卷

迟子建

　　乌镇是一枝莲，东栅、西栅、南栅、北栅是它张开的花瓣。东栅因为天光和烟火气盛，这片花瓣在我眼里是银粉色的。西栅呢，它被不绝的流水环绕着，那层层叠叠的楼台水阁，迷宫似的灰街长巷，也就有了舟楫的气象，似乎你轻轻一推，它们就会启航。这片轻灵的花瓣，在我眼里就是烛白色的了。烛白色不像银白那么耀眼奢华，也不像乳白那么温柔平淡。烛白色，它高贵朴素，充满激情而又深沉内敛。因为烛白色里，掺杂着天堂的色彩。

　　来乌镇的，不仅仅是人，还有白鹭、云朵、晨雾。与它们比起来，倚赖车船出行的人，是多么的被动啊。白鹭来，乘着清风，扇动着丝绸一样的翅膀，倏忽间就翩然而至了；云朵呢，如果它们思念身下这片枕河入梦的人家了，从天宇的某个角落出发，且歌且舞，飘飘洒洒，也是说到就到了。比起白鹭和云朵，晨雾不是远客，它们就栖息在乌镇纵横交织的水泽深处。只要它起了顽皮，就一哄而起，缚住太阳，把人间幻化为海市蜃楼，霸气十足地做这世界早晨的皇帝。

　　我在乌镇，住在西栅。西栅由十二座小岛组成，所以进出西栅，须乘坐渡船。到乌镇时已是晚上九点，江南的雨淅淅沥沥下着，好像乌镇这个素服女子忙活了一天，正在做安寝前的沐浴。从西栅的码头登船，去通安客栈，大约一刻钟。西栅的渡船是我喜欢的那种，带篷的木船，梭形，人工摇橹，至多坐六人，既不像大船那样笨拙少情调，又不像只能容一两个人坐的小舟，在水波上活跃得像条鱼一样，让人心生不安。不大不小的渡船，如同恰到好处的鞋子，最适合游人的脚。船家是个女子，乌镇人对她们有个亲切的称谓：船娘。而我觉得，女子的性情，最适合在西栅摆渡。因为这儿不是荒凉的海域，需要顶天立地的男人披荆斩棘，西栅是一个宁静的港湾，是个听桨声的地方，由性情多温婉的女子做"掌门人"，再妥帖不过了。

船娘戴着斗笠，不紧不慢地摇着橹。虽然落着雨，但岸上投下的灯影，依然盛开在河面上，看来电的筋骨，实在强啊。没有月亮的夜晚，那一团团湿漉漉的橘黄的灯影，看上去像是月亮生出的金发婴孩，是那么的鲜润明媚。带着一身的水汽，船停靠在客栈的码头上了。简单吃了点东西，洗漱后躺下，已是深夜了。旅途的劳顿，并没有使我立刻入睡。不过在西栅失眠是幸福的，因为你在静得出奇的夜里，能听见淙淙的流水声。

来乌镇的次日，是茅盾文学奖颁奖的日子。我醒来的时候，西栅还没醒，因为它被浓雾包裹着，所以到了天亮的时辰，它却亮不起来。早饭后，我出了客栈散步。上了一座灰白的石拱桥，站在桥上，只见河两岸的房屋，好像晾晒着一匹匹白色的丝绸，被雾气紧紧缠绕。你想看远一点的河道，看不清楚；想看近处房屋的飞檐，也是看不清楚的。雾中的西栅，也就有了如梦似幻的感觉。上午十点多，雾小了，雨又来了，所以那个白天的太阳，和那个夜晚的月亮，是逃跑的新娘，芳踪难觅。如果说乌镇是一朵静静的莲的话，那么茅盾文学奖的颁奖典礼在我眼里就是昙花。那个夜晚的颁奖盛典结束后，第二天，与会人员纷纷离去了。客栈的小码头忙碌起来，船娘忙碌起来，被桨搅起的水波，也忙碌起来了。

　　我也乘渡船出去，但奔赴的不是飞机场，而是东栅。太阳终于露出了芳容，天地间变得亮堂起来了。东栅游人如织，每一座石桥，每一条小巷，每一座古老的楼牌下，都有驻足观望和拍照的人。导游带着我们，先是参观了一个专门展览雕花木床的博物馆，然后去了乌镇名酒、从清朝就开张了的三白酒的酿造地。在乌镇这样的水乡，如果没有酒，老百姓的日子，无疑是少了魂儿。出了酒坊，近午的时候，在去餐馆的途中，我在一条巷子里，遇见一个白发苍苍的老婆婆。她将自家炉灶支在屋外，微微弓着背，神色怡然地，当街翻炒着一锅羊肉。羊肉显然被酱汁浸透了，油红色，扑鼻的香气。很多游人停下脚步，眼馋着那锅肉。而我眼馋的，是老婆婆手中的那把锅铲。如果我到了她这般年华，能像她一样自如地使着锅铲，为自己烹调下酒的小菜，那就是此生最大的福气了。

　　从东栅回来，小憩片刻，导游又带着我们游西栅。看了白莲塔、通济桥和仁济桥所形成的著名的"桥里桥"景观、蚕丝厂以及酱坊。西栅最有趣的景观，是三寸金莲馆。那里展览的，是历朝历代形形色色的小鞋。有研究者说缠足始于隋唐，也有人说由五代兴起。清人主中原后，反对汉族人缠足，尤其是康熙大帝。从这点看，康熙就是一个充满人性的皇帝。康有为在自己的老家广东南海，还曾联合当地乡绅和开明人士，创立过不缠足会。这种病态的审美和风习，在中国流传了近千年，却是一个不争的事实。那些小巧玲珑的鞋子，多有斑斓刺绣，花色妖娆，可我却看不出丝毫的美来，因为它们是女人的脚镣啊。

　　游过西栅，天色已昏。我们就近在一处临河的餐馆吃晚饭。饭后，回到客栈，清理完旅行箱，想想明天就要离开西栅了，心中似乎还有什么割舍不下的。九点一刻，我独自出了门，看夜下的西栅。

石板路上，几乎看不见行人了。西栅静起来，而另一种光明，却升起来。点缀着夜晚的灯光，以乳黄为主，但也有幽蓝的光带，裹着石桥，使桥有了闪电的气象。那一盏盏古朴的风灯，在苍灰的屋檐下，随着晚风轻轻摇荡，像恋人温柔的眼。我走进一条深巷，周围竟一个人都不见，那一座座阒然无声的深宅大院，使我怀疑里面居住的不是人，而是神灵。我有些害怕，连忙回到离出发点不远的放生桥那儿，桥下有一个小酒吧，还有零星的顾客。刚停下脚步，就见柳树丛中闪出一只猫来，雪白雪白的，它好像赶赴什么约会，飞也似的越过石桥，去另一岸了。猫离去了，一个清扫员出现了。她一手拎着撮子，一手提着扫帚，打扫石巷。我看了看撮子，里面较少有废纸和食品包装袋之类的垃圾，更多的是落叶。乌镇再怎么的江南，也是秋意阑珊了。我跨上桥，刚好看见有一只载客的船从远处荡来。我听见客人在问："岸上是什么树呀？"船娘答："香樟树。"之后再无人语，有的只是水声。我看着这只船渐渐接近石桥，然后鱼似的从桥下跃过，不见了踪影。正当我要走下石桥的时候，一阵梆声石破天惊地响起，这是打更的人在报时了。打更的人穿行在哪一条巷子，我并不知晓。但这寂寥而空灵的梆声，与教堂的钟声一样，让我身心，顿时为之一爽。是啊，这禅意深厚的梆声让我明白，所有的盛典和荣耀，不过是一季的盛花，会转瞬间化为流水。那些相识的和不相识的人，包括我自己，不过是这世界的过客而已。明白了这个道理，你就不会在脱离了灯火璀璨、人语喧嚣的环境后，惧怕一个人走夜路。这复古的梆声，让西栅的夜，白了。

她阅读·旅行卷

张晓风

城门啊，请为我开启

那个地方有个奇怪的名字，叫——"嘉峪关市"。

汽车在三一二号公路上走，两侧是瀚海无垠，有时盹了一觉，醒来，也不觉得有异，风景跟刚才还是一模一样，还是眼睫接黄沙，黄沙接眼睫。车子所造成的空间挪移好像不具意义。

原来以为黄昏以前可以赶到嘉峪关看落日的，无奈没有赶上，城门在六点关了，我们去的时候已是八点。

城关了，夕阳却没有关，那永恒的北地胭脂云。我们一行怅怅地站在城门口，想跟守卫打交道，他也不搭理我们。

"我们不走远嘛，只走一百米就回来，我们只要看一眼！"我妥协道。

"台湾来的，都是名人呢——"陪同说，"这位叫'涨——T一么——奋'（用西北腔的普通话念我的名字张晓风三字便会念出这种怪腔来）你听过没？"

"啊！——涨T一么奋——听过！听过！"

他说着，果真开了门。（大陆版的《读者文摘》，发行三百万份，常转载我的文章。）

　　盛名，一向是个讨厌的累赘，这次却让我尝到了甜头，居然可以令城门在关上之后又开启。我们一行人都进去了，匆匆看了夕阳出来，一回头，东方的月亮也已经悄悄破土而出。一边是彩霞，一边是初月，大家给夹在两个强势的美感间。一根脖子都不知往哪一边伸才好。

　　说到嘉峪关的城门，有个故事满凄凉的：传说有一对燕子，很恩爱，他们的巢筑在城内，平日两只燕子一起出外捕食，也一起回家，不料，有一天母燕刚飞进城门，门就关了，追随在后的公燕不幸触门而死。死后的公燕犹不时发出啾啾的鸣声——今日，游人还常在东西二城楼内侧的北墙角下流连，重复做这种实验。只要使用二石相击。城墙角上便会回应一片啾啾燕鸣。

　　我们何其幸运，可以在黄昏关门之后叫开门，昂然入城。不必做故事里那只碰死的燕子了。

　　女诗人夏宇写过一首《连连看》，将扉页上排的字眼跟下排的词汇随意联想。如果上排有人出个题目是女人和长城，恐怕下排答案极可能是连上"哭倒"吧。但今天的台湾女子来此，我们不是来哭倒什么，我们来用自己的名字叫开一个城关。

　　想起千年前诗人高适送给朋友董大的诗：

　　　　千里黄云白日曛

　　　　北风吹雁雪纷纷

　　　　莫愁前路无知己

　　　　天下谁人不识君

那说话的口吻分明是盛唐的自信。

我今被关卒所识，高兴过分，不免有点小人得志的小家子气起来。

但两岸关山阻隔，在这边荒的甘肃省嘉峪关，你就算打起连战的名衔也是枉然呀！

月亮升得更高，我们在大路边坐下，大漠有几分像海——它本来就是海，广远而有波纹，仿佛在记忆着十亿年前的身世，月亮在此时此地竟像"海上明月共潮生"了。

生命居然可以如此豪奢。

记得有一年秋天，台风过后，跟朋友去恒春的南仁湖，那安详如富春山居的构图使人驻足欲泪。

"我——"我像在向神父办告解，"我觉得有点内疚——"

"什么事？"朋友有点被我吓住。

"似乎有点不该——日子过得太好了，好得太过头了——"

"那——"朋友说，"我回去抄经好了！"

"什么鬼！你以为抄经是补过呀？有好纸好墨好笔好文字供你挥洒，抄经算来仍然是件享受啊！"

朋友一时语塞，那时候，刚好同行的王君在路边用小刀挖开了他一路背上山来的椰子，清凉的椰汁正等着我们去享用，唉！罪过又增加了一项。

我今安安静静坐在沙碛上看月亮，也觉幸福不可名状。这种"山南山北雪晴，千里万里月明"的景致，在古代，是多少悲伤的戍边战士怕看的景象啊！而在现代，那些活不到开放返乡的老兵，恐怕做梦也会梦到这番情境吧？唯有我，此刻一无挂碍，一心一意，只看月亮，人生逍遥至此，除了谢天，你还能再说什么？

第二天，又去看朝日照耀下的嘉峪关，城阙结构严整，跟黄昏时的苍茫相比，又别是一番气象，不禁觉得十分划得来，仿佛一鱼两吃。

重关上有座小楼，小楼的边角凸线上平放着一块不起眼的砖头，这块砖牵涉到一段故事：

据说当年监修嘉峪关的官员叫张不信，工头叫易开占，易开占精于计算，预备工料从不浪费。他算出嘉峪关的用砖量是九万九千九百九十九块，如果有误，他愿领罪。监修官员不相信，故意多做一块，等工程完毕，果真多了一块，但易开占把它解释做天意要留此砖做"定城砖"，得以免罪。这故事的版本极多，大约民间版本只在说工头师傅的神乎其技，后来就变成了"劳动人民"和"贪官污吏"的矛盾斗争。我看此砖时，故意哈哈一笑，说：

"啊呀，这故事的教训嘛，就是说从资本主义的观点来看，成本计算一定要精确，千万不可浪费成本。"

当然，这话是开玩笑，那砖给我真正的感动其实是对于那修城大匠的感动。工程完成了，世人只见那巍巍城池，但万丈高城原自一砖一石起。只有母亲般的创作者的心才会娓娓向人说起这城的幼年故事。那时候，莽莽黄沙上一无所有，而情节从一块砖垒在另一块砖上开始……

记得去年在北京八达岭上，从城墙的缺口处远眺，不禁为当年戍边的男子悲伤。这小小的一方窗口，古来换过多少双望乡的泪眼啊！山河迤逦，寸寸都是被年轻的眼睛望成惨绿的啊！也许是中原地区的心态吧，他们把河北的山海关叫作"天下第一关"——其实，位在甘肃的嘉峪关也自认是"第一关"。"如果从东往西走，他们是第一关没错，"此地父老坚持，"可是如果从西往东走呢，当然这里才是第一关啦！"于是山海关拥有一块匾，上书"天下第一关"，嘉峪关却拥有一匾一碑，碑曰"天下雄关"，匾曰"天下第一雄关"（相衬之下，仿佛山海关成了"天下第一雌关"似的）。其实考证起来，两关都属明代长城，嘉峪关建于一三七二年，山海关建于一三八二年，嘉峪关早了十年。

今年站在长城的另一头，跟去年相比，所悲的心情忽然不一样了。

城墙一般而言成一字形，但在重要的关口，往往加上口字形，口字形的空间叫瓮城，是引诱敌人"请君入瓮"的地方。敌人一旦进了口字形的瓮城，石头便如雨纷下，来犯者无一生还。

唐人李颀《古从军行》中有"胡雁哀鸣夜夜飞，胡儿眼泪双双落"的句子，原来胡人和汉人都无非想在这块土地上求一角生存权吧！想当时瓮城上石块砰砰掷下的时候，四溅的血肉岂不也是妇人十月怀胎的宠儿吗？战争使杨柳楼头的江南少妇和胭脂山下篝火堆旁的胡人女子同时成为寡妇。

这瓮城，此刻看来只是四堵合围的安静土墙，容得下祖孙晒太阳，容得下瞎子弹三弦，容得下大叔大婶呼鸡唤狗的寻常土墙。但，这跟整个黄土高原完全同色系的安静土墙，当年却是怎样杀机四伏的地方！

"有一次，他们来这里拍电影，"一路开车的司机师傅忽然发表他的独家资料，"拍到半夜，要开车回去，那车竟然怎么倒都倒不出来，你看，那么宽的地方，奇怪咧，就是倒不出来！后来导演也不知怎么搞的，忽然说要烧香，于是，烧了一大把香——说也怪，车子一倒就倒出来了。"

听得人毛骨悚然，但不知道那鬼是胡鬼还是汉鬼，是不是午夜的水银灯一亮，六百年前的盔甲照眼旌旗鲜明，戎角悲吟中千军万马皆一一复活，让他们恍然之间以为战况正酣，他们仍是大明天子手下的一员猛将……

城门都有好听的名字，像"光化门""柔远门"，城宽，可以驰马，所以有斜矗上城的马道。更有趣的是城里还有关城庙，连关公也一起来此驻守了。

城边上，设了一座戏台，不知为什么，站在空空的既不见演员又不设道具的戏台前无端想哭。没有锣，没有笛子，没有弦，没有蟒袍，没有霞帔，没有一只马鞭所代表的千里坐骑。没有一根彩带所甩出的满天花雨，但，那戏台自己就是戏啊！那万里望之不尽的荒天漠地，才是舞台，绵亘不断的祁连山是远方的布景，至于这凡人搭出来的戏台只是一个角色，用他喑哑的声音唱着他自己的沧桑。

林则徐出嘉峪关曾留下这样的诗句：

> 天山岩峭摩肩立
> 瀚海苍茫入望迷
> 谁道崤函千古险
> 回首只见一丸泥

大部分的长城，包括嘉峪关这一段，都是略呈梯形的黄土夯筑（烧制的砖用得较少，往往是用于城楼建筑），看来像早期台湾乡间的土角厝，也像秋收后的稻草堆成秸秆垛。对人类的身体而言，攀城进犯当然极难，但林则徐的诗把天隄之险说成大地上的一小团泥丸也极正确。在那海洋一般的戈壁上，这身高十米的土城明明只是一小丸泥（但是这丸泥，却也从战国而秦而汉而唐而宋明，一代代经营下来）。换个角度看，宇宙洪荒中，这地球也不过是一粒小泥丸罢了。而我，这出于尘土复注定归于尘土的身体难道不也正是一丸泥吗？

祁连山的雪峰一径白着，站在城上远望，仿佛一排高高的浪头，正要扑下这十亿年前的海洋。

但是浪头且慢，在地未老天未荒之前，让我这小如泥丸的人，在这渺如泥丸的城头聊且一站，让我想想这乾坤中旋转如泥丸的大地，让我们在这一霎间相依相傍。

三好一公道

林清玄

最近住在台北县的莺歌小镇，有一天到街上去，看到一家小面摊挂着一个大招牌"勇伯仔面摊"，旁边还有两行小字："三好一公道：汤好、料好、服务好，价钱公道。"

看到这样的招牌感到格外亲切，站在招牌下细细地看着面摊，还有摊子上忙着招呼客人的老先生。然后我坐下来吃了一碗素米粉，果然是三好一公道，这样的小事使我那一天的心情都非常开朗，有一种光明、清净、温暖的感觉，就像月圆时的光芒一样。

亮亮，我在青年时代，曾在我们居住的这块土地行脚，从大城到小村，从山崖到海滨，企图使自己的心灵与脚印落实在这块土地上。我想到，光是我吃过的叫作"勇伯仔"的面店或小摊就有十几个，他们共同的招牌或共同的心意就是"三好一公道"，当我坐在野风吹拂的乡间吃小摊子的时候，就感觉像"勇伯仔""三好一公道"这几个字简直是美极了。

向前奋进的一种形象

一直到现在，我用还带着下港乡音的闽南话念道："勇伯仔米粉，三好一公道。"想到可能有数十百家自称勇伯仔的摊子分布在我们这个岛上，心里就流动着一种难以言说的温暖。

"勇伯仔"象征的是台湾人民永远向前奋进的一种形象，从前在乡下，我们对那些勇力过人的老人家，以及到年纪很大了还在农田奋斗的长辈，总会亲切地叫一声"勇伯仔"。这"勇伯仔"很像卖担担面的人在门口挂一盏灯笼写着"度小月"一样。早期的乡间生活艰难，农民渔民在忙碌的时间叫"大月"，较闲暇时则叫"小月"。所谓"度小月"，是农田的工作告一段落，农人依靠卖面来赚取生活的补贴。

现在，卖面的人都不再是农人"度小月"了，而且一个小面摊的收入就比一甲地的农田收入要好得多，年轻人宁可到都市摆摊卖面，也不愿意留在乡下耕田。"度小月"虽在时空中变质，但"勇伯仔"还没有，我偶尔到乡下的农田总会看见许多我们这个社会的"勇伯仔"卷起裤管在各地的角落打拼。

"三好一公道"则是农村社会里出自人心真诚的流露，记得台湾光复不久的乡间，我们可以打交道的店家很少，比较常来往的是杂货店。

当时的杂货店给我留下了一些深刻的印象，那个时候没有什么名牌，也没有商品标示，所有的东西都是装在大缸、大瓮、大罐里，像柴、米、油、盐、酱、醋、茶等都是用"打"的。小时候帮妈妈到杂货店去打油、打酒、打醋都是非常美好幸福的经验，我总提着瓶子，一路唱着歌到远在数百米外的杂货店去。

老板拿个大勺，漏斗架在瓶子上，一勺就把瓶子灌满了。

然后，他会拿一本簿子出来，叫我在上面签字，以便年底时一起结账。我签名的时候感觉到一种意外的欢喜，觉得自己已经成长了，可以为父母亲分劳。

存乎一心，童叟无欺

回想起来，那个时候的杂货店，除非是外地人，本乡的人都是不付现的，全是签账，一年结算两次，有许多农人不识字，连自己的名字也不会写，那就全凭杂货店老板"存乎一心"了。在我长大的年岁从未听见过有交易上的纷争，可见那时候的人比较有天地良心，那时候的店则比较能"童叟无欺"。

农村签账的传统，我想是来自两个原因，一是农人的家里通常是没有现金的，他们要在一年两三次的收成里才有比较大笔的现金，因此现金交易变成不太可能，只好大家都赊欠。另一个原因是人与人间互相的信任，买卖是站在一个互信的基础，买的人不认为会受骗，卖的人不认为会被倒，这种信任的态度是维持社会和乐最重要的基础。

比较起现在，有时就会感触良多，现代人所有的东西都有商品标示，却有许多是名不副实的，即使买东西时样样看标示，受骗的机会也非常多。这还是好的，任何人走进现代商店就会发现，大镜子、监视器到处都是，卖东西的人总是虎视眈眈，偶尔走进卖高级舶来品的店里，小姐们常常狗眼看人，流露出来的神情仿佛在说："哼！凭你这块料也敢到我们这种店来！"

亲爱的亮亮，我在生活里是个随便的人，常常穿着布鞋和一件老旧的衣服就上街了，可是又喜欢随兴而为，一不小心就会走进名牌的店铺乱逛，这时我知道冷眼与无知的鄙视一定是免不了的，我自己虽然一点也不在意（我们的情绪为什么要受势利的眼睛影响呢？），不过，一想到台湾社会经过几十年的奋斗，乡下有那么多的"勇伯仔"，有那么多人在"度小月"才有今天，而服务的品质却不进反退，就会令人伤心。

这可以说是"三好一公道"的失落。在现代社会，三好是品质好、制作好，服务好，一公道仍然是价钱公道。

缺少平等心的社会

我们的服务不能好，就是缺少一个平等心，顾客一进门时就已经分门别类，逢迎高的、鄙视低的，正是整个社会的病态。记得我有一次在日本旅行，朋友告诉我在东京银座有个世界最高级的珍珠店，我特地跑去参观，由于旅行的缘故，我那一天蓬首垢面，一点看不出与珍珠有任何关系。我一走进店里，店员全部对我鞠躬，表现了极亲切的欢迎，有一位甚至热心地为我介绍橱窗里最名贵的珍珠，我害羞极了，只好表明自己没有买珍珠的意图，但他们并不因此放弃，一直引导我参观过店里的珍珠，才鞠躬送我出来，还齐声说："噜摩·阿里阿多·狗踩麻薯。"

这种经验在台湾真是不可多得，有一次我到台北一家卖水晶的店去，有三位店员，其中两位对我冷眼相待，爱理不睬，有一位读过我的书，赶紧向其他两位说："他是一个作家呢！"没想到背后响起这样的声音："哎哟！我们店里的东西，作家也买不起呀！"

亮亮，你知道为什么日本商品如此强势，服务业勇冠全球吗？其实没有什么秘诀，原因正是"三好一公道"。我真想将来有钱的时候到银座的珍珠店去买一颗珍珠，而即使我有钱，也不愿在台北买冷冰冰的水晶。

真正的珍珠与水晶，是在人心，而不在橱窗。有平等心时，俗气的珍珠顿时有了光芒，失去了平等心，再明亮的水晶也与玻璃无异。

价钱在台北也逐渐成为迷幻的东西，根据消费者文教基金会的调查，台北的东西平均比其他大都市贵好几成，特别是号称高级的奢侈品，已经完全没有"公道"可言，可叹的是，人人习以为常，买更贵的东西，得到更坏的服务，就是今天台湾社会的真相。

为什么我们传统里好的"三好一公道"，在商业社会就瓦解了呢？那是因为我们认为商业就是这样，就是不择手段地赚钱，就是想尽办法掏空别人的荷包，忘却了商业行为里其实应该有人间的信任与公道，在买卖之间有人间的好。

维持人生的基本信条

今天我路过信义路，发现从前我受到冷嘲的那间水晶店已经倒闭了，使我感到叹息，想起使它倒闭的原因说不定不是水晶，而是店员。亮亮，现在正有更多的年轻人投入服务业，说不定将来你也会进入服务业，希望我们都能记住"三好一公道"，使这个社会有真正品质的提升，一个社会的优劣不是由购买力或高级的东西构成，而是由人的好品质构成的。

夜里，我到饶河街的夜市去买花生，卖花生的人也卖瓜子，还有进口的核桃、榛果、开心果，他很有耐心地叫我每一种都尝一尝，并且把核桃、榛果用夹子夹开让我品尝，最后我还是只买了五十元的花生米，他依然礼貌地向我致谢，这使我想起了乡间的小店，为之感动不已，知道即使是商人，也有许多人的心灵尚未失去光芒。

越接近重商的资本社会，人越容易向物质屈服，越容易受到环境的左右，心灵越快被俗化、冷化、非人化，使我们步行在七彩的霓虹之中，感到无力与孤寂。要使自己更卓越，其实就是维持一些人生的基本信条而已，像"三好一公道"就是很好的信条。

让我们做这个社会的"勇伯仔"，让我们成为心灵卓然的人，亮亮，一起来努力吧！

苏州的回忆

周作人

　　说是回忆，仿佛是与苏州有很深的关系，至少也总经过十年以上的样子，可是事实上却并不然。民国七八年间坐火车走过苏州，共有四次，都不曾下车，所看见的只是车站内的情形而已。去年四月因事经南京，始得顺便至苏州一游，也只有两天的停留，没有走到多少地方，所以见闻很是有限。当时江苏日报社有郭梦鸥先生以及另外几位陪着我们走，在那两天的报上随时都有很好的报道，后来郭先生又有一篇文章，登在第三期的《风雨谈》上，此外实在觉得更没有什么可以记录的了。但是，从北京远迢迢地经苏州走一趟，现在也不是容易事，其时又承本地各位先生恳切招待，别转头来走开之后，再不打一声招呼，似乎也有点对不起。现在事已隔年，印象与感想都渐就着落，虽然比较地简单化了，却也可以稍得要领，记一点出来，聊以表示对于苏州的恭敬之意，至于旅人的话，谬误难免，这是要请大家见恕的了。

　　我旅行过的地方很少，有些只根据书上的图像，总之我看见各地方的市街与房屋，常引起一个联想，觉得东方的世界是整个的。

譬如中国，日本，朝鲜，各地方的家屋，单就照片上看也罢，便会确凿地感到这里是整个的东亚。我们再看乌鲁木齐，宁古塔，昆明各地方，又同样地感觉这里的中国也是整个的。可是在这整个之中别有其微妙的变化与推移，看起来亦是很有趣味的事。以前我从北京回绍兴去，浦口下车渡过长江，就的确觉得已经到了南边，及车抵苏州站，看见月台上车厢里的人物声色，便又仿佛已入故乡境内，虽然实在还有五六百里的距离。现至通称江浙，有如古时所谓吴越或吴会，本来就是一家，杜荀鹤有几首诗写得很好，其一《送人游吴》云：

君到姑苏见，人家尽枕河。古宫闲地少，水港小桥多。夜市卖菱藕，春船载绮罗。遥知未眠月，乡思在渔歌。

又一首《送友游吴越》云：

去越从吴过，吴疆与越连。有园多种橘，无水不生莲。夜市桥边火，春风寺外船。此中偏重客，君去必经年。

诗固然作得好，所写事情也正确实，能写出两地相同的情景。我到苏州第一感觉的也是这一点，其实即是证实我原有的漠然的印象罢了。我们下车后，就被招待游灵岩去，先到木渎在石家饭店吃过中饭。从车站到灵岩，第二天又出城到虎丘，这都是路上风景好，比目的地还有意思，正与游兰亭的人是同一经验。我特别感觉有趣味的，乃是在木渎下了汽车，走过两条街往石家饭店去时，看见那里的小河，小船，石桥，两岸枕河的人家，觉得和绍兴一样，这是江南的寻常景色，在我江东的人看了也同样地亲近，恍如身在故乡了。又在小街上见到一爿糕店，这在家乡极是平常，但北方绝无这些糕类，好些年前曾在《卖糖》这一篇小文中附带说及，很表现出一种乡愁来，现在却忽然遇见，怎能不感到喜悦呢。只可惜匆匆走过，未及细看这柜台上蒸笼里所放着的是什么糕点，自然更不能够买了来尝了。不过就只是这样看了一眼走过了，也已很是愉快，后来不久在城里几处地方，虽然不是这店里所做，好的糕饼也吃到好些，可以算是满意了。

第二天往马医科巷——据说这地名本来是蚂蚁窠巷，后为传讹，并不真是有过马医牛医住在那里——去拜访俞曲园先生的春在堂。南方式的厅堂结构原与北方不同，我在曲园前面的堂屋里徘徊良久之后，再往南去看俞先生著书的两间小屋，那时所见这些过廊，侧门，天井种种，都恍惚是曾经见过似的，又流连了一会儿。我对同行的友人说，平伯有这样好的老屋在此，何必留滞北方，我回去应当劝他南归才对。说的虽是半玩笑的话，我的意思却是完全诚实的，只是没有为平伯打算罢了，那所大房子就是不加修理，只说点灯，装电灯固然了不得，石油没有，植物油又太贵，都无办法，故即欲为点一盏读书灯计，亦自只好仍旧蛰居于北京之古槐书屋矣。我又去拜谒章太炎先生墓，这是在锦帆路章宅的后园里，情形如郭先生文中所记，兹不重述，章宅现由省政府宣传处明处长借住，我们进去稍坐，是一座洋式的楼房，后边讲学的地方为外国人所占用，尚未能收回，因此我们也不能进去一看，殊属遗憾。俞章两先生是清末民初的国学大师，却都别有一种特色，俞先生以经师而留心新文学，为新文学运动之先河，章先生以儒家而兼治佛学，又倡导革命，承先启后，对于中国之学术与政治的改革至有影响，但是至晚年却又不约而同地定住苏州，这可以说是非偶然的偶然，我觉得这里很有意义，也很有意思。俞章两先生是浙西人，对于吴地很有情分，也可以算是一小部分的理由，但其重要的原因还当别有所在。由我看去，南京、上海、杭州，均各有其价值与历史，唯若欲求多有文化的空气与环境者，大约无过苏州了吧。两先生的意思或者看重这一点，也未可定。现在南京有中央大学，杭州也有浙江大学了，我以为在苏州应当有一个江苏大学，顺应其环境与空气，特别向人文科学方面发展，完成两先生之弘业大愿，为东南文化确立其根基，此亦正是丧乱中之一件要事也。

在苏州的两个早晨过得很好，都有好东西吃，虽然这说得似乎有点俗，但是事实如此，而且谈起苏州，假如不讲到这一点，我想终不免是一个罅漏。若问好东西是什么，其实我是乡下粗人，只知道是糕饼点心，到口便吞，并不曾细问种种的名号。我可记得乱吃得很不少，当初江苏日报或是郭先生的大文里仿佛有着记录。我常这样想，一国的历史与文化传得久远了，在生活上总会留下一点痕迹，或是华丽，或是清淡，却无不是精炼的，这并不想要夸耀什么，却是自然应有的表现。我初来北京的时候，因为没有什么好点心，曾经发过牢骚，并非真是这样贪吃，实在也只为觉得他太寒碜，枉做了五百年首都，连一些细点心都做不出，未免丢人罢了。我们第一天早晨在吴苑，次日在新亚，所吃的点心都很好，是我在北京所不曾遇见过的，后来又托朋友在采芝斋买些干点心，预备带回去给小孩辈吃，物事不必珍贵，但也很是精炼的，这尽够使我满意而且佩服，即此亦可见苏州生活文化之一斑了。这里我特别感觉有趣味的，乃是吴苑茶社所见的情形。茶食精洁，布置简易，没有洋派气味，固已很好，而吃茶的人那么多，有的像是祖母老太太，带领家人妇子，围着方桌，悠悠地享用，看了很有意思。性急的人要说，在战时这种态度行么？我想，此刻现在，这里的人这么做是并没有什么错的。大抵中国人多受孟子思想的影响，他的态度不会得一时急变，若是因战时而面粉白糖渐渐不见了，被迫得没有点心吃，出于被动的事那是可能的。总之在苏州，至少是那时候，见了物资充裕，生活安适，由我们看惯了北方困穷的情形的人看去，实在是值得称赞与羡慕。我在苏州感觉得不很适意的也有一件事，这便是住处。据说苏州旅馆绝不容易找，我们承公家的斡旋得能在乐乡饭店住下，已经大可感谢了，可是老实说，实在不大高明。设备如何都没有关系，就只苦于太热闹，那时我听见打牌声，幸而并不在贴隔壁，更幸而没有拉胡琴唱曲的，否则次日往虎丘去时马车也将坐不稳了。就是像沧浪亭的旧房子也好，打扫几间，让不爱热闹的人可以借住，一面也省得去占忙的房间，妨碍人家的娱乐，倒正是一举两得的事吧。

　　在苏州只住了两天，离开苏州已将一年了，但是有些事情还清楚地记得，现在写出几项以为纪念，希望将来还有机缘再去，或者长住些时光，对于吴语文学的发源地更加以观察与认识也。

桃源与沅州

全中国的读书人，大概从唐朝以来，命运中就注定了应读一篇《桃花源记》，因此把桃源当成一个洞天福地，人人皆知道那地方是武陵渔人发现的，有桃花夹岸，芳草鲜美。远客来到，乡下人就杀鸡温酒，表示欢迎。乡下人皆避秦隐居的遗民，不知有汉朝，更无论魏晋了。千余年来，读书人对于桃源的印象，既不怎么改变，所以每当国体衰弱发生变乱时，想做遗民的必多，这文章也就增加了许多人的幻想，增加了许多人的酒量。至于住在那儿的人呢，却无人自以为是遗民或神仙，也从不曾有人遇着遗民或神仙。

桃源洞离桃源县二十五里。从桃源县坐小船沿沅水上行，船到白马渡时，上岸走去，忘路之远近乱走一阵，桃花源就在眼前了，那地方桃花虽不如何动人，竹林却很有意思。如椽如柱的大竹子，随处皆可发现前人用小刀刻画留下的诗歌。新派学生不甘自弃，也多刻下英文字母的题名。竹林里间或潜伏一二羸径壮士，待机会霍地从路旁跃出，仿照《水浒传》上英雄好汉行为，向游客发个利市。桃源县城则与长江中部各小县城差不多，一入城门最触目的是推行印花税与某种公债的布告。城中有棺材铺，官药铺，有茶馆酒馆，有米行脚行，有和尚道士，有经纪媒婆。庙宇祠堂多数为军队驻防，门外必有个武装同志站岗。土栈烟馆皆照章纳税，受当地军警保护。代表本地的出产，边街上有几十家玉器作坊，用珉石染红着绿，琢成酒杯笔架等物，货物品质平平常常，价钱却不轻贱。另外还有个名为"后江"的地方，住下无数公私不分的妓女，很认真经营她们的业务。有些人家在一个菜园平房里，有些却又住在空船上，地方虽脏一点倒富有诗意。这些妇女使用她们的下体，安慰军政各界，且征服了往还沅水流域的烟贩，木商，船主，以及种种过路人，挖空了每个顾客的钱包，维持许多人生活，促进地方的繁荣。一县之长照例是个读书人，从史籍上早知道这是人类一种最古的职业，没有郡县以前就有了它们，取缔既与"风俗"不合，且影响及若干人生存，因此就很正当地向这些人来抽收一种捐税（并采取了个美丽名词叫作花捐），把这笔款项用来补充地方行政，保安，或城乡教育经费。

桃源既是个有名地方，每年自然就有许多"风雅"人，心慕古桃源之名，二三月里携了《陶靖节集》与《诗韵集成》①等物，来到桃源县访幽探胜。这些人往桃源洞赋诗前后，必尚有机会过后江走走。由朋友或专家引道，这家那家坐坐，烧匣烟，喝杯茶，看中意某一个女人时，问问行市，花个三元五元，便在那龌龊不堪万人用过的花板床上，压着那可怜妇人胸膛放荡一夜。于是记游诗上多了几首无题诗，"巫峡神女"②"汉皋解珮"③"刘阮天台"④等等典故，一律被引用到诗上去。看过了桃源洞，这人平常是很谨慎的，自会觉

① 《诗韵集成》，韵书，清余春亭编，为旧时初学作诗者检韵的简易工具书。
② 巫峡神女，传说楚怀王游高唐，梦见巫峡神女。典出宋玉《高唐赋》。
③ 汉皋解珮，典出《韩诗外传》，指郑交甫南适楚，于汉皋台下遇二女事。
④ 刘阮天台，相传东汉永平年间，剡县人刘晨、阮肇同入天台山采药，遇二仙女。

得应当过医生处走走，于是匆匆地回家了。至于接待过这种外路风雅人的妓女呢，前一夜也许陆续接待过了三个麻阳船水手，后一夜又得陪伴两个贵州省牛皮商人。这些妇人说不定还被一个水手，一个县公署执达吏，一个公安局书记，或一个当地小流氓，长时期包定占有，客来时那人往烟馆过夜，客去时再回到妇人身边来烧烟。

妓女的数目，占城中人口比例数不小。因此仿佛有各种原因，她们的年龄皆比其他都市更无限制。有些人年在五十以上，还不甘自弃，同孙女辈行来参加这种生活斗争，每日轮流接待水手同军营中伙夫。也有年纪不过十三四岁，乳臭尚未脱尽，便在那儿服侍客人过夜的。

她们的技艺是烧烧鸦片烟，唱点流行小曲，若来客是粮子上跑四方的人物，还得唱唱军歌党歌，与电影明星的新歌，应酬应酬，增加兴趣。她们的收入有些一次可得洋钱二十三十，有些一整夜又只得三毛五毛。这些人有病本不算一回事，实在病重了，不能作生活挣饭吃，间或就上街走到西药房去打针，六零六三零三扎那么几下，或请走方郎中配服药，朱砂茯苓乱吃一阵，只要支持得下去，总不会坐下来吃白饭。直到病倒了，毫无希望可言了，就叫毛伙用门板抬到那类住在空船中孤身过日子的老妇人身边去，尽她咽最后那一口气，死去时亲人呼天抢地哭一阵，罄所有请和尚安魂念经再托人赊购副四合头棺木，或借"大加一"①买副薄薄板片，土里一埋也就完事了。

桃源地方已有公路，直达号称湘西咽喉的武陵（常德），每日皆有八辆十辆新式载客汽车，按照一定时刻在公路上奔驰。距常德约九十里，车票价钱一元零。这公路从常德且直达湖南省会的长沙，汽车路程约四点钟，车票价约六元。公路通车时，有人说这条公路

————————

① 大加一，一种利率与贷款等额的高利贷。

在湘省经济上具有极大意义，对于黔省出口特货运输可方便不少。这人似乎不知道特货过境每次皆三百担五百担，公路上一天不过十几辆汽车来回，若非特货再加以精制，每天能运输特货多少？关于特货的精制，在各省严厉禁烟宣传中，平民谁还有胆量来做这种非法勾当。假若在桃源县某种铺子里，居然有人能够设法购买一点黄色粉末药物，仔细问问也就会弄明白那货物的来源，且明白出产地并不是桃源县城，运输出口时或用轮船直往汉口，却不需借公路汽车转运长沙。

真可称为桃源名产的，是家鸡同鸡卵，街头巷尾无处不可以发现这种冠赤如火庞大庄严的生物。凡过路人初见这地方鸡卵，必以为是鸭卵或鹅卵。其次，桃源有一种小划子，轻捷，稳当，干净，在沅河中可称首屈一指。一个外省旅行者，若想到湘西的永绥，乾城，凤凰，研究湘边苗族的分布状况，或想从湘西往四川的酉阳，秀山，调查桐油的生产，往贵州的铜仁，调查朱砂水银的生产，往玉屏调查竹科种类，注意造箫制纸的工业，皆可在桃源县魁星阁下边，雇妥那么只小船，沿沅河溯流而上，直达目的地，到地时取行李上岸落店，毫无何等困难。

一只桃源小划子上照例要个舵手，管理后艄，调动船只左右。张挂风帆，松紧帆索，捕捉河面山谷中的微风。放缆拉船，量渡河面宽窄与河流水势，伸缩竹缆。另外还要个拦头人，上滩下滩时看水认容口，出事前提醒舵手躲避石头，恶浪，与洑流，出事后点篙子需要准确，稳重。这种人还要有胆量，有气力，有经验。张帆落帆皆得很敏捷地拉桅下绳索。走风船行如箭时，便蹲坐在船头打吆喝呼啸，嘲笑同行落后的船只。自己船只落后被人嘲骂时，还得回骂；人家唱歌也得用歌声作答。两船相碰说理时，不让别人占便宜。动手打架时，先把篙子抽出拿在手上。船只搁入急流乱石中，不问冬夏，皆得敏捷而勇敢地脱光衣袴，向急流中跳去，在水里尽肩背之力使船只离开险境。掌舵的有事不能尽职，就从船顶爬过船尾去，做个临时舵手。船上若有小水手，还应事事照料小水手，指点小水手。更有一分不可推却的职务，便是在一切过失上，应与掌舵的各据小船一头，相互辱宗骂祖，继续使船前进。小船除此两人以外，尚需要个小水手居于杂务地位，淘米，烧饭，切菜，洗碗，无事不做。行船时应荡桨就帮同荡桨，应点篙时就帮同持篙。这种水手大都在学习期间，应处处留心，取得经验同本领。除了学习看水，看风，记石头，使用篙桨以外，也学习挨打挨骂。尽各种古怪稀奇字眼儿成天在耳边响着，好好地保留在记忆里，将来长大时再用它来辱骂旁人。上行无风吹，一个人还得负了纤板，曳着一段竹缆，在荒凉河岸小路上拉船前进。小船停泊码头边时，又得规规矩矩守船。关于他们经济情势，舵手多为船家长年雇工，平均算来合八分到一角钱一天。拦头工有长年雇定的，人若年富力强多经验，待遇同掌舵的差不多，若只是短期包来回，上行平均每天可得一毛或一毛五分钱，下行则尽义务吃白饭而已，至于小水手，学习期限看年龄同本事来，学习期间有些人每天可得两分钱作零用，有些人在船上三年五载吃白饭，一个不小心，闪不知被自己手中竹篙弹入乱石激流中，泅水技术又不在行，淹死了，船主方面写得有字据，生死家长不能过问，掌舵的把死者剩余的衣服交给亲长说明白落水情形后，烧几百钱纸手续便清楚了。

一只桃源小划子，有了这样三个水手，再加上一个需要赶路，有耐心，不嫌孤独，能花个二十三十的乘客，这船便在一条清明透彻的沅水上下游移动起来了。在这条河里在这种小船上做乘客，最先见于记载的一人，应当是那疯疯癫癫的楚逐臣屈原。在他自己的文章里，他就说道："朝发汪渚兮，夕宿辰阳。"①若果他那文章还值得称引，我们尚可以就"沅有芷兮澧有兰"与"乘舲上沅"②这些话，估想他当年或许就坐了这种小船，溯流而上，到过出产香草香花的沅州。沅州上游不远有个白燕溪，小溪谷里生芷草，到如今还随处可见。这种兰科植物生根在悬崖罅隙间，或蔓延到松树枝丫上，长叶飘拂，花朵下垂成一长串，风致楚楚。花叶形体较建兰柔和，香味较建兰淡远。游白燕溪的可坐小船去，船人若伸手可及，多随意伸手摘花，顷刻就成一束。若崖石过高，还可以用竹篙将花打下，尽它堕入清溪洄流里，再用手去溪里把花捞起。除了兰芷以外，还有不少香草香花，在溪边崖下繁殖。那种黛色无际的崖石，那种一丛丛幽香炫目的奇葩，那种小小洄旋的溪流，合成一个如何不可言说迷人心目的圣境！若没有这种地方，屈原便再疯一点，据我想来他文章未必就能写得那么美丽。

　　什么人看了我这个记载，若神往于香草香花的沅州，居然从桃源包了小船，过沅州去，希望实地研究解决《楚辞》上几个草木问题。到了沅州南门城边，也许无意中会一眼瞥见城门上有一片触目黑色。因好奇想明白它，一时可无从向谁去询问，他所见到的只是一片新的血迹，并非古迹。大约在清党前后，有个晃州姓唐的青年，北京农科大学毕业生，用党务特派员资格，率领了两万以上四乡农民，肩持各种农具，上城请愿。守城兵先已得到长官命令，不许请愿群众进城。于是两方面自然而然发生了冲突。一面是旗帜，木棒，呼喊与愤怒，一面是一尊机关枪同四支步枪，街道那么窄，结果站在最前线上的特派员同四十多个青年学生与农民，便皆在城门边牺牲了。其余农民一看情形不对，抛下农具四散吓跑了。那个特派员

① 语出屈原《涉江》。
② 语出屈原《湘夫人》。

的身体，于是被兵士用刺刀钉在城门木板上，示众三天，三天过后，便抛入屈原所称赞的清流里喂鱼吃了。几年来本地人派捐拉夫，在应付差役中把日子混过去，大致把这件事也慢慢地忘掉了。

桃源小船载客载到沅州府，把客人行李扛上岸，讨得酒钱回船时，这些水手必乘兴过皮匠街走走。那地方同桃源的后江差不多，住下不少经营最古职业的人物。地方既非商埠，价钱可公道一些。花四百钱关一次门，上船时还可以得一包黄油油的上净丝烟，那是十年前的规矩。照目前百物昂贵情形想来，一切当然已不同了，出钱的花费也许得多一点，收钱的待客也许早已改用美丽牌代替上净丝了。

或有人在皮匠街蓦见水手，对水手发问："弄船的，'肥水不落外人田'，家里有的你让别人用，用别人的你还得花钱，上算吗？"

那水手一定会拍着腰间麂皮抱兜，笑眯眯地回答说："大爷，'羊毛出在羊身上'。这钱不是我桃源人的钱，上算的。"

他回答的只是后半截，前半截却不必提。本人正在沅州，离桃源远过八百里，桃源那一个他管不着。

便因为这点哲学，水手们的生活，比起风雅人来似乎洒脱多了。若说话不犯忌讳，无人疑心我袒护无产阶级，我还想说他们的行为，比起风雅人来也实在道德得多。

鸭
窠
围
的
夜

地阅读 · 旅行卷

沈从文

　　天快黄昏时落了一阵雪子，不久就停了。天气真冷，在寒气中一切皆仿佛结了冰，便是空气，也像快要冻结的样子。我包定的那一只小船，在天空大把撒着雪子时已泊了岸。从桃源县沿河而上这已是第五个夜晚。看情形晚上还会有风有雪，故船泊岸边时便从各处挑选好地方。沿岸除了某一处有片沙岨宜于泊船以外，其余地方皆黛色如屋的大石头。石头既然那么大，船又那么小，我们皆希望寻觅得到一个能作小船风雪屏障，同时要上岸又还方便的处所。凡可以泊船的地方早已被当地渔船占去了。小船上的水手，把船上下各处撑去，钢钻头敲打着沿岸大石头，发出好听的声音，结果这只小船，还是不能不同许多大小船只一样，在正当泊船处插了篙子，把当作锚头用的石碇抛到沙上去，尽那行将来到的风雪，摊派到这只船上。

　　这地方是个长潭的转折处，两岸皆高大壁立的山，山头上长着小小竹子，长年翠色逼人。这时节两山只剩余一抹深黑，赖天空微明为画出一个轮廓。但在黄昏里看来如一种奇迹的，却是两岸高处去水已三十丈上下的吊脚楼。这些房子莫不俨然悬挂在半空中，藉着黄昏的余光，还可以把这些稀奇的楼房形体，看得出个大略。这些房子同沿河一切房子有共通相似处，便是从结构上说来，处处显出对于木材的浪费。房屋既在半山上，不用那么多木料，便不能成为房子吗？半山上也有用吊脚楼形式，这形式是必需的吗？然而这条河水的大宗出口是木料，木材比石块还不值价。因此即或是河水永远涨不到处，吊脚楼房子依然存在，似乎也不应当有何惹眼惊奇了。但沿河因为有了这些楼房，长年与流水斗争的水手，寄身船中枯闷成疾的旅行者，以及其他过路人，却有了落脚处了。这些人的疲劳与寂寞是从这些房子中可以一律解除的。地方既好看，也好玩。

河面大小船只泊定后，莫不点了小小的油灯，拉了篷。各个船上皆在后舱烧了火，用铁顶罐①煮饭，饭焖熟后，又换锅子熬油，哗地把菜蔬倒进热锅里去。一切齐全了，各人蹲在舱板上三碗五碗把腹中填满后，天已夜了。水手们怕冷怕动的，收拾碗盏后，就莫不在舱板上摊开了被盖，把身体钻进那个预先卷成一筒又冷又湿的硬棉被里去休息。至于那些想喝一杯的，发了烟瘾得靠靠灯，船上烟灰又翻尽了的，或一无所为，只是不甘寂寞，好事好玩想到岸上去烤烤火谈谈天的，则莫不提了桅灯，或燃一段废缆子，摇着晃着从船头跳上了岸，从一堆石头间的小路径，爬到半山上吊脚楼房子那边去，找寻自己的熟人，找寻自己的熟地。陌生人自然也有来到这条河中来到这种吊脚楼房子里的时节，但一到地，在火堆旁小板凳上一坐，便是陌生人，即刻也就可以称为熟人了。

这河边两岸除了停泊有上下行的大小船只三十左右以外，还有无数在日前趁融雪涨水放下形体大小不一的木筏。较小的上面供给人住宿过夜的棚子也不见，一到了码头，便各自上岸找住处去了。大一些的木筏呢，则有房屋，有船只，有小小菜园与养猪养鸡栅栏，

---

① 顶罐，炊具。罐底呈球面状，用时置于三足圆形铁架上，状似商鼎，故名。

有女眷，有孩子。

黑夜占领了全个河面时，还可以看到木筏上的火光，吊脚楼窗口的灯光，以及上岸下船在河岸大石间飘忽动人的火炬红光。这时节岸上船上皆有人说话，吊脚楼上且有妇人在黯淡的灯光下唱小曲的声音，每次唱完一支小曲时，就有人笑嚷。什么人家吊脚楼下有匹小羊叫，固执而且柔和的声音，使人听来觉得忧郁，我心中想着，"这一定是从别一处牵来的，另外一个地方，那小畜生的母亲，一定也那么固执地鸣着吧。"算算日子，再过十一天便过年了。"小畜生明不明白只能在这个世界上活过十天八天？"明白也罢，不明白也罢，这小畜生是为了过年而赶来应在这个地方死去的。此后固执而又柔和的声音，将在我耳边永远不会消失。我觉得忧郁起来了。我仿佛触着了这世界上一点东西。看明白了这世界上一点东西，心里软和得很。

但我不能这样子打发这个长夜，我把我的想象，追随了一个唱曲时清中夹沙的妇女声音到她的身边去了。于是仿佛看到了一个床铺，下面是草荐，上面摊了一床用旧帆布或别的旧货做成脏而又硬的棉被，搁在被盖上面的是一个木托盘，盘中有一把小茶壶，一个小烟匣，一块石头，一盏灯。盘边躺着一个人。唱曲子的妇人，或是袖了手捏着自己的膀子站在吃烟者的面前，或是靠在男子对面的床头，为客人烧烟。房子分两进，前面临街，地是土地，后面临河，便是所谓吊脚楼了。这些人房子窗口既一面临河，可以凭了窗口呼喊河下船中人，当船上人过了瘾，胡闹已够，下船时，或者尚有些事情嘱托，或有其他原因，一个晃着火炬停顿在大石间，一个便凭立在窗口，"大老你记着，船下行时又来！""好，我来的，我记着的。""你见了顺顺就说：会呢，完了；孩子大牛呢，脚膝骨好了，细粉捎三斤，冰糖捎三斤。""记得到，记得到，大娘你放心，我见了就说：会呢，完了，大牛呢，好了，细粉来三斤，冰糖来三斤。""杨氏，杨氏，一共四吊七，莫错账！""是的，放心呵，你说四吊七就四吊七，年三十夜莫会要你多的！你自己记着就是了！"这样那样地说着，我一一皆可听到，而且一面还可以听着在黑暗中某一处咩咩的羊鸣。我明白这些回船的人是上岸吃过"荤烟"了的。

　　我还估计得出，这些人不吃"荤烟"，上岸时只去烤烤火的，到了那些屋子里时，便多数只在临街那一面铺子里。这时节天气太冷，大门必已上好了，屋里一隅或点了小小油灯，屋中土地上必就地掘了浅凹，烧了些树根柴块。火光煜煜，且时时刻刻爆炸着一种难于形容的声音。火旁矮板凳上坐有船上人，木筏上人，有对河住家的熟人。且有虽为天所厌弃还不自弃的老妇人，闭着眼睛蜷成一团蹲在火边，悄悄地从大袖筒里取出一片薯干，一枚红枣，塞到嘴里去咀嚼。有穿着肮脏身体瘦弱的孩子，手擦着眼睛傍着火旁的母亲打盹。屋主人有退伍的老军人，有翻船背运的老水手，有单身寡妇，藉着火光灯光，可以看得出这屋中的大略情形，三堵木板壁上，一面必有个供养祖宗的神龛，神龛下空处或另一面，必贴了一些大小不一的红白名片。这些名片倘若有那些好事者加以注意，用小油灯照着，去仔细检查，便可以发现许多动人的名衔，军队上的连副，上士，一等兵，商号中的管事，当地的团总，保正，催租吏，以及照例姓滕的船主，洪江的木簰商人，与其他人物，无所不有。这是近十年来经过此地若干人中一小部分的题名录。这些人各用一种不同的生活，来到这个地方，且同样地来到这些屋子里，坐在火边或靠近床上，逗留过若干时间。这些人离开了此地后，在另一个世界里还是继续活下去，但除了同自己的生活圈子中人发生关系以外，与一同在这个世界上其他的人，却仿佛便毫无关系可言了。他们如今也许死掉了，水淹死的，枪打死的，被外妻用砒霜谋杀的，然而这些名片却依然将好好的保留下去。也许有些人已成了富人名人，成了当地的小军阀，这些名片却仍然写着催租人，上士等等的衔头。……除了这些名片，那屋子里是不是还有比它更引人注意的东西呢？锯子，小捞兜，香烟大画片，装干栗子的口袋……

提起这些问题时使人心中很激动。我到船头上去眺望了一阵。河面静静的，木筏上火光小了，船上的灯光已很少了，远近一切只能藉着水面微光看出个大略情形。另外一处的吊脚楼上，又有了妇人唱小曲的声音，灯光摇摇不定，且有猜拳声音。我估计那些灯光同声音所在处，不是木筏上的簰头在取乐，就是水手们小商人在喝酒。妇人手指上说不定还戴了从常德府为水手特别捎来的镀金戒指，一面唱曲一面把那只手理着鬓角，多动人的一幅画图！我认识他们的哀乐，这一切我也有分。看他们在那里把每个日子打发下去，也是眼泪也是笑，离我虽那么远，同时又与我那么相近。这正同读一篇描写西伯利亚方面的农人生活动人作品一样，使人掩卷引起无言的哀戚。我如今只用想象去领味这些人生活的表面姿态，却用过去一份经验，接触着了这种人的灵魂。

羊还固执地鸣着。远处不知什么地方有锣鼓声音，那是禳土酬神巫师的锣鼓。声音所在处必有火燎与九品蜡①，照耀争辉，炫目火光下有头包红布的老巫独立作旋风舞，门上架上有黄钱，平地有装满了谷米的平斗。有新宰的猪羊伏在木架上，头上插着小小纸旗。有行将为巫师用口把头咬下的活生公鸡，缚了双脚与翼翅，在土坛边无可奈何地躺卧。主人锅灶边则热了猪血稀粥，灶中火光熊熊。

邻近一只大船上，水手们已静静地睡下了，只剩余一个人吸着烟，且时时刻刻把烟管敲着船舷。也像听着吊脚楼的声音，为那点声音

---

① 九品蜡，供祭神用蜡烛，九品即九支。用时按一定方式组合排列，或一字式，或品字式等。

所激动，忽然按捺自己不住了，只听到他轻轻地骂着野话，擦了支自来火，点上一段废缆，跳上岸往吊脚楼那里去了。他在岸上大石间走动时，火光便从船篷空处漏进我的船中。也是同样的情形吧，在一只装载棉军服向上行驶的船上，泊到同样的岸边，躺在成束成捆的军服上面，夜既太长，水手们爱玩牌的皆蹲坐在舱板上小油灯光下玩天九，睡既不成，便胡乱穿了两套棉军服，空手上岸，藉着石块间还未融尽残雪返照的微光，一直向高岸上有灯光处走去。到了街上，除了从人家门罅里漏出的灯光成一条长线横卧着，此外一无所有。在计算中以为应可见到的小摊上成堆的花生，用哈德门长烟匣装着干瘪瘪的小橘子，切成小方块的片糖，以及在灯光下看守摊子把眉毛扯得极细的妇人（这些妇人无事可做时还会在灯光下做点针线的），如今什么也没有。既不敢冒昧闯进一个人家里面去，便只好又回转河边船上了。但上山时向灯光凝聚处走去，方向不会错误。下河时可弄糟了。糊糊涂涂在大石小石间走了许久，且大声喊着才走近自己所坐的一只船。上船时，两脚全是泥，刚攀上船舷还不及脱鞋落舱，就有人在棉被中大喊："伙计哥子们，脱鞋呀！"把鞋脱了还不即睡，便镶到水手身旁去看牌，一直看到半夜，——十五年前自己的事，在这样地方温习起来，使人对于命运感到惊异。我懂得那个忽然独自跑上岸去的人，为什么上去的理由！

等了一会，邻船上那人还不回到他自己的船上来，我明白他所得的比我多了一些。我想听听他回来时，是不是也像别的船上人，有一个妇人在吊脚楼窗口喊叫他。许多人都陆续回到船上了，这人却没有下船。我记起"柏子"。但是，同样是水上人，一个那么快乐地赶到岸上去，一个却是那么寂寞地跟着别人后面走上岸去，到了那些地方，情形不会同柏子一样，也是很显然的事了。

为了我想听听那个人上船时那点推篷声音，我打算着，在一切声音皆已安静时，我仍然不能睡觉。我等待那点声音，大约到午夜十二点，水面上却起了另外一种声音。仿佛鼓声，也仿佛汽油船马达转动声，声音慢慢地近了，可是慢慢地又远了。这是一个有魔力的歌唱，单纯到不可比方，也便是那种固执的单调，以及单调的延长，使一个身临其境的人，想用一组文字去捕捉那点声音，以及捕捉在那长潭深夜一个人为那声音所迷惑时节的心情，实近于一种徒劳无功的努力。那点声音使我不得不再从那个业已用被单塞好空罅的舱门，到船头去搜索它的来源。河面一片红光，古怪声音也就从红光一面掠水而来。日里隐藏在大岩下的一些小渔船，原来在半夜前早已静悄悄地下了拦江网。到了半夜，把一个从船头伸出水面的铁篮，盛上燃着熊熊烈火的油柴，一面敲着船舷各处走去。身在水中见了火光而来与受了柝声惊走四窜的鱼类，便在这种情形中触了网，成为渔人的俘虏。

一切光，一切声音，到这时节已为黑夜所抚慰而安静了，只有水面上那一份红火与那一派声音。那种声音与光明，正为着水中的鱼与水面的渔人生存的搏战，已在这河面上存在了若干年，且将在接连而来的每个夜晚依然继续存在。我弄明白了，回到舱中以后，依然默听着那个单调的声音。我所看到的仿佛是一种原始人与自然战争的情景。那声音，那火光，皆近于原始人类的武器！

不知在什么时候开始落了很大的雪，听船上人嘟哝着，我心想，第二天我一定可以看到邻船上那个人上船时节，在岸边雪地上留下的那一行足迹。那寂寞的足迹，事实上我却不曾见到，因为第二天到我醒来时，小船已离开那个泊船处很远了。

泉州一片月

地阅读 · 旅行卷

胡榴明

今夜泉州的月好，月色也好，铺了一地，如霜，如水，在青石板幽幽的深巷里。这样的街巷，古老的，泉州很多。

月亮从海湾升起，唐宋的沧桑已化为桑田，千古长流的晋江将海岸线推离泉州城老远，新建的海港出入的不再是三桅木帆船。映了月的涛声依旧，浪涛拍打着泊在港内的万吨远洋巨轮的船壳，铁灰色的船壳闪了月的冷光——续上了历史，冷落了好几个世纪的古泉州的航海史，丝绸铺出的海上之路——月知道，月色依旧。

月亮从海峡间升起，海湾之外就是海峡，海波千万顷，浩浩茫茫，沿海的渔民却说极仄，木船摇橹，欸乃数声也就过去了。涛分两岸，举头一轮，今夜泉州的月好，对岸的月自然也好，看月的人不知在想些什么？想月下的那个地方？想那个地方的那个人？海上生明月，天涯共此时。据文献记载：台湾汉族同胞一千九百万，其中八百万人的祖籍是泉州。今夜泉州月，并非一人独看。

海湾涨潮，被月扯起的潮水排空而来，声若雷，而这里，泉州老城区却是岑寂的。从喧喧赫赫的海域飞升的月，轻轻盈盈地凌空俯临，被水浸润得湿漉漉，湿漉漉的光华水一样地流泻。古城浮在闪如萤火的光雾里，若隐若现，若暗若明。月光流转，飘飘曳曳，银的裙裾轻轻摆舞，每一条街巷，每一处庭院，每一幢屋，老屋或新屋……转朱阁低绮户地照了屋内的人，醒着的或睡着的人，醒的望月，睡的梦月。听月露下滴，叮咚如珠玉，滴在梦里，滴在心里，滴在老屋新屋的瓦上，红的瓦青的瓦，瓦鳞鳞光粼粼，粼粼的光亮点燃夜的轮廓，夜雾透明如玻璃。醒着的人再也睡不着，睡着的人从梦中惊醒，庭内床前一地霜雪，秋来了，秋冷冷，月冷冷，冷月清辉里凝固了一个秋天的故事，一个老的故事。故事从屋脊上滑落，陈年的雕花椽子支持不住，一只蜘蛛垂着长长的丝坠了，老人说有亲人从远方回来……

月升得更高些，院子里的芭蕉叶子刻些痕迹在地上，大片的深紫色。月的脚迈出院墙，到街上去了，街上的青石幽幽地映了月色，几千年的石头，几千年的脚印，去了旧的来了新的，磨砺了皮，磨砺不了骨头，石总归是石，磨光的青石和磨光的月，天上地下，冷冷相看，相互辉映。但愿人长久，只能是但愿，长久的是泉州的石，长久的是泉州的月。

街边朱漆大门，铜环锃亮，"咣当"一声，走出来一个花布衣裤的闽南女，一双木屐"夸塌夸塌"的，出街口买宵夜，小食摊上晃着灯，油炸桂花虾和烧肉粽的香味长长地穿了一个巷子。女子的身影映了街灯，发梢衣角落下一些月影来，月影浸了茉莉的清香，滑落在街口的青石板上，淡淡的了无痕迹。闽南的茉莉花期长，颗颗串串小小的玲珑白，浅浅的秋都挡它不住。

月牵了走，直到小巷深处，小巷深处有寺院，寺院大殿挑出弯弯上翘的檐角，檐角上伏卧着昂首的龙，龙头上歇了月亮。檐角下垂着的铜铃叮咚，叮咚声里撞碎千万轮月，唐朝的月宋朝的月，今天的月。月的碎片，冰屑一样摇落，碎在大殿前的石级上，碎在大殿前的石头露台上，露台的基座刻了浮雕，人面兽身的古埃及石像在月下泛起古怪的笑神秘的笑，冷冷的如身在北非沙漠。突兀而立的东西两座佛塔，月光中寒晶晶地闪，塔尖凌厉如剑，锋刃出鞘，锋尖逼月，铿锵作响，一千三百年，月依旧晶莹，月色依旧晶莹。

夜深沉月不深沉，街边的古榕虬曲老干，叶片累叠交错，疏疏离离漏下月光斑斑如银片。一曲南音响起，委委婉婉哀哀切切，呜呜咽咽的箫管和了，清音如泣，化入月色。听曲的人用陶壶泡了铁观音，摆了一圈小小巧巧的陶杯，壶嘴一低，泛了一圈月，小小的月，一杯又一杯，含进嘴里去。举杯对月，月常在，月下的人也常在，老的去了，年轻的又老，工夫茶常年地喝，曲子常年地听，从上一个一千年到下一个一千年，从海这边到海那边，无论何时，无论何地，泉州人就是泉州人，一息存，古风存，一如泉州的月。

走在泉州的一片月中，我是他乡的一个游子，我在月下看泉州，多少人在他乡遥看泉州的月。亘古月如是，亘古月色如是，不同的是人，不同的是心境——此生此世远离故乡的游子，一旦归来，在这月下，真真切切地走在自己的梦里，走在上几代人思乡的梦里，俯伏在古城的青石，将灼热的前额印上去，印上故乡潮漉漉的月。月色如水流到心里，心浸出的泪汁和月色一样潮漉漉。泪在流淌，滋润了泉州，老街、老榕、老屋和老的寺院，自然还有月，真正故乡的月，不老的月。月下，不再有我，我不存在，存在的是异乡客一生一世的梦，梦魂萦绕，萦绕了泉州这片……

宁　静

凤凰到了，一座古色古香的城镇终于出现在我的面前。

青瓦灰墙的传统民居式建筑遍布全城，这种城市格调给游人的第一印象是别致的。

看见它，仿佛进入了自己经历或没有经历过的某个逝去的年代，这是它给我的第一感觉。

还有那千回百折的深巷石板路，千家万户的雕门绣窗，依山而建又错落有致的吊脚楼，一家紧挨一家的旧式店铺，以及凝重而巍峨的城墙与哨楼，无论你第一眼是否能够顾及这么多，它给你的最初直觉都可以使你联想到它的玲珑与精致，联想到它别有韵味的淡雅街景。

是的，古朴素雅的山城显得格外宁静。虽然它也有奔驰的车辆和不息的人流，也有闪亮的霓虹和酒摊旁的小曲琴声，但都被它溶解到了那种祥和的色彩与淡定的从容之中。

安然静守的古老小城，谁也无法打破它的秩序与宁静。

沈从文回来了，凤凰山水乃至湘西大地最引以为傲的苗家才子回来了。来到凤凰之后，我才知道这位湘西游子最终选择了魂归故里。他的一部分骨灰被撒进了他魂牵梦萦的这条穿城而过的沱江河里，一部分骨灰被安葬在故城这条河边的绿荫之中。

先生归来，除了他深爱这片土地，或许还因为这里的山水十分清静。

当一位熟悉路途的热心人带着我们沿着河流穿越了几段民居小巷时，我还在想象前方某个地方将会出现一片开阔地，然后到矗立的大理石墓碑前，去凭吊长卧在碑后大墓中的这位前贤。没想到跟随他又攀登了几截迂回的石级后，他竟指着一尊被阔叶笼罩的巨石说，就是这里。

说是巨石，也不过一人来高，透着暗红，间以杂色，形状并不规则，石下也没有墓堆。如果没有上面的绿色字样，谁也不会相信这里竟是一处坟茔，竟是一代文学巨星的陨落之处。

散发着水灵灵湿气的雨后山林显得更加幽静，巨石周边湿润的空间仅能容下我们几个游人。大家将石上的文字指点辨认了一番，似乎都感到不便打扰石下静卧的大师，很快沿着原路走出了那片陡坡。

八十多年前，在这个小镇的铺面门前悠然游晃的沈从文，只是一个极其平凡的少年，并且一定记得小山背后这片临江的丛林。他要回到这里，像他离开时那样平凡地回到这里。

先生回到这座狭窄的山城，几乎没有占据它的空间，却为这里的街巷和这方土地又增添了几分肃穆和静谧。

想　象

　　沈从文在其作品中把他的故乡称作"边城"，其实凤凰的地理位置只是一种相对的偏远。

　　因为绵延百里的群山阻隔，凤凰至今不通铁路，柏油公路蜿蜒起伏，进山的汽车也开不起速度。尽管今天的游人来到这里仍然感到偏僻，但并不觉得它有多么遥远。就是这样一个山间镇落，虽藏之深山，但有意者稍费脚步仍可一睹芳容。如此地缘条件培育出来的小城，始终保持着那种原朴幽雅的传统风格和古典美感，并且还出了个饮誉中外的文学圣手，把这里的美丽风情尽情地展示给世人。于是，历史便毫不迟疑地将其选定为保存文化记忆的一个重要地点。

　　凤凰古镇不辱使命，这座没有围墙和橱窗的博物馆，为苗家山乡，为我们珍藏了许多久远的往事，但我们在游览中看到更多的是昨天刚刚隐去的文明。比如，陈列在一些老屋里的织布机、风谷机、石碾、石磨，以及那种原始的舂米石臼，等等，有些器具眼下甚至仍在个别地方发挥着实际效用。

　　不曾来过，而似曾见过。在江南的乌镇见过，在黄山脚下的皖南见过，在作家和诗人的华章中见过，在许多古老的国画中见过。包括走出过文学大师的那座旧宅，其状貌也没有超出人们的想象。

　　我们跟随导游不知走过了几道弯弯曲曲的小巷，才走进一家与邻舍住户几乎没有什么两样的老房。我虽然一直与同往的文友边走边聊，没有注意廊檐下是否悬有匾额，但猜想这是我们要来瞻仰的沈从文故居无疑了。

　　沈家并不宽敞的住宅，与其家道中落的背景、小镇的逼仄和拥挤是十分相符的。这一点，对了解沈从文出身的读者来说，不难想象。更在我意料之中的是，导游小姐指着幽暗房角一张神龛式旧床说，这就是文学大师的诞生之处。那张已毫无亮色的木床，不够宽大，更说不上豪华，我在浙江溪口的蒋氏老宅看到过，在很多地方都看到过。这床是不是后来者找来的替代品，都很难说。

并不久远的岁月和文明，一般是可以想象的。

告　别

蒙蒙细雨中的山城，更是一幅淡淡的墨彩，似乎从哪个角度都能发现入画的景致。

灰色的狭巷深处，一团彩伞下展露出鲜亮的裙裾和青春的背影，引来远处墙头边敏捷伸出的摄影机镜头。

未等天气晴定，一张张画板就纷纷在河边的岩石上展开。来自美术学院的青年学子们，个个聚精会神，画对岸青瓦木墙的民居，画绿枝半掩的阁楼，画那半山半水间沿着河流一字排开的酒肆亭台。

与其说他们是在写生，不如说他们是在临摹。整个古镇就是一幅立体的水墨画，它的每一个局部都能激起人们的艺术冲动。

从沈从文笔下的边城，到今天的旅游热点，在千百万来自山外的观光客看来，小小凤凰城的存在仅仅具有一种文化价值和观赏意义，仅仅是中华民族历史相册中的一幅精美图片，一幅令无数人向往的梦幻诗画。

当然，画境与现实之间的鸿沟往往是无法逾越的。被诗人和作家极尽赞美的地方，令画家和摄影家如痴如醉的地方，其实大多是连他们自己都不肯久留的地方。在旅游业迅速发展的当今时代，开发商和城里人所热衷的也大多是那些闭塞之地。

　　来到湘西，苗寨妇女的身影仍然是这片土地的主人留给观光者最难忘的印象。她们大多身材矮小，面容黝黑，身着蓝色布衫，头上顶着大大的圆形盘巾，或在路边市场忙着搬弄物品，或在山间小道上背着竹篓艰难前行。这种挥之不去的旅途印记，总给人一种与世隔绝之感，总能激起一种复杂的心情。特别是那里的老年妇女，她们辛劳而茫然的表情和根雕般的双手，实在让人看不出这样古朴的县城和绿水青山对于她们的意义，看不出山外的世界和人生对于她们的意义。

　　同样，提到这只山中的"凤凰"，生活在现代都市的人们都愿意走近它，并为其精致和美丽击节赞叹；如果将其作为生活居住的选择，恐怕没有多少人愿意走进它。

　　几天后，我也走了，又是一个细雨霏霏的午后。

　　丝丝雨雾里，渐渐淡去的小城愈发显得具有灵韵和诗意。这样的作别，可能谁都会有些留恋，但我留恋的依然只是那幅如梦的画卷。

偷得汉阳
一日闲

地阅读·旅行卷

邹俊煜

　　我从汉口来到汉阳工作已十三年了，应该说这里的人文景观我都了然于胸，有些大景点一年都要光顾好几回，或是陪领导调研，或是招商陪客考察，或是节假日履行安全保卫职责，不一而论。但是，这些常在眼前晃悠的景点于我只是一种工作状态的存在，从未以生活的状态走进过我的内心。我曾描述过自己心中的诗和远方：我想象着自己退休以后要云游四方，第一站是一个桃花夹岸、泉溪相绕、群山怀抱的僻静山村，我要学着陶渊明在那里种地、教书；第二站是海岛，我会在那里面朝大海，独自禅修；第三站是"大漠孤烟直"的朔北荒原，我会在戈壁沙漠里独行，感悟历史的沧桑和生命的韧性；第四站便是"天苍苍、野茫茫"的大草原，我会像苏武那样放牧，在马背上仰望星空。一句话，诗意在远方，而独不在自己日日站着的脚下。一次偶然的机会，一位久居武昌的好友跟我聊起汉阳，他说汉阳的美是过日子的淡美，需要有一定生活阅历，还要有一颗文人闲静的心境，才能读出其中的深意。我的天哪，我工作中曾无数次教科书式地、散文诗式地向外地人推介汉阳的人文底蕴，但从没有过这样的视角体验，这让我顿生愧意。于是，我决定以生活的状态，好好息游汉阳，走走玩玩地过一天，细细看看身边这位居家的美人。

　　我订好了晴川酒店。这里两江相拥，背依龟山，观景与歇息两相宜。一大早，我就奔南岸咀而去。"一瓢舀起两江水，半杯清茶三镇香"，南岸咀是万里长江和千里汉江奔流交汇所形成的冲击地带，有人拿它与"德国角"相类比，称其为"中国角"，是中国的丹田所在；也有人拿它与纽约的曼哈顿、悉尼的海湾、香港的维多利亚港相比较，说它天生丽质，独具风采，是"武汉的心脏"。二十年前武汉市的领导们以大胆的勇气把这里一大片低矮的棚户区拆了出来，然后"留白"至今，这倒成就了一片疯长的原生树林，南岸咀也因之成了闹市之中的一方静地，风景自然天成。我就呆呆地坐在中国的丹田之处、武汉的心尖之上，云淡风轻地任意识随江水流淌。我看着太阳在江面升起，雄浑的长江与清澈的汉江在眼前形成一道"泾渭分明"的江际线，然后慢慢消融在江流的远方。我想起了《尚书》里的"江汉朝宗于海"，想起了孔圣人那句"逝者如斯夫"的感慨，这些圣言短短数字，纵横宇宙，贯穿古今，其深邃和空灵永远让人咀嚼不尽。江水拍打着两岸，微风中涛声入耳。回看江滩，有跳广场舞的，有晨练健步的，有江中游泳的，有持竿闲钓的，众色相杂，市井怡然，仿佛这里不是一个景点，而是一个生活的舞台。这江流和人流嘈嘈切切，各自奔流，如此平实而又川流不息。

　　我在附近"过"了一个典型的武汉"早"。然后开始上午的行程，第一站是晴川阁。平心而论，这里的建筑算不得恢宏壮阔，但整体观之却有种自家后花园的精巧别致。龟山就像花园里的后山，长江就像门前的溪流，黄鹤楼就是溪边的亭阁；而园内青草如茵，竹木葱茏，瘦石嶙峋，碑亭掩映，行走其中就像在花园里闲庭信步，赏心悦目。我曾多次爬过黄鹤楼，但这次站在晴川阁上隔江远观，感觉跟过去楼中赏楼韵味大不一样。黄鹤楼的气势尽在西望之中，临江西望才有"极目楚天舒"的壮阔之感。这有崔颢的诗可证,他的《黄鹤楼》全诗八句,前后六句都是虚写,唯有"晴川历历汉阳树,芳草萋萋鹦鹉洲"两句实景,而且都在汉阳。反之,从晴川阁夹江相望,黄鹤楼更加巍峨挺拔,更加烟雨苍茫。难怪明末文豪袁宏道、清初名儒刘献廷等登此楼阁皆惊呼其景实远胜黄鹤楼。

从晴川阁下来,便转到了禹稷行宫。它是武汉历代祭祀大禹之地,内有述说大禹治水伟业的朝宗亭、禹碑亭等;还有颂扬近古代荆楚先民抗洪精神的楚波亭。徜徉于这些碑文词林之间,我深切地感受到武汉这座城市的命门在"水"里。大武汉因水而兴,也因水而患,武汉的先民们在这两江交汇的龟山脚下修建禹王庙,在对岸的汉正街修建龙王庙(现已毁),双庙并峙,护佑江城,其着眼之深妙令人惊叹。

晴川阁与龟山原是连为一体的,如今一条城市干道把它们分割开来,而连接它们的便是铁门关。跨过铁门关向西有一条山道直通龟山山顶。有道是,"山不在高,有仙则灵",而此山则是有龟则灵。相传大禹治水到此,遇一水怪作乱,数载不克,后得灵龟降伏水怪,治水成功。灵龟后来化为一山,即是龟山。所谓龟蛇锁大江,不仅是山水相连的诗意磅礴,更是神佑江城的冥冥灵器,前者众人皆见,后者无人思视。龟山上下有很多关于大禹治水的传说和遗迹,其中有一则于我别有深意。我的第一故乡是江西庐山市,庐山的第一高峰叫汉阳峰,我的第二故乡便是汉阳,而且我将会在此退休终老。当年大禹在汉阳成功将汉水导入长江后,登上龟山遥望长江,然后他到了九江,登上庐山最高峰,西望长江、汉水,看见汉阳城灯火辉煌,治理长江、疏浚九江的方案油然而生。从此,他庐山登高之处便成了汉阳峰。此刻,我这个汉阳峰下的汉阳人就站在当年大禹站着的地方遥望家乡,真不知该怎叩拜脚下的这片土地!

　　龟山风景点不少，但我认为其美不在山中，而在山外，在登高后壮阔的视野。我登上高高的电视塔，俯瞰大城，壮美的空间格局和唯美的数学结构扑面而来，让我彻底臣服造物的神奇。一条蜿蜒伸展的玉带由西从米粮山、仙女山、扁担山、梅子山经龟山跨江向东奔向蛇山、洪山、珞珈山、喻家山，龙脉驰骋，形成山系坐标 X 轴；长江"沉沉一线穿南北"，构成了水系坐标 Y 轴；龟山及其电视塔高高耸立，构成了空间坐标 Z 轴；而南岸咀便是坐标原点。如此大开大合、气吐乾坤的境界世所罕见，其气魄、其格局，让人叹为观止！向东一条大江奔流而下，龟蛇相锁，山舞龙蛇，一座雄城依山襟江，拔地而起，铺天而去，其间，绿色掩映之中的浩瀚东湖像珍珠一般镶嵌城中，甚为壮美。向西向南两江夹岸，湖光山色，归元禅寺梵音缭绕，月湖风情琴韵和美，古镇汉阳高山流水，熠熠生辉。向北汉水奔流而汇入长江，锦绣江滩游人如织，繁华竞逐，"五百年前一沙洲，五百年后楼外楼"，大汉口书写了人间传奇。登高四顾，大武汉何以为大，其所大之体格、骨感、气质、神韵，一目了然。孔子登泰山而小天下，君登龟山则小天下众城。我就纳闷，上海城里有山舞龙蛇的底蕴吗，黄浦江有长江的气场吗，为什么东方明珠票价那么贵，还游人如织，而龟山分文不收，却鲜有此况？我想起好友的话，大抵前者也，看热闹者众，而龟山是天人合一、发呆遣怀的地方，登临需要有一份内心清静和文化底蕴，因此，她天然属于小众。这倒也好，不经雕饰，品质自在。

　　我从龟山下来，骑上一辆共享单车，一会儿就到了归元寺。归元寺我很熟，但我还是特意请了一个导游，不为别的，就为交流。美女导游在山门前指着寺庙铭牌解释说，"归元"二字取自佛经"归元性不二，方便有多门"之句，意为万法归一。说完之后，她故作停顿，要我看看铭牌有什么不同，而我故作不知。她说一般寺庙门匾均横书悬嵌于寺庙山门之楣，而归元寺为直匾，且为道光皇帝所赐，堪称丛林一奇。我连声称是，并有意反问道，那归元寺还有什么不同？美女职业性地炫耀着说，那多了，不过最出名的是五百罗汉，测运特准，要不你待会去测一个？我说，你说得没错，但我认为归元寺最本质的不同就在于，它不是孤悬于世外等人朝拜，而是主动走入众生，别的寺庙是脱俗，而它是入俗。据说明末清初，从浙江来的白光、主峰两位和尚云游到此，见水患之处尸骨遍野，一片凄凉，便想就地修建寺庙，以超度亡灵。慈航普度，"码头"不在深山，而在百姓身边，这才是归元寺的初心和与众不同。

导游小姐按照既有流程开始给我介绍了。归元寺创建以来，迭经战乱，屡败屡兴，现由北院、中院和南院三个各具特色的庭院组成，拥有藏经阁、大雄宝殿、罗汉堂三组主要建筑。我说，美女，你不必按剧本走演，挑几个主要的说说就行，你刚才不是说罗汉堂独具特色吗，那就先去那里好了。于是，她就开始跟我讲五百罗汉的前世今生、数罗汉的游戏规则，以及各种灵验的传说。在她的怂恿下我想数个罗汉，签好签坏无所谓，无非是逗乐。五百罗汉形态各异，栩栩如生，在我眼前各展风采。我随即点了一尊，然后按照自己的年龄数到了序号为第三百五十号的大药尊者，诗云：灵山有路千万险，矢志不移志更坚。千江有水千江月，万里飘云万里天。导游小姐说好签呀，又是千江月又是万里天的。我说，就那样吧，没看见前面还有一句千万险吗，这叫道路是曲折的，前途是光明的。我们彼此相视一笑，接着前往大雄宝殿去。大雄宝殿门前人流如潮，导游小姐拉我往殿内走，我说不用，说完就在佛祖旁的一副对联前久久伫立。

世外人法无定法，然后知非法法也；

天下事了犹未了，何妨以不了了之。

　　导游小姐见我略露呆态，便说，平时游客在此联面前驻足指指点点的挺多的，要我解也解不切，什么法与非法的，了与不了的，不过是顺其自然罢了。我点头称是，说大道无形，我们非要整个有形的什么法来让人跟着学，其实无法可效；很多事本来就了不了，何必刻意去了，倒不如不了算了。导游小姐得到我的肯定后更加来神了，说，先生，藏经阁那边还有一副更妙的对联，要不去那边看看。我说好。

　　见了便做，做了便放下，了了有何不了；
　　慧生于觉，觉生于自在，生生还是无生。

　　这一联禅味深深，上联还很有一点《红楼梦》里"好了"歌的味道，做了便好，好则便了，凡事要懂得放手。下联则颇有些道家无为的意味，无为自在，悟自天成，由此而慧，守静持虚，才是人生根本。

　　我走出寺院，在隔壁的大觉素菜馆吃了一顿"色、香、味、形"俱佳的禅食中餐。随后便骑车前往张之洞博物馆去了。

　　张之洞是我心存敬仰的一位历史老人，他52岁督鄂，主政18年，武汉成就了他，他也成就了武汉。在武汉数千年的历史长河中，还真没有哪一个人能像他这样把一个人与一座城的关系定格得这么高标傲世，这么深入人心，"城市之父"不是虚浪的。展馆围绕着武汉近现代崛起的轨迹，详细展示了张之洞在武汉变法图强、推行新政的艰辛历程。我觉得龟山与此馆是形神互补、相得益彰的连体展馆，唯有登高俯瞰三镇，雄视大城崛起的蓬勃气场，再回馆细看张之洞经略武汉，办实业、练新军、兴教育、通商贸、修铁路等诸多领域的实物遗迹以及文思书稿，你才能完整地读出大城崛起的纵深内涵。馆中有关这些方面的具体陈设，我不多说了。展馆的结尾处有一个独特的展窗，名曰"一个改革者的孤独"，我在那里驻足良久，眼角微湿。张之洞所处的时代，是一个三千年所未有的，面临着亡国、亡种、忘教（儒教）危机的大危局，他带着新旧糅杂的鲜明个性，艰难地游走在新旧两派之间，苦撑危局，既卫道执着，又创新激越。他深谙"舍西学而言中学，其中学必为无用；舍中学而言西学，其西学必为无本。无用无本，皆不足以治天下"。他穷毕生之心血构建着"中体西用"的文化范式，一部《劝学篇》无可争辩地把他推到了这一文化范式的开拓者和构建者的地位。为此，维新者骂他卫道守旧，卫道者骂他离经叛道，而且一百多年来骂声不绝。今天，当我们再一次面对传统与现代、东方与西方的文明冲突与融合的文化大主题的时候，我们还是无法避开这位历史老人一百多年前孤独的身影。

我离开展览馆，徒步行走在月湖南岸，不一会儿就来到了古琴台。古琴台占地面积不大，但很精致，外借龟山和月湖的风景，把俞伯牙与钟子期在此高山流水遇知音的意蕴演绎得恰到好处，难怪人称此地为"天下知音第一台"，是中国最著名的音乐文化古迹。我不谙乐事，但感动于他们的传说。我在想，两千多年前，那是怎样的一次感动天地的相会！且不说他们惺惺相惜的相见，单说伯牙别后赴约。那一年伯牙对子期说，来年还来相见。第二年，身为晋国大夫的伯牙推掉公干，带上钱财，告别家室，跋山涉水，如期来到当年他们相约见面的地方。一个人为了一次相逢相识，为了别后的一句承诺，可以抛家别官，可以摔琴谢知音，这就是古人"一诺千金"的分量！琴台这个地方，可以洗心，人的一生至少要来三次。第一次，是青春成长恋爱季，来这里学会忠诚；第二次，是在事业打拼创业季，来这里学会守信；第三次，是当你老了，一切云淡风轻了，来这里怀念自己曾经有过的感动。

一天下来，不知不觉已经夕阳西下了。吃完饭，我不紧不慢往月湖北岸那边散步，沿着绿道看晚霞夕照里的满湖碧绿，鱼游浅底，众色相宜。我订了琴台大剧院《高山流水》的音乐剧，很应景，也很享受。看完演出回到酒店，推窗静静看着武汉两江四岸，律动的江水，辉映着万家灯火，如梦如幻，宛若天街，在夜色中升腾曼舞。

在原地等我　所幸，你还

地阅读·旅行卷

刘红霞

大雨，暴雨。湘西水涝告急，古城，沱江，吊脚楼……我，突然心悸。——题记

我来了，你还在。是的，真真切切，你还在！

等待，有些漫长，漫长得我怕自己忘了你的模样，曾经说过一定会来看你，却不能确定，我来的时候，你是否依旧是那幅诗意的画卷。

你不知道我对你的钟情，你不知道我对你的思念，你更不知道，你是我经年的魂牵梦绕。甚至，你不知道你的等待里，有我。

是的，你不知道。那有什么关系呢？我知道，你在等；我知道，我会来。

最初的相遇，差点颠覆了我跨越万水千山的梦。

夜色如幕，细雨如帘，遮挡不住盛装的火树银花，沱江璀璨的浓艳光怪陆离，比秦淮河有过之而无不及，绚极，媚极，美极了！只是，记忆中隽永的山水素描，为何展开来却是重彩油画？这夜，辗转反侧，无眠的我，百思不得其解。

沱江，以一幅画的姿态，在我的记忆里收藏经年。

记得那时，我任教的学校，美术专业的师生，每年外出写生回校都会办画展，湿漉漉的古巷，清浅的沱江，与记忆中翠翠的凤凰一次次重叠，令人遐思翩翩。尤其是那片错落有致、细脚伶仃的吊脚楼，如诗有韵，如画入梦。

那时，我在心里默默地说，沱江，总有一天我会去，吊脚楼，等我去看你！

我来，带着设定的情节；看你，揭秘典藏的画卷。不怕心伤，只怕梦碎。

翌日清晨，再访沱江，烟雨洗刷过天空，夜色沉淀过浮光，似有若无的水雾，轻轻柔柔，不着铅华的沱江，静静流淌着一河清澈，依山傍水，穿城而过。

跳岩，是沱江上一道美丽独特的风景，忍不住，从跳岩轻盈跃过，便到了北岸，回望南岸，沱江以红色砂岩砌成的城墙为背景，古老的城楼高耸，衬着点点桃花、行行绿树，清清流水如丝带飘逸，那一片待发的乌篷船，渲染了它的古典气质。

谁在诵着那首亘古的诗？岸边苗族女子的砧衣声，水里乌篷船的桨橹声，声声入耳。走过正在写生的小男生，我轻声问：画什么呢？男孩羞涩一笑：吊脚楼。画笔沙沙，我隐约听到流水哗哗。关于凤凰，关于吊脚楼，关于当年的那些画展，关于二十多年后，我的凤凰。

顺着男孩指的方向，我看到了沱江上的吊脚楼。

许是沾了沱江的灵秀之气吧，凤凰的吊脚楼小巧秀丽，亭亭于沱江之畔，宛若风情的苗族少女，一袂一饰都蕴含着古老的信息。

来到湘西，吊脚楼随处可见，芙蓉镇的吊脚楼让我啧啧称奇，苗人谷的吊脚楼让我惊诧不已，可是，都难与记忆中的那幅画吻合。

原来，我记忆中的烙印，是沱江上的吊脚楼。

一幢幢古色古香、富有浓郁土家族风情的吊脚楼闯入我的眼帘，记忆中的画卷展开，容颜未改，美丽依旧，深藏在我心中的那幅画，与眼前的景色一一重合，刻在我记忆里的凤凰长卷激活了，生动了，无与伦比。

对面河岸上，高高低低的吊脚楼，在南华山的衬托下，一栋傍着一栋，一檐挨着一檐，一壁连着一壁，绵延逶迤。一律黛黑色装束，一律青瓦鳌头，一律古古旧旧，一律肩并肩手挽手，似乎无论谁想再添一幢会无处藏身，又似乎少了任何一幢都会失重。

从来没见过这么层次分明的拥挤，从来没见过这么整整齐齐的东倒西歪。

不敢想象，这些细细的木脚杂乱地立在河中，如何托起一段古老沉重的历史；不敢想象，你等我，一直踏着这仙鹤般舞动的韵律。

如诗。如画。如传说。

Never
Had
Loneliness

她 阅 读 · 旅 行 卷

第 三 章 澄 澈 世 界

在荒野中睡觉

地阅读·旅行卷

李娟

　　在库委，我每天都会花大把大把的时间用来睡觉。——不睡觉的话还能干什么呢？躺在干爽碧绿的草地上，老睁着眼睛盯着上面蓝天的话，久了会很炫目很疲惫的。而世界永远不变。

　　再说，这山野里，能睡觉的地方实在太多了。随便找处平坦的草地一躺，身子陷入大地，舒服得要死。睡过一整个夏天也不会有人来打扰你。除非寒冷，除非雨。

　　寒冷是一点一滴到来的，而雨则是猛然间降临。每当我露天睡觉时，总会用外套蒙住脑袋和上半身，于是，下雨时，往往裤腿湿了大半截，人才迷迷糊糊地惊醒。醒后，起身迷迷糊糊往前走几步，走到没雨的地方躺下接着蒙头大睡。我们山里的雨，总是只有一朵孤零零的云冲着一小片孤零零的空地在下，很无聊似的。

　　其他的云，则像是高兴了才下雨，不高兴了就不下。更有一些时候，天上没云，雨也在下。——天上明明晴空万里，可的确有雨在一把一把地挥洒。真想不通啊……没有云怎么会下雨呢？雨从哪儿来的？这荒野真是不讲道理。但慢慢地，这荒野又会让你觉得自己曾努力去明白的那些道理也许才是真正没道理的。

寒冷也与云有关。当一朵云飘过来的时候，挡住某片大地上的阳光，于是那一带就给阴着了，凉飕飕地窜着冷气。

有时候寒冷也与时间有关。时间到了，太阳西斜，把对面大山的阴影推到近旁，一寸一寸地罩过来，于是气温就迅速降下来。

我在山坡上拖着长长的步子慢吞吞地走，走着走着就不由自主开始寻找睡觉的地方。那样的地方，除了要平坦干燥外，还得抬头观察一番上面的天空，看看离这里最近的一片云在哪里。再测一下风向，估计半小时之内这块云不会遮过来，才放心躺下。

那样的睡眠，是不会有梦的。只是睡，只是睡，只是什么也不想地进入深深的感觉之中……直到睡醒了，才能意识到自己刚才真的睡着了。

有时睡着睡着，心有所动。突然睁开眼睛，看到上方天空的浓烈蓝色中，均匀地分布着一小片一小片鱼鳞般整整齐齐的白云——从南到北，从东到西，像是用滚筒印染的方法印上去似的。那些云，大小相似，形状也几乎一致，都很薄，很淡，满天都是。——这样的云，哪能简单地说它们是"停"在天空的，而是"吻"在天空的呀！它们一定有着更为深情的内容。我知道这是风的作品。我想象着风，如何在自己不可触及、不可想象的高处，宽广地呼啸着，带着巨大的狂喜，一泻千里。一路上，遭遇这场风的云们，来不及"啊"地惊叫一声就被打散，来不及追随那风再多奔腾一程，就被抛弃。最后，这些破碎的云们被风的尾势平稳悠长地抚过……我所看到的这些云，是正在喘息的云，是仍处在激动之中的云。这些云没有自己的命运，但是多么幸福……那样的云啊，让人睁开眼睛就猛然看到了，一朵一朵整齐地排列在天空中，说："已经结束了……"——让人觉得就在自己刚刚睡过去的那一小会儿的时间里，世界刚发生过奇迹。

没有风的天空，有时会同时停泊着两种不同的云。一种如雾气一般，又轻又薄，宽宽广广地笼罩住大半个天空，使天空明亮的湛蓝成为柔和的粉蓝。这种云的位置较高一些。还有一种，要低许多，低得快要掉下来似的。这种云是我们常见的一团一团的那种，似乎有着很瓷实的质地，还有着耀眼的白。——真的，没有一种白能够像云的白那样白，耀眼地，炫目地白。看过云的白之后，目光再停留在其他事物上，眼前仍会晃动着那样的白。云的白不是简单的颜色的白，而是魂魄的白。

我想，最最开始，当这个世界上还没有白色的时候，云就已经在白了吧?

更多的时候，云总是在天空飞快地移动。如果抬头只看一眼的话，当然是什么也看不出的，只觉得那些云是多么的安静甜蜜。但长久冲着整面天空注目的话，慢慢地，会惊觉自己也被挟卷进了一场从天到地的巨大移动中——那样的移动，是整体的，全面的，强大的。风从一个方向刮往另一个方向，在这个大走向之中，万物都被恢宏地统一进了同一场巨大的倾斜……尤其是云，尤其是那么多的云，在上方均匀有力地朝同一个方向头也不回地赶去。——云在天空，在浩荡漫长的大风中强烈移动的时候，用"飘"这个词是多么的不准确啊!这种移动是富于莫大力量的移动，就像时间的移动一般深重广浩，无可抗拒……看看吧:整面天空，全都是到来，全都是消逝……

看着看着，渐渐疲惫了，渐渐入睡……

说了这么多的云，是因为在山野里睡觉，面孔朝天，看得最多的就是云，睁开眼睛就是云。当然，有时候也没有云，晴空朗朗，一碧万顷。但是没有云的天空，是不能猛然直视的。必须得被那天空的极度明净刺激得流出眼泪后，才能在泪光中看清它的蓝色和它的清宁。看着看着，云便在视野中渐渐形成了，质地越来越浓厚……不知是不是幻觉，于是闭上眼睛又沉沉睡去……

　　在库委的夏牧场上，我总是没有很多的事情可干。我们家四个人，四个都是裁缝（我，我妈，还有我妈的两个徒弟。那时外婆寄住在县城的熟人家），有点活也轮不到我来做。但是像我这样什么活也不干的人，又总是被看不顺眼。只好天天在外面晃，饿了才回家一趟。

　　河对岸北面的山坡高而缓，绿茸茸的，有一小片树林寂静地栖在半坡上。顺着那儿一直爬到坡顶的话，会发现坡顶上又连着一个坡。继续往上爬的话，在尽头又会面对另一面更高的坡体……如巨大的台阶一般，没完没了地一级一级隆起在大地上。当然，在山谷底端是看不到这些的，我们住的木头房子离山脚太近。

　　我曾经一个坡接一个坡地爬到过最高处。站在顶峰上回头看，视野开阔空旷，群山起伏动荡，风很大很大。

　　在那个山顶的另一端，全是浓密阴暗的老林子。与之相比，我以前见过的那些所谓的森林顶多只能算是成片的树林而已。眼下的林子里潮湿阴暗，遍布厚实的青苔，松木都很粗壮，到处横七竖八堆满了腐朽的倒木。我站在林子边朝里看了看，一个人还真不敢进去。于是离开山顶，朝下方走了一会儿，绕过山顶和这片黑林子转到了另一面。大出意料的是，如此高的大山，山的另一面居然只是一处垂直不过十几米的缓坡。草地碧绿厚实，底端连着一条没有水流的山谷，对面又是一座更高的浑圆的山坡。山谷里艳艳地开着红色和粉红色的花。而在山脚下我们的木头房子那儿，大都只开白白黄黄的浅色碎花。当然，虞美人也有红色的，摇晃着细长柔美的茎，充满暗示地闪烁在河边草地上；森林边阴凉之处的野牡丹也是深红色的，大朵大朵簇拥在枝头。——但若和眼前山谷中河流般遍布的红色花相比，它们的红，显得是那样单薄孤独。

　　站在缓坡中央，站在深埋过膝盖的草丛里，越过视野下方那片红花王国，朝山谷对面的碧绿山坡遥望，那里静静地停着一座白色毡房。在视野左方，积雪的山峰闪闪发光。

　　那天，我裹紧衣服，找一处草薄一点瓷实一点的地方，遥遥冲着对面那家毡房睡了小半天。中途醒转过来好几次，但都没法彻底清醒。仿佛这个地方有什么东西牵绊住了我的睡眠。直到下午天气转凉了，才冻得清醒过来，急急忙忙翻山往家赶。

　　经常睡觉的地方是北面山坡的半山腰处。在那里，草地中孤独地栖着一块大大的白石头，形状像个沙发一样，平平的，还有靠背的地方。但是当然没有沙发那么舒服，往往睡上一会儿半边身子就麻了。若那时还贪恋那会儿正睡得舒服，懒得翻身的话，再过一会儿，两条腿就会失去知觉。于是等醒来时，稍微动弹一下，就会有钻心的疼痛从脚尖一路缓缓攀升到腰间，疼得碰都不敢碰。只好半坐着，用手撑着身子，慢慢地熬到它个儿缓过来。

　　那一带山坡地势比较平缓，有时候会有羊群经过（从山下往上看，会看到整面山体上平行排列着无数条纤细的、优美柔缓的羊道），烟尘腾起，咩叫连天。遇到那样的时刻，我只好在羊群移动的海洋中撑着身子坐起来，耐心地等它们全过完了才躺回石头上接着睡。而赶羊的男人则慢悠悠地玩着鞭子，勒着马来回横走，不紧不慢跟在羊群最后面，冲我笑着，吆喝着，还唱起了歌。

　　——我才懒得理他呢！明明看到这边睡得有人，还故意把羊往这边赶。

　　在那块石头上睡啊睡啊，睡着睡着，睁开眼睛，方才隐约的梦境与对面山坡上的风景刹那间重叠了一下。紧接着，山上的风景猛地清澈了——梦被它吮吸去了。于是对面山上的风景便比我睡醒之前所看到的更明亮生动了一些。

狠盯对面山坡看了好一会儿，才会清醒。清醒了以后，才会有力气。有了力气才能回家。否则的话，我那点儿力量只够用来睡觉的。只够用来做一些事后怎么也记不起来的梦。没办法，整天只知道睡觉，睡觉，睡得一天到晚浑身发软，踩缝纫机都踩不动了。每踩两下，就停下来唉声叹气一番。那时，他们就知道我又想溜了。但那会儿还没到溜的时候呢。我老老实实踩了一阵子缝纫机，然后开始做手工的活，然后找根缝衣针穿线，然后捏着针半天也穿不进去线，然后就到外面阳光下去穿，然后在阳光下迅速穿针引线，连针带线往衣襟上一别——这才是溜的时候。

长白山

地阅读 · 旅行卷

陈应松

一

冬天的长白山。冷。冷酷和风。疯狂的风。不顾一切的风。吹人欲倒的风，像死去活来的嚎叫。八级？九级？抑或十级。可能更大。从未遇见过如此猛烈的风，不讲道理的风。暴虐无度的风。

寒冷。零下二十度。这不算什么。一上山，就冻坏了脸和手。僵直，破损。吹脸欲破。美丽的天池竟在此遭受如此的蹂躏和折磨，不吭一声？

每个人都像天池一样，在摧残中变得脆弱或者坚硬？像斧头恐吓木屑？

天池有什么样的定力？它冰封着，不动声色。像一坛封死的酒。什么时候能开启？看见它的碧波荡漾，看见它用冰雪锻打的水珠。

全是冻裂的石头，寸草不生。风是这儿最暴躁的主人和歌手，像一条恶犬。这儿会有阳光吗？会有春天吗？会有一朵花，在微风的吹拂下轻柔绽开？

这里，只有树，坚硬的筋骨和肌理。能够与风抗衡。石头都坚持不住而解体。人被憧憬裹挟，他会匆匆逃离。这不是人生活的地方，你的手无法握住另一只手。问候之语还未出口就冻僵掳去。

水比岩石坚强。它成为化石——冰。它紧咬牙关。它会醒来。

石头在地狱里，是一汪清水。像花朵在寒风中等待。

这里无法乞求。连火焰也无法说服它们。这些狂暴的风雪像鞭子抽打天空。

不要奢求太阳，连肩膀也没有。

火山口最冰凉的怀抱。

整个一座山，被风刮倒的废墟。

就像布罗茨基写的："北方！一架白色钢琴冻结在冰山里。"诅咒这样的浪漫。我是一个残酷的现实主义者。正视眼前的风，站住，这就是一切。

天池会死去？它冰凉的手和面颊，已经冻得失去呼唤名字的权力。

太过严酷，森林活在这里是一个悲剧。它整天忍受着呵斥和鞭笞，像没有终点的精神劳役者，接触天空的机会就是吹折的机会。

休眠的火山口，瀑布喑哑。

二

白桦冻白了。红桦冻红了。美人松冻美了。山冻碎了。风冻怒了。

森林里有一些阳光的影子。是树影。还有人影。但都是阳光的影子。

松鼠在跳跃，在储藏着松果和榛子。

树倒伏。草已经枯了，雪还欺凌它。

那些虬曲的树枝就是它们出生后摸索的路。哪儿都不中，哪个方向都不对。于是它们成为畸零但绝美的生命造型。迷惘是最好的路。

只有白桦是最倔强的。它化装混迹于冰雪中，一下子冲入天空。

你活着，不能让母亲哭泣。

只有眼泪才是年轮。

我被针叶残忍的刺扎出了血。我疼痛进入森林。那些赤裸的树木，每一棵树，都在全神贯注地经受和爱着。

眼睑被风撕开。而我在沉睡和蔑视中将关闭一切。

这里没有信仰和主义，他们靠自己活着。

在长白山，我想起最野蛮的时刻。在那里，被冰禁锢的日子。大雪呼啸，如此寒冷，唯一的诱惑是体内的呼吸。血开始行动。

可以唾弃这个世界，不可放弃拥抱远方和森林。可以忽略所有人，不可忽略山冈。

三

只有在夕阳浮现的时刻人们才会欢呼。才会想起炊烟。想起火炕、人参、灵芝酒。想起坚硬的松子和榛子。想起长白山的松鸦和熊。在晚归的时刻长白山才有人烟。想着他的冷面、狗肉汤、泡菜，想着他的酸菜、猪肉炖粉条、小鸡炖蘑菇。

滚烫的夕阳在林间。这是大山仅有的生气。

鹰在天空飞翔，它们的翅膀浸着光。在落日绛紫色的无奈和悲哀里，鹰和它们的影子是大地的安慰。

它跟着我们，夕阳，也许是壮丽的落日。它在群峰和森林之间，像一个独匪与我们兜圈子。它总是出现在黑暗降临的时刻，需要成团的光芒照亮我们对异乡茫茫夜路的恐惧。

苍山浴日。哦，苍山浴日。

在这里，最好的寒冷是他忘记家乡。在颠簸的山路唱一首绿林好汉歌。在森林里，在雪原中，用盒子炮击打松尖上的积雪，让它们簌簌落下。

在这里，他想起逝去的响马，曾滑着雪橇燕一般地穿行。

群山晕眩。巨大的黑夜会像梦魇降落。许多被黎明规划好的行程，血液舒畅恒温。我们在请柬和通知中生活。在黎明低沉的钟声中出发或出殡。睡吧，罪恶和谎言，无法占领森林的泉声。鸟在嗥叫。蜜蜂在冬眠。那些野蛮的念头，像林中游弋的兽，在夜里踏着积雪嘎吱嘎吱走动。

我愿意在雾气弥漫的寒冷中活着。没有理想，身处异地。就像怀着占有欲最后一个见你的人。

在即将谢幕的时候，会有奇迹。

四

我们到来的时候，我们的思想就像苔藓。

黑松是它们的队伍。

在针叶林中，升起了最凛冽的爱。

封冻的夜晚，冰凌像剑一样泛着寒光。

豹子的爪子在磨。在古老的树皮上。峡谷喘息。它怀抱自己的一生。

那些山上，我们把自己最卑贱的经历忘掉了。

像夜晚的风，我们的语言突然变得浑厚毒辣，不可捉摸。

听见我们内心的渴望，拖动群山和森林。

重返山冈，人变得不可欺辱。冬天像我经历的最长一次爱情。在快乐的雪崩中被窒息。

"哦，万物死睡，不见巍峨高顶的山谷／可怕的半调色，没有清凉的溪流也没有爱的洞穴。／哦在一根被拉得长长、指向光秃单一的手指上／急奔而过的声音与城市啊。"（瓦烈赫）

人间的草木不能代替遥远的山峰和森林。在高楼上，纵然视野再高，不及野外的一座土堆和坟冢。

深山有古寺

地阅读·旅行卷

韩永明

也许是一种因缘。

对于寺庙、僧道，我一向并无好感。我觉得那多半也是生存或是获利的伎俩。阅读中常常可见到一些无恶不作的恶僧、妖道；旅途中所见那些名闻遐迩的寺庙，变成经营场所的也多了，住持、道长成了 CEO，僧道成了员工，已离修行很远。

可《神州辞赋》邀我去黄梅老祖寺，我还是去了。诱惑我的是那儿凉快。

寺藏山中。上山很费了些力气。有几段公路正在拓宽，还有几处塌方，推土机正在作业。路上偶有小车往来，未见到别的大客车。看路上情形，猜想那应该不是游人如织、香火旺盛的地方。

上了山，见老祖寺果真是清幽之地。

寺里有供香客留宿的地方，我是第一次在寺里留宿，多多少少有点好奇。留宿的地方，叫"维摩精舍"，男众住处为"男寮"，门口还挂着一个醒目的镀铜长牌："游客、女众止步"。我已很久没见过这种"男女有别"的提醒了，感觉到了一点点与俗世的不同。

房间里设施简陋，一张木桌，两张木板床，湖蓝色的床单、枕头、棉被，枕头里装是荞麦壳。没有电视、空调，连电扇也没有，让我想起八十年代乡镇招待所的房间。

寺里没备晚餐。进房间安顿下来不久，组织者便带我们出去吃农家乐。酒足饭饱后回寺院，见男寮门内一方墙上贴着一张红纸——老祖寺乙酉年夏季作息时间表。之前对僧侣的日常生活知之甚少，仅仅知道要穿袈裟，要化缘，要念经，并不清楚他们的每一天是怎么过的，于是站定看下来：

> 4：15　打板起床；
>
> 5：00—6：00　大雄宝殿　朝时课诵；
>
> 6：00—6：30　禅堂　坐香、早课（普佛则暂停）；
>
> 6：30—7：00　斋堂　早斋：
>
> ……
>
> 晚上22：00，打板休息。

下有注释：普佛安排仅初一、初八、十四、十五、二十、三十及佛菩萨圣诞日。

四点一刻起床，为什么这么早？和尚呢，不就是课诵吗？要那么早吗？我甚至想，他们真的会按这表作息吗？是不是"秀"给我们看？

不知道从什么时候起，我已经不太相信信仰、虔诚这两个词，觉得信仰在许多人那里不过是一杆招摇撞骗、愚弄他人或自己的旗子。我甚至以为，世上再无纯粹、无功利心之人。就像尼采所说，上帝死了。所以，我内心对世界充满怀疑，尤其警惕那些以信仰的形式出现的一切。

也就是说，这个时候，我依然只是觉得这是一次体验而已，与平常的采风没有什么不同。

直到第二天凌晨打板声把我敲醒。

因为被子太厚，盖在身上热得受不了，于是折腾到后半夜都没睡着。刚迷糊过去，听到外面传来"啪啪"的打击声。在静寂的夜里，这声音听起来有点惊心。开始我不知道是什么声音，坐起来才想起可能是寺里叫早打板。看手机，正是四点一刻。

倒下去再睡，没一会儿，便有课诵声潮水一般一波一波传来。那声音低沉浑厚，抑扬有致，有起起伏伏的旋律，听得出来是很多人一齐诵。在这万籁俱寂的清晨，这种声音让人有一点点战栗。

我以为是放录音。因为自昨晚住进来，没见到几个穿袈裟的人。

我想看个究竟，干脆起了床。天光熹微，夜幕已从飞檐翘角上滑落，课诵声也愈加真切。我循着声音找过去，到了大雄宝殿。殿里灯火通明，偌大的殿堂，释迦牟尼塑像两侧，跪满了双手合十的僧人和信众，正专注地诵经。

这种场面，现实中我是第一次见到。我原以为这只能出现在影视里，也就是说，只能是导演导出的场景，生活中已没有了。

我有多久没听到过这种发自心灵的、自然的、真诚的、淳厚的声音了？

天大亮，天际涌起红彤彤的朝霞。早斋时间到了。

"斋"是僧众的素食，也施给香客和信众。有一年去三亚，我在南山寺里用过斋。还记得是自助餐。除了没有荤菜，菜品繁多，甚至有用豆制品制作的鸡鸭鱼肉。当时心有疑问：佛教戒杀生，原本是修养人的悲悯心，为何要刻意制成荤菜模样呢？这不有悖教义吗？后请教他人，得解释曰：你本来知道是素菜呀。

　　斋堂名"五观堂"，僧人吃饭的地方。法师们称吃饭为"过堂"。所谓"五观"，是吃饭时要观想五方面的事情：如面对供养，要算算自己做了多少功德；想想自己的功德受不受得起如此供养；对美味的食物不起贪念，下等的食物不起嗔心；将所受的食物当作疗养身心的良药等。旁边有一副对联："堂中一钵千家饭，云外孤僧百衲衣。"

　　斋堂阔大，对门挂着布袋和尚画像，餐桌两边排开，类似小学生上课的课桌，几张拼接成一个长条桌，一条一条整齐地摆在斋堂中。每个座位前放着两只大瓷碗，一双筷，一张餐巾纸。坐的是长板凳。

　　进斋堂有法师引导，男坐右，女坐左。都是从第三排开始坐起。我们齐端端地坐好了，等着施斋。可施斋的师父恭恭敬敬立在"斋案"边，一动不动。因为进斋堂前一位居士告诉过我们，进斋堂后须止语。我们只好安静地等着。

　　静静地坐了一阵，一位身着赭红袈裟的师父进来，面对布袋和尚画像行礼。行完礼，师父们才鱼贯而入，在一、二排座位上落座，袈裟齐整，正襟危坐。

　　这时施斋的师父们才分别端着粥桶和菜盆，往餐桌上的碗里施斋。

　　早斋是一碗粥，里面放了几粒红豆。有几样小菜，土豆片、冬瓜片之类的。再是馒头或包子。

　　施斋毕，坐在第一排最前面的师父开始敲磬。悠扬的磬声响过，用斋的人一起诵起：

　　　　供养清净法身毗卢遮那佛、圆满报身卢舍那佛……

　　我才知道吃饭前要诵经。"过堂"前，也没听人说过要诵经。也才明白，为何每张桌上要摆一张过塑的《二时临斋仪》。

我们眼瞪着《二时临斋仪》，跟着和尚们念着经文。

早餐后面是这么几句：

> 粥有十利，饶益行人，果报无边，究竟常乐。

"临斋仪"庄严肃穆，庄严到我有了一种紧张感。什么时候，我感觉过一餐饭的庄严，想过一饭一缕来之不易，食物是神的赐予，要心怀感恩呢？我们的心早已被滚滚红尘浸泡得麻木了。

诵完经，前排的师父动箸，我们才拿起筷子。粥和包子都不可口，甚至可以说难以下咽。我这时才更清晰地感觉到，我似乎已经没有一种简单生活的能力了。

想一想我们每天的消费，我们的吃和穿，虽然谈不上锦衣玉食，可是越来越讲究了。想起梭罗的《瓦尔登湖》，也曾经向往过一种简单生活，可真的去过，还过得了吗？

到底有几位同行没吃完碗里的食物。回到宿舍，听人说，一位居士把一位同行剩下的粥和菜都倒到自己碗里吃了，还说，用斋的人剩了饭菜，都要被"义工"吃掉。寺里是绝对不允许浪费一粒粮食的。

用完早斋，大和尚敲了两下磬，所有人便一起诵《结斋咒》：

> 萨多南，三藐三菩陀，俱胝南，怛侄他？唵，折隶主隶准提，娑婆诃……

早斋后，崇延法师带我们去看了山门、慈民殿、伽蓝殿、大雄宝殿，给我们讲解老祖寺的历史、各路菩萨，讲创立了"生活禅"的静慧法师。

　　我记住了静慧法师两句话：在生活中修禅，在修禅中生活。对待生命要认真，对待生活要活泼。

　　下午，主办方组织了一次对话活动，我感兴趣的是几位居士结缘佛教的经历。年轻的叶居士学的环境科学，2002 年到老祖寺"常住"，为何到老祖寺？是因她觉得解决环境问题最核心的推力是人心。

　　——在一个越来越物质化，人的贪欲无限膨胀的社会，减少人对物质的占有和浪费，过简单生活，是不是可以让环境变好？

　　还有一位女居士来此是因为她感到生活不快乐。按世俗的观点看，她有优渥的生活，可是她觉得这是一种没有质量的生活，没有发自内心的快乐。她开着车带着行李箱前来老祖寺时，遇到了公路塌方，这时却碰到了"行脚"的祟延师父，从此便与佛教结缘。

　　——"行脚"是指僧侣为寻师求法而游食四方，听到这个词时，我内心涌起了一种崇敬感。我原以为那种为真理，为心灵，为众生，竹杖芒鞋去追寻的僧人已经没有了。

　　还有一位沈姓的义工团团长，他的结缘却是因自己害了一场大病，在现代医学束手无策之时，拜佛让他起死回生。他现在 70 岁了，却十分精神。

　　——说起来有些不可思议，可是谁又能说信念不是一种力量？

　　他们究竟还有多少故事？我不知道。在我过去的认知里，那些与宗教结缘的人，都是被滚滚红尘碾压得遍体鳞伤，在现实中看不到出路的人。躲进寺庙，不过是一种逃避和对抗。可他们的经历告诉我，世界上真有一种纯粹的人。

　　一位老作家称这是一方净土，我想说这就是我心中那座古寺的样子。它藏于深山，没有喧嚣的市声，没有一爿商铺，就连兜售零食的小贩也没有，更没人引导你去烧香，去捐功德钱，有的只有浑厚低回的诵经声，只有恪守着清规戒律、怀着虔诚信仰、用一种最古老的方式学佛修行的僧众。

而且我相信我们所见所闻即真实。如果老祖寺是一个名不符实、追求世俗利益的地方，那些把信仰看得高于一切的居士、义工们是待不下去的。

听说寺里恪守着过午不食的戒律，没备晚餐，几位同行商量着去吃农家乐。约好要走时，又听说寺里专门为我们备了斋饭。但显然，同行们已觉得寺里没有晚斋更好。于是，三三两两出去吃农家乐。

出去吃完饭，再回来进寺门，想着一肚子的酒肉，我心里忐忑，似乎亵渎了神灵。

第二天早晨，用过早斋后上车回家。路上，我们说起用斋、念经的事，我问已学佛几年的马竹先生，为什么寺里那么强调不能剩饭，马竹说，你今生浪费了一口，来生就会少这么一口。

在路上，我一直在回想自己的"世俗"，感觉像离某种东西越来越远。我问自己，以后吃自助的时候能不能少剩一点饭菜，能不能想到那些大鱼大肉曾经也是一条鲜活的生命？能不能少一点妄心，多一点悲悯，能不能少一点物质的享乐……

每个人心中都有一座庙。那就是人的信仰。我相信人都有信仰。就像昨晚，崇延法师让我们在大雄宝殿外的小广场边看节目边看星星，天气变了，星星没了。但星星只是被云层遮住而已，它一直在那里，永远在那里。

三
朵

叶
梅

一

在雾霾的天气里想念三朵。

三朵是一座雪山的名字，确切地说，三朵是纳西人的保护神，为了守望丽江，他将自己化作了玉龙雪山。

在三朵的目光周围，天总是蓝的，阳光明亮热烈，他可以看得很远，一棵青稞的拔节都很清晰，美丽的山坡上生长着云杉、红豆杉和翠柏，远一些的田野里便是成片的青稞了，庄稼长得十分卖力，拔节的声响细听起来，就像是放着小小的鞭炮。

大自然有着自己的节日。这往往是在它们心情舒畅的时候。

可在这个北方的冬天，大自然显然是一副恼怒的面孔，它一次次发动雾霾，铺天盖地而来，北京的楼群突然变得矮小，行走的车就更小了，像一只只蠕动的蚂蚁，全然没有了平日的狂躁。人们都躲在家里，万不得已上街，也都小心翼翼地戴了口罩，白色的，绿色的，像鸟嘴一样拱起来，甚至连鼻头也尖尖的，猛一看，就像一只只鸟挪动在街上。人们意识到某种恐惧，行为会变得谨慎，就连讲话的声音也变细了，仿佛一大声，就会更加惹怒了雾霾。

谁知道呢？

前些天，我在写另外一些文字时也情不自禁说到雾霾，是因为当时它们就在我的窗外，挤压着我，恨不得要钻进屋里来似的。好在文章写完之后，天空突然放晴了，就像那些科幻片里的外星人撒下的变形军队，雾霾瞬间刷地就撒走了。二日清晨，久违的阳光竟然是那般明亮，让人忍不住眯住了眼睛，那些在冬天里还留有一抹绿色的小草，也显得绿油油的，再次碰面的人们彼此都有些恍如隔世的感觉。

可是，雾霾又来了。

这次似乎比上次更为凶猛，已经不是雾，而是一团团破烂的旧絮，灰蒙蒙的，沾裹着无数尘埃，预警的信号由橙色升为红色。不少单位、企业放假三天，街上行走的车辆明显减少，人们又都藏起来了。仍然显得忙碌的只有快递员，人们疯抢的空气净化器、口罩、防护外衣等等，要靠他们挨家挨户地送，他们无法也躲起来。

这时候，我又想到了三朵，多么亲切的名字。

三朵和他的兄弟是保护人的神啊。

二

三朵是天与地高大的儿子。他是整个北半球最南端的雪山，因此他的性格丰富多情，有着雪域的冷峻、草甸的静谧、森林的广博、湖泊的深邃，他披挂着亚热带、温带、寒带各种不同的花草植物，有白雪之上的苍松，也有四季不断的鲜花，那是上天赐给骄子的衣衫。

每次来丽江，最大的心愿就是远远地看上他一眼。拜谒他需要仰视，虽然在丽江城，无论哪个角度——只要不是碰巧被一座新修的楼房所遮挡，都能看见三朵的身影，他巍然庄严，有着帝王气象，清峻峭然，有美少年之风貌。

很早以前，三朵和哈巴是一对孪生兄弟，他们相依为命，在金沙江畔耕田度日。一天，突然来了一个凶恶的魔王，他霸占了金沙江，要把生活在此的人们统统赶走。三朵和哈巴兄弟俩不甘忍受，挥动宝剑与魔王拼杀，哈巴弟弟力气不支，不幸被恶魔砍断了头，三朵则与魔王大战三天两夜，一连砍断了十三把宝剑，终于把魔王赶走。哈巴弟弟化作了无头的哈巴雪山，三朵也化作了玉龙雪山，守护在弟弟身旁，并将自己手中的十三把宝剑也化作了十三座雪峰，永远保护着善良的人们。

他得到过许多封号，历史上唐朝南诏国时期，国王异牟寻曾封岳拜山，尊封玉龙雪山——也就是三朵为北岳；元代初年，元世祖忽必烈率军来到丽江，剽悍的蒙古族人也立刻被他所震撼，不禁下马叩拜，并封玉龙雪山为"大圣雪石北岳安邦景帝"。但让纳西人更为尊重的名字还是三朵。

三朵的双眸始终凝视着山下的人们，他将从天而降的雪花凝固成冰，又化为清澈甘甜的黑水、白水，终年不断地汩汩流向无边的土地，浇灌树木庄稼，养育了纳西族、藏族等好些个民族。他给了人们勇气，引导人们向往美好的生活，我一次次来到丽江，也不觉为三朵倾倒。他静默着，昂首对着寂寥的天空，是最让人心疼的样子。云雾像一位妩媚多情又有些狂放的女郎，挑逗着他，在他的身边飘来飘去，一会儿紧紧缠绕，一会又呼地跑开，留下一片轻纱，三朵的身姿配合着她的舞蹈，是一种从未放弃的守望。

在丽江每次会遇见一些相熟的朋友，聊起曾经说过的一些话题，或者什么也不用多说，只是相逢一笑，就有许多默契全在里面。而三朵——玉龙雪山也仿佛是那样一位熟识的，令人尊敬的朋友，他默默地站立在那里，一动不动，仿佛就是为了等你来，面对雪山的峻峭仙姿，心里会莫名地感动，为他做了什么呢？值得他如此坚定，如此长久地等待？

但实际上，无论你来与不来，他都在那里。人有的时候，常常放大了自己的多愁善感。那天在雪山下的一处地方，见识一场颇为浩大的歌舞，人们高声呐喊着："玉龙雪山，我来了！"我抬头见那雪山绝顶，果然是已经离得很近，就连雪峰岩石的皱褶都能看得一清二楚，那些细致的刀刻一般的纹路，是三朵年轮的沧桑，他本是不愿示人的。他已经给了人们太多太多，那么你来了，又该怎样呢？

显然，三朵并不喜欢被过度地打扰，迄今为止，从来没有人能登上他的主峰，就是最好的证明。三朵的主峰叫扇子陡，可以想见一把立起的玉扇，支棱的扇骨就是那些陡峭的绝壁，海拔最高处5596米，是北半球纬度最低、海拔最高的山峰。虽然与珠穆朗玛相比，他只是一个小兄弟，但已有无数登山队攀上了珠穆朗玛峰，三朵却执拗地一次也不肯接纳。

那些无功而返的登山队，领教了三朵的无比冷峻和严酷，他们终于意识到，三朵是不可冒犯的。他是雪山中最有性格的男子，他的心思，或许只有与他相伴的哈巴兄弟知道，他们之间的话语，只有汹涌澎湃的金沙江和随风飘动的云彩，还有纳西的智者东巴长老明白一二。三朵毕竟是神。

虽然我没能生活在丽江，但三朵也早已成为我心中的神，就如在我的家乡三峡，那些高耸入云的山峰，神农架、巫山，也是一座座接天地之灵气的山。

除了敬畏，我还能做什么呢？

三

如果我是一个诗人，我一定要为三朵写一首诗。

那些生活在雪山脚下，日夜陪伴着三朵的人是幸福的人，而我从远方来，只能远远地看上他一眼。这是我的选择，不想登上雪山，不想惊扰三朵，能为你做的，就是减少踏在你身上的脚印，我离你之远，正是心中之痛啊。

如果想着三朵，最好的去处是古城流淌的小河旁，那冰冷的雪水透着刚直的气息，那都是三朵带来的。早先，就是因为有了这些小河，人们才择河而居，才有了木府风云，有了四方街上的锅庄。

走在小街上，身旁的流水时时带来欢欣，尤其是在夜晚，水面上流光溢彩，一对对情侣携手而行，是谁将一盏盏莲花灯放到了河里，粉红的花瓣映着烛光，摇啊摇啊，随水远去。

这古城早已是闻名天下，来开酒吧茶座的，大多是外地人，有江南口音，也有康巴汉子，还有西北女子、北京哥们儿，几乎全国各地的都有，他们欢喜地过活在丽江，这从他们的愉悦轻松的神情中可以看出，眉眼顾盼，双肩松弛，想唱就唱，想跳就跳，满街风情如此，何处的浪漫可以与之相比呢？

这两天的北京，夜晚时一片安静，没有了往日赶集似的散步、遛狗的人，也见不着平日雷打不动跳广场舞的女同胞。我大胆下楼走了一遭，雾霾笼罩着的小区一片昏暗，只有一位清洁工在弯腰清理垃圾。刚才收听新闻，说明天中午天气会有好转，严重污染将会转为优良。但愿如此。

可是以后呢？雾霾怎么会说来就来？它不来的时候躲在哪里？突然消失之后又去了何方？在我的三峡，屈子有过《天问》，如今我想问屈子和三朵，可知否？

三朵，我明明感觉到你是心存忧虑的，你逐年消瘦的面容将你的忧虑流露出来。

全世界几乎所有雪山的雪线都在逐年上升，有说因为全球气候变暖，因为污染造成的臭氧空洞，因为过度开发……还有什么比此更让人担忧的呢？它们比雾霾更为严重，意味着生态底线在受到威胁。三朵，如果将来有一天没有了雪山，河流就会干涸，土地上的庄稼树木就会干枯，人呢？该往何处去？我们如何才能走向未来？

三朵，你已经给予了人类种种暗示，现在到了我们该好好理会的时候了。敬畏和爱惜三朵，是对我们自己的拯救。三朵，请你一直注视着，不要闭上你的眼睛。

香格里拉

我心中的

地阅读·旅行卷

刘益善

　　赴云南采风，最令我神往的地方是香格里拉。到香格里拉走一趟，是我多年的心愿。各种传说中的香格里拉，有我长久以来想要印证的心灵追寻。

　　香格里拉一词出自英国小说家希尔顿的纪实小说《失去的地平线》，故事说暴乱时英国领事馆领事康威带人乘飞机撤离，飞机被劫持，沿喜马拉雅山由西向东偏北方向飞行。途中，飞机出故障，迫降在万古苍凉的雪原上。飞行员临死前告诉四名乘客，附近有一处叫香格里拉的地方，找到那里，就可以获得生机。四人经过艰难的行走，终于找到了那个与世隔绝的世外桃源——一个没有仇恨没有战争的独立王国，一片宽容、安宁、祥和的净土，一座神奇的、拥有无与伦比的原始自然美的乐园——这，就是香格里拉。评论家说，《失去的地平线》充其量只属三流作品，它的成就就是创造了香格里拉这个新词并营造了那个举世向往的超越人类想象的理想家园、引无数人去追寻和印证的地方。而香格里拉这个词能在全世界传播开来，则要归功于原籍福建的马来西亚首富郭鹤年先生，他从希尔顿的小说中获得灵感，于1971年在新加坡创建了第一家命名为香格里拉的五星级酒店，每一位入住该酒店的客人都会获赠一部《失去的地平线》。如今，香格里拉酒店遍布世界各地，成为全世界酒店业中的响亮品牌、服务标杆。郭鹤年创建香格里拉酒店的初衷，是否就是要为在都市里忙碌奔走的人们，提供一个灵魂和肉体最好的栖息地呢？

香格里拉成为旅游胜地是 20 世纪 50 年代中的事。印度、尼泊尔、不丹等国为了拓展本国的旅游事业，都宣称《失去的地平线》中提到的香格里拉在自己的国境内，印度喜马拉雅山冰峰下的巴乌蒂斯坦小镇、尼泊尔的斯唐小镇都先后被命名为香格里拉，一时间，世界各地的游客纷至沓来，外汇滚滚流入这些地方。香格里拉，似乎成了圣地与金钱的代名词。

直到 1992 年 11 月 30 日，我国才批准云南风景秀丽的迪庆州中甸县对外开放，这位"养在深闺"的美丽少女，刚开始并没有得到多少青睐。1995 年 6 月，一位新加坡游客来到迪庆，面对这里的高原风光，大声惊呼：这不就是世人一直在寻找的香格里拉吗？自此以后，中甸县改名为香格里拉县，迪庆州的首府也设在了这里。香格里拉县下还有个香格里拉镇，在距离长江虎跳峡不远的地方。我们采风团领略了虎跳峡的深峡惊涛后，就进了香格里拉镇。

中午，在香格里拉镇用过午饭，采风团到了纳帕草原，在草原上，我们骑了滇种小马。从草原离开，到一专卖牦牛肉的店中买牦牛肉，然后到达迪庆州首府亦即香格里拉县城。晚饭后，到藏民家中喝青稞酒酥油茶，看藏民跳舞唱歌，把地板踩得震天响。这些项目均要收钱，可见，商业化久矣。

到过了香格里拉镇，又住在香格里拉县城，在我的感觉里，这些地方都不是令我心驰神往的香格里拉，更不是我心灵追寻的地方，一丝失望的情绪爬上心头。

第二天一早，离开香格里拉县城，沿途植被繁茂，山坡、峡谷、草甸，放眼望去，俱是绿色，天低云白，碧空如洗，空气格外洁净清新。草地上有成团的小黄花。导游央宗说，这叫狼毒花，其中，小狼毒花又称格桑花，是藏民的吉祥花。大狼毒花据说能够提炼出某种治疗癌症的药物。沿途山坡上还盛开着成片的娇艳的杜鹃。央宗说，杜鹃花共有270多个品种，而香格里拉就有170多种。我耳听着导游的解说，眼睛却贪婪地一直看着窗外，我们似乎正在经过一个美丽洁净的绿色通道，我仿佛已经嗅到心中的香格里拉的气息和味道。

为了保护环境，我们乘坐的汽车被留在一个距离目的地很远的停车场，全部人员下车，改乘电瓶客车上山，进碧塔海。在山顶停车坪下来，导游领我们走向长长的用原木楞架成的栈道。栈道栏杆两边是草地，碧绿的草，茸茸的嫩。有各色小花点缀其上，还有长着芭蕉叶样的我叫不上名字的植物，像内地的白菜或莴苣样。草地边仍是山，山坡上是密密的小树林，各色树叶把那山坡分出清晰的层次来。山坡与草地之间，有藏民用石头垒成的尖塔，塔上插着挂满红蓝绿各色彩旗的木杆，木杆与木杆之间牵着绳，绳上悬挂着彩色布条，说是经幡。途中，下过几滴雨，似乎是要清洗我们带来的灰尘——这里的空气太纯净了，容不得半点污染。我忽然不想走了，在脚下的草地上席地而坐，让同伴们先走吧！眼前这湖这山这水这空气，分明就是我神往的香格里拉啊！我在想象中描画过无数次的香格里拉不就是这样的美丽景象吗？我武断地在心里说，这里就是地理上的香格里拉！在这海拔3400多米的地方，这方净土这片绿地，我的大自然啊，你让我们到达了净化灵魂的地方。碧塔海，高原之湖，绿水涟涟，照出了我们这批寻找香格里拉之人的面孔。我趴在草地上，深深呼吸着大地的芬芳，感恩苍天感恩自然，我消失了，融化了，与这里的空气、山水和绿色融为一体……

不管印度人怎么说，尼泊尔人怎么说，不丹人、俄罗斯人怎么说，此刻，我无比坚信，香格里拉就在我的脚下，我的周围，在中国云南的中甸。

希尔顿在《失去的地平线》中宣扬了一种哲学，说香格里拉是人与自身、人与人、人与自然都遵守适度美德才能赢得的恩赐。正是因为适度，香格里拉社会才有了祥和、友爱和康泰，有了小说主人公康威所迷恋的亮丽和恬静。我渴望亮丽和恬静，可我眼前的香格里拉亮丽无比却不复恬静，如织的游人，遍布草地山坡；喧嚣的语声，回响在纤尘不染的空气中，显得格格不入，异常恼人——也许，从开放的那一天起，我们已经失去了真正意义上的香格里拉。我的香格里拉啊？我的精神世界的香格里拉在哪里？

传说，某人经历了9999次艰难寻找，遇一智慧老人，问香格里拉在哪里。老人说，你不用再到远处寻找了，香格里拉在你心中。

是的，云南归来，我终于悟出了这个道理，香格里拉在我心中。

我心中的香格里拉，亮丽而又恬静。

秭归渡

彭建新

有过几次三峡游，唯独难忘秭归渡。

还记得，行到秭归，心里一激灵。是地名不吉利么？

我仿佛听到遥远的天际，随着那块乌云洒下的一片时断时续似清晰又朦胧的呼唤——

"姊呵——归——！"

可是，我明白，这呼唤持续了近千年，结果是姊未归。

想当年，我明白，昭君一介村姑，本可汲水楠木井，纺织茅舍间，侍奉阿爷阿娘，寻一心许郎君，淡泊度日。无奈几分姿色，一纸诏书，凄凄芳心压抑深宫，茕茕只身，漂泊远方，做了那至今有歌有骂有褒有贬的他乡之魂。

看来，人的命运的必然性中，有太多偶然的因素左右着，实在是由不得自己。

其实，人之于世界，很难说哪里是归宿的。这个中的滋味，就如同咀嚼山水的韵味一般。好山水者身游山水，攀高涉低，行色不免匆匆，山水的妙处，往往要到独处静居之中才能消化。那种临山而赞其险峻，临水而叹其曲致浩渺者，都是即兴而发，没有多少底气的。

然而，时下静居亦大不易。世声嚣嚣，红尘沸沸，离开又都舍不得，又都吵活得累，于是，一个个就如此这般地活得木木然，还要强撑着，这也要争那也占，摆出一副活他个千百年的架势，仿佛自己的气管子是不锈钢制的，可以永远使用下去一样。其实，大家心里都虚得很，只是不说罢了。

羁旅之人，一有了处处是家随遇而安的心境，坐在秭归这临江的小餐馆里，就能够品尝到一种浓郁的亲情味。这临江而筑的小餐馆，达江绝对不会少于三十米，而临街处则平平。主人一口川片子，如常见的川江人一样，属于那种像螃蟹，肉长在骨头里面的角色，精瘦而精明，待客礼数周到。

随意点了几个菜，通通都是辣的。似还不过瘾，见主人桌上一碟腌青椒，绿茵茵撩得动人的涎水，我的眼睛就不由自主地往那桌子上睐。主人会意了，问要不要来一点尝尝。这自然是求之不得的事。一尝就是一根，大约两寸长罢，辣得钻心，如蛇噬舌，痛快得恨不能割舌头："好，好！匀一碟过来如何？"不顾被人见笑，竟与主人打商量。

这辣东西是主人自食的家常菜，属非卖品，见外乡人竟如此嗜辣，川主人如见知音一般，乐颠颠地匀出一小碟。

船要等到夜里才到，慢慢吃，混时间。七混八混，就不免游目四顾，这间餐室也就被浏览了个够。

"嘿，那是什么？"

辣过了高潮，恢复了元气，指着吊在灶头的那坨乌红乌紫的家伙问主人。

我真佩服自己的眼睛，居然发现了几十年一直馋着的东西——

"呀，熏腊肉，烟熏腊肉咧！"

我初吃这玩意还是少年时代。客居泸州，家里年年腌这东西。腿肉五花肉皆可，猪头肉也要得。先用盐腌起，晒半干，然后吊在灶前，让每日的柴烟子熏着，如果烧松柴，那味道更透出甜甜的松油香。记得有一年，老父买回一颗在我看来绝对是硕大无朋的猪头，剔骨熬汤，头皮肉熏得半透，拿到屋外吹风，被一野狗叼去。当时，我大约是五六岁罢，还在后头追了好远呢！

川主人忙不迭地割肉，用热水细细地洗，又薄薄地在砧板上切出红松木刨花样的肉片。油锅里抛进一把辣椒、花椒，待满屋漫出香辣，再丢进熏肉去，那浸在肉里的松木香，就被逼了出来。一时间，空中似浮起一层亦刚亦柔的仙乐——

"凡是你喜欢的东西，都要叫你吃个够！"

耸目四顾，店堂寂寂，主人娘子在竹躺椅上打盹，不知声从何来。凭窗俯暝，暝暝暮色中，大江兀自奔流，不由扯出些许莫名的惆怅；那些如同脚下江水样流淌而去的看不见摸不着但却回味得着的年年岁岁日日夜夜，或许会像这江水滋润亿万顷土地一样，滋润我碌碌的人生之旅……

左等右等船不来。频频问，频频告晚点。

秭归小地方，居民纳凉消闲，无多的去处，络络绎绎到江边看景，似乎也是一乐。透透迤迤的江，苍苍翠翠的山，峭崖奇绝，云起云飞，城里人海外客巴心巴肝不远千里万里赶来看的景致，天天都在秭归人眼里头。于是，城里人海外客看世上绝无仅有的雄奇瑰丽的三峡风光，看与三峡风光不可分割的秭归人；秭归人则看城里人，看海外客，看他们便便的大腹，怪异的衣衫……这样一想，所谓旅游观光，除了奇山异水之外，在观光客之间，很大程度上是彼此互为风景的。

九点十点，暮色渐浓。江干空寂，大有曲尽人散，盛宴不再的意味——稍作咀嚼，回味颇妙。只是浑身每一根骨头都在呢喃着一句话一个字：倦。

朦胧中，我似乎又听到无垠无际那十分清晰的天籁——

"妺——呵——归咯——！"

在这深夜，在这漫漫长夜漫漫的等待之中，心灵中的任何一点希望，都会如原子裂变反应一样，在心的荒原上植进一方爱的绿洲，在干涸的心田里注入一掬生的甘泉——

"等吧，等吧，等下去，船总是会来的……"

佛徒等待慈航普度时节，或许就是这种心态罢。

我是急性子，向来不耐久等的。可对于历史和现实，我们都等了许多的时候。这真是个奇迹。由此看来，世上的急性子人，却一定得耐着性子等的，恐怕不少。可不是么，《诗经》是有文字记载最早的歌，唱了几千年，不耐烦的情绪也传染了几千年，人们不也等了几千年么！有的等到了所等的，有的始终没有等到。等到了的，欣欣然唱欢歌；等不到的，戚戚焉唱悲歌。想来这"等"的艺术实在是博大精深，非身临其境而不能品其滋味。等，实际上是在等机遇。机遇这东西是稍纵即逝的精灵，稍一不注意，往往失之交臂，从而引为终身之憾。也许，人活一辈子，争不来，要不来，拼死拼活夺不来的东西，有时于顾盼的偶然间或者在无望的听其自然里，会遇到撞到的罢……

"呜——呜——！"

"噢，船终于等来了！"

"噢，不，不是等来的，是自己来的……"遥远的无极处，一个幽怨的声音似在耳边呢喃。

哦，妺——归，妺归哟——你，真的归来了吗？

景德寺

地图阅读·旅行卷

伍
剑

吾身多有佛缘，而自身无缘。

记得 1988 年，我随省作协到黄石市开创作会。开会虽然紧张，但也有轻松的时候，第一个轻松的项目就是游著名的古刹"东方寺"。

东方寺位于大冶郊外的东方山上，林木昌茂，古道幽静。当我们一行人到达时年迈的方丈已在山门迎候。说实话，当时我是一行人中间最年轻的，自然万事都靠后，但方丈还是注意到我。他把我叫到他面前，瞪着似乎能洞察万事的慧眼，说："你有佛缘。"我笑了，新婚燕尔怎么能与佛有缘呢？

大概在我女儿六岁时，我携妻带子登武当。早上四点钟起床，背着女儿上武当金顶。当时天是黑黢黢的，路更是不见其形。我准备走武当神道（古道），有人劝我山高路险携妻背子多有险情，我笑了，"道之虽艰，吾志更坚"。中午十二点许，我才气喘吁吁到达金顶。我抹着面颊上的汗珠，忽听耳边传来高声叫佛声。我抬头只见一仙风道骨的老道立在我面前，他上下打量我后，似乎态度严肃地对我说："施主有仙骨，愿入道否？"我笑了，我有娇妻弱子如何能入道？

今天区里说组织我们学习，我向来就不问什么，反正一切听领导安排，上车我就迷糊入睡。车行近两小时许，忽听组织者大呼下车，我才睁开蒙眬的睡眼，眼前竟是一座宏大的寺院。是梦？非梦？

组织者告之，下午三点半钟正式学习，现在就在寺庙稍作休息。大家一哄而下，我也随人流进入"大雄宝殿"。在我们到来之前，宝殿清净，现在人多口众，宝殿似乎成了市场。但我立在巨大的释迦佛祖面前，心灵却震撼了。他威严而慈祥，我的灵魂仿佛是赤裸裸的，在他的佛光下得到净化。难道我真与佛有缘？

景德寺位于东西湖柏泉农场，是武汉市三大名寺之一。寺因有古泉井，故为"柏泉寺"。据史料记载，该寺香火鼎盛时比"归元""宝通"更旺。但抗战时期被日军飞机所毁，从此寺无僧者。1975 年终于被夷为平地，寺址上成了农人的绿茵菜地。直到 2000 年，由"归元"昌明法师主持重建"柏泉寺"，并改名为"景德寺"。

我无法去请教昌明法师为何取名"景德"二字，但观其景，真是美不胜收。背靠青山，古木华盛，满山遍野，竹松交错，小峰起伏有致，风起鸟鸣，蝶舞翩翩。忽一只红嘴丽鸟盘旋于寺顶，其鸣清脆，令人耳聪目明。寺面朝莲池，池中有幽曲小廊，一渔者垂钩于池，呆立入画。池中莲不多，星点着，更为美丽。我想这应为"景"。德，我猜想是昌明法师的一种希冀。德为人之本，无德不仅不能为人，更不能成佛。

我不能成佛，但我信德，并时时以德的标准来规束自己的行为。所德者包罗万象，即以世界上的一切规范为德。遵纪守法即德之根本，有此才可谈爱人，奉献。

思绪随人，我来到一个偏殿。殿狭，大概二十平方米，里面供奉一铜佛，不知其名，但也温和可亲。一副对联却吸引了我目光：

愿得智慧真明了，愿消三障诸烦恼。

人在世间谁无烦恼？我有一夜白头的经历，女儿的顽皮让我常常出现无望的感觉，似乎生命都无多大的意义。网上众多编辑约稿，我都无法提笔入境。好似精灵的笔重似千斤。

伫立在景德寺前，微风轻拂着我的面颊，心静了。眼前晃动着几个大字：心明才智慧，烦恼自云烟。

我真有佛缘？

隐水洞漫笔

她阅读·旅行卷

刘
红
霞

　　行走山水，有些风景，需要先用感观记忆，再慢慢地沉淀。就如湖北通山的隐水洞，不经过时间的沉淀，似乎无从说起。

　　早春二月，水墨通山，一路青山，烟染般的氤氲，深得桂林山之神韵，只是少了漓江倒影，颇有美中不足的遗憾。

　　一泓春水的引领下，我们走进通山隐水洞，去探秘一个沉寂了数亿年的神秘地下世界。

　　世人都知广西的喀斯特溶洞美，我曾为七星岩欢呼，也曾在芦笛岩雀跃，更有银子岩的惊艳难以忘怀。是漓江的水，雕琢了秀美的山和洞，谁能想象，没有漓江的喀斯特，如何展示水的溶蚀和沉淀的惊人力量？

　　隐水洞洞深五千多米。喀斯特，造就了一个伟大的奇观。琢磨了一下五千多米的概念，让我瞠目。七星岩、芦笛岩、银子岩都不过几百米，却都曾经震撼过我，但愿通山隐水洞，不会让我失望。

　　隐水洞洞口，似张开的巨蚌，吞吐着流入大山心肺的一潭清澈。是大自然的创意，还是神工巧匠的杰作？不得而知。

　　水，从哪里来？又到哪里去？空气中飞来的潮润，泄露了大自然的秘密。今时的水与远古的风，在这里交汇，穿过洞口由山顶抛下的水帘，时空入溪。神秘的吞吐，你就这样被吞进地球的心脏，开始与远古地球的深情对话。

这是在大山的心里吗？宽阔的水面，波澜不惊，游览从以舟代步开始。

石柱。石瀑。石钟。石帘。石笋。石花。石幔。天上奇观，水里观奇。

石流着韵，水谱成曲，轻歌浅吟。形态各异，倒影成趣，天上人间的奇特壮丽。舟行在"华中第一地下长河"，目不暇接，让人惊艳不已。

可是，繁华是外来的，古意盎然的洞，依然是静谧。几千年，几万年，水静静渗透在石心中，石默默溶化在水怀里。静默相守，相看不厌，守着不老的传说，守着天长地久的永恒。

龙宫泛舟，怕惊了石的梦，怕扰了水的静，舟在水中行，人在画中游。舟行之处，水路忽宽忽窄，水面也时而静默，时而奔腾。船行激起的水花，船过即止，眼前的奇观，让你呼吸都不敢粗重。

仰首望空，一会是高不可攀的千山万壑，一会是需低头避让的泰山压顶。你甚至可以在头顶看到遥远年代河滩上的鹅卵石，可是，它不可思议地在你头顶俯视着你。你不禁想到静默里的岁月沧桑，曾经的天崩地陷，海啸山裂。那一番惊天动地，然后就是亿万年漫长的沉默。

沉默年代，并不孤寂，来自遥远，去至未知的泉水，经年流淌着隔世的红尘多变，陪伴曾经的沧海桑田。

本是顺流而下，在蜿蜒曲折中逶迤而行，舟至飞银瀑布处，水，戛然而止，如来得唐突般，消失得亦离奇。当然，物质不灭，水，隐于岩石更深处。

就我个人而言，更喜欢小火车游览的这程。并非钟情代表现代文明的动力车组，是钟情于穿行在古老的地质年代，那灵魂漫卷浩瀚的苍凉。

随着一声汽笛长鸣，开始了据说是世界上最长洞内火车线的旅程，路段七弯八拐，两边奇峰怪石，少了光怪陆离的灯火效果，陡然窄仄的空间里，钟乳石不再是观赏的标本，至少，在我的心里已回归成一种历史符号。

这是一种很奇妙的感觉。在你所处的洞穴里，那洞中的洞，石中的石，洞洞相通，石石相连，纵横交错，纠葛成历史，它就在你身边，触手可摸，倾耳可听。

用不着听导游这个传说那个命名的讲解。以前游洞，总是媚俗地听导游讲一个个杜撰的传说，辨别一些似是而非的想象，想想很可笑。再说，导游能有多少杜撰的故事，将五千多米溶洞的空间填满？

这时，你的思维可尽情发散。苦旅，荒原旷远，你迂回地行走在原始荒凉的深谷，或是远赴人迹罕至的极地，踏碎星辰，有曾经的风花雪月，没有归期的跋涉，沉重如铁。千万年太短，那壁上汹涌而下的石幔，想必是亿年前时光的泪，天地间一片静谧，混沌中的荒芜，写就时光无涯。

到站的火车，将我从苍茫的漂泊中拉回。脚，终于踏到了地上，我玩笑着说：下面该乘飞机了。当然，除了想象还在飞，还是用脚步去丈量这深深的古溶洞。

开始零距离感受溶岩地貌了。用我皈依的眼神，用我虔诚的手指，用我一颗朝圣的心，去寻觅、去触摸、去感受寒武纪的天崩地裂，倾听时空深处传来的悲歌。

眼前铺展开来的，是琳琅满目的钟乳石景观，发育历史悠久，层次清清楚楚。在记忆中寻找，我所见过溶洞中，拥有如此规模并处在生长期的钟乳石，还没有能比得过隐水洞的。

千姿百态的钟乳石，奇幻百变，惟妙惟肖，奇不胜奇。这伟大的奇观，有七星岩之宏大，卢笛岩之壮美，银子岩之绚丽，集天下名洞之长于一身，隐天下名洞之名于幽水。

又见泉水，不知它是怎样越过千沟万壑，看似羸弱的水，却以它温柔的力量，征服了大山，千万年，万万年，潺潺的流水，在不经意间将石头镂穿，修筑起眼前这令人咋舌的人间瑶池。

秀水蜿蜒，连绵幽静。泉水引领我们的脚步，在真实的浩荡中探奇，更有虚拟的自然界风云际会助威，那声光电演绎的"电闪雷鸣"，撕破千万年的静谧，暗合了心中的冥想。星云滚过头顶，能感受到来自大地心脏的颤动。

归于沉寂。溶岩，流水，诉说着地球演变的故事……

一水通山隐于洞。隐水洞最震撼人的是山洞宏大壮观，水域大气磅礴。漓江水在山外，通山的水在洞内。

水，大隐于山。通山的"漓江"隐在大山的心里。

一百万年之前

地阅读·旅行卷

毕淑敏

　　我不爱看山。因为少时去过珠穆朗玛、喀喇昆仑、冈底斯三山交界的高原，摸过万山之父的脑门，便对其他的山都看得淡了。对于漓江那种纤巧若断的石柱，虽觉秀美，却不敢在山的范畴里恭维。窃以为一个人若真没见过魁伟峻拔的大峰大壑，以为这石林就是山的精髓了，实在是山也是人的悲哀。

　　但是白面山你却是非该看不可的，广西柳州的朋友说，因为那山里有座白莲洞。

　　洞也不看。我决绝地说。我知道每一个供参观的石灰岩洞穴，都被千篇一律的霓虹灯分割得支离破碎，无知的岩柱被强行赋予牵强的想象。亿万年的枯寂被纷沓的脚步扰乱，我们既丧失了远古也丢掉了现实。在看了许多大同小异的洞穴之后，我不愿再浪费时间。

　　白莲洞是中国唯一的洞穴博物馆，是古人类"柳江人"生活的地方。朋友郑重告知。

　　那一瞬，凛然一震，好像有个声音在九霄之上呼唤。人们对于祖宗有一种天然的敬畏。我走上白面山。

　　白面山位于柳州东南12公里，海拔200多米。（好矮！）山中有个岩厦式的洞穴，就是白莲洞。洞下有水涧，暗河汇入柳江。

　　白莲洞十分宽敞，上下共分六层。空气从看不见的空隙流动，好像北京通风设备良好的地铁车站。据 1984 年柳州环境保护所进行的大气监测，当时洞外的二氧化硫和氮氧化物的浓度接近二级，而洞内则为一级。也就是说，洞内的空气比外面新鲜了一倍。这原因大概是奇妙的石灰岩像滤纸一样过滤了空气中的杂质，使空气如蒸馏水般洁净。据说预备在洞里建一个疗养院，专门治疗气管炎、高血压，疗效许会显著。

　　有据可查的是抗日战争时柳州沦陷，一万多难民避于白莲洞内。日本人用辣椒烧成烟，呼呼地往洞里灌，想逼着人们出来就范。没想到白莲洞内的空气四通八达，难民们连个喷嚏都没打。

　　洞内有幽深的溪水，听说栖息着盲鱼，因为深不见底，且没有捕捞的工具，所以我们无缘得见这种因久居地下而失明的水中动物。

　　浏览路程长达 1780 米，途经大名鼎鼎的蝙蝠厅。那厅高大得如同礼堂，导游一道闪电般的光柱打上去，只见天花板上悬挂着无数黑色的灯罩。灯光惊扰了它们，成千上万的蝙蝠愤怒地拍打着岩壁，倒悬着发出老鼠一般诡谲的叫声。一群群的蝙蝠扭结在空中的形象丑恶而恐怖，我在惊愕之后，想到的是马上逃开。

　　这样我就脱离了大队人马，独自一个人在幽暗的石洞中徘徊。

　　四周静籁，听得见地下水从石灰岩乳头上滴落的声音，要好久好久才会听到一声，细碎得如同地球深处的叹息。

　　我在白莲洞口的一侧，看到了古人类生活过的遗址，那是尖锐的人齿化石、像年轮一般的灰烬残骸，以及光滑的打制石器片段……最使人感到亲切的是，在未燃尽的篝火四周，有一片遗留的空螺蛳壳。古人也像我们一样爱吃这种美味的小食品……

　　我站在那里，有轻风像羽毛一般从鬓边刮过。洞口的光亮和背后的蝙蝠的鸣叫使我的思绪忽明忽暗。我想这番景色一定进入过一位祖先的眼帘，他或者她身材矮小但是步履矫健。他们高耸的眉骨像屋檐一样遮挡着南国频发的雨水，深陷的眼窝里闪动着褐色的坚毅……他们一定有过恐惧也一定有过欢欣，他们一定也曾希冀也曾懊丧。他们一定痛恨过蝙蝠却又驱逐不去，他们一定喜欢过太阳却又无法将它摘下来保存。他们一定在吃螺蛳的时候不断开动脑筋，才有了今日街上脍炙人口的螺蛳粉。他们一定代代口耳相传，才编织成白莲洞的美丽传说……他们一定在猎杀的劳累后思索过明天的衣食，他们一定在饥饿的痛苦中幻想过无忧无虑的享受，他们一定面对骤逝的同伴惊叹生命的无常，他们一定眺望苍茫的旷野意识到宇宙的永恒……

突然感到刮骨疗毒般的震颤——我到过这个洞穴，我曾在这里生活。

我站立过我此刻站立的这块石头，我呼吸过这种略带清甜的气息，到了亿万年前我留下的透明的脚印，我像看幻灯似的追踪着以往的痕迹。

我曾做过树我曾做过鸟。我曾做过金色的麦穗和蓝色的矢车菊。我做过乌云铁青色的边缘，我做过鲤鱼水泡似的眼睛……在巨大的循环中，古迈的柳江人的问号，始终像闪亮的金属，沉淀在物质的原子核里，围绕着星群盘旋。

我们每一个人，不过是生命链条中精致的小环。我们的利益已经极大地丰富，我们的思索像钻头似的开凿着世界之谜，比起遥远的古人，究竟又深入了多少？

我沉默着，觉得自己是一只小船，从遥远的洪荒驶来，把树叶一样的繁多的疑问，一代代传下去。

后面的同伴跟了过来，他们说，这里是多么美丽的风景，可以办一处洞穴旅馆，请人们来穴居，尝尝一百万年前旧石器时代做人的滋味。

我抱着双肩，望着远山，什么话也没有说。一百万年以前，我们是什么？那时候的天空一定比现在要清爽得多，像一个刚刚磕开的蛋清。我们已经比当年的柳江人多知晓了许多事情，但昔日袭击过他们的苦恼，依然像蚕茧将我们包绕。他们憧憬过的一切已凝固在头骨化石中，成为永恒的密码。我们只有敲敲自己的头颅，听它发出钟乳石一般激越的响声。但人类思辨的浪花永不会停息，它们会溅湿每一片睿智的额头……

终于一天，我们也将成为化石，唯有精神的财富驾着翅膀在洞穴中穿行。

Never Hao Loneliness

第四章　四季幽香

夹竹桃

她阅读·旅行卷

季羡林

夹竹桃不是名贵的花，也不是最美丽的花；但是，对我说来，她却是最值得留恋最值得回忆的花。

不知道由于什么缘故，也不知道从什么时候起，在我故乡的那个城市里，几乎家家都种上几盆夹竹桃，而且都摆在大门内影壁墙下，正对着大门口。客人一走进大门，扑鼻的是一阵幽香，入目的是绿蜡似的叶子和红霞或白雪似的花朵，立刻就感觉到仿佛走进自己的家门口，大有宾至如归之感了。

我们家大门内也有两盆，一盆是红色的，一盆是白色的。我小的时候，天天都要从这下面走出走进。红色的花朵让我想到火，白色的花朵让我想到雪。火与雪是不相容的；但是，这两盆花却融洽地开在一起，宛如火上有雪，或雪上有火。我顾而乐之，小小的心灵里觉得十分奇妙，十分有趣。

只有一墙之隔，转过影壁，就是院子。我们家里一向是喜欢花的；虽然没有什么非常名贵的花，但是常见的花却是应有尽有。每年春天，迎春花首先开出黄色的小花，报告春的消息。以后接着来的是桃花、杏花、海棠、榆叶梅、丁香等等，院子里开得花团锦簇。到

腊等等，五彩缤纷，美不胜收。夜来香的香气熏透了整个的夏夜的
庭院，是我什么时候也不会忘记的。一到秋天，玉簪花带来凄清的
寒意，菊花报告花事的结束。总之，一年三季，花开花落，没有间歇；
情景虽美，变化亦多。

　　然而，在一墙之隔的大门内，夹竹桃却在那里静悄悄地一声不响，
一朵花败了，又开出一朵；一嘟噜花黄了，又长出一嘟噜；在和煦
的春风里，在盛夏的暴雨里，在深秋的清冷里，看不出什么特别茂
盛的时候，也看不出什么特别衰败的时候，无日不迎风弄姿，从春
天一直到秋天，从迎春花一直到玉簪花和菊花，无不奉陪。这一点
韧性，同院子里那些花比起来，不是形成一个强烈的对照吗？

　　但是夹竹桃的妙处还不止于此。我特别喜欢月光下的夹竹桃。
你站在它下面，花朵是一团模糊；但是香气却毫不含糊，浓浓烈烈
地从花枝上袭了下来。它把影子投到墙上，叶影参差，花影迷离，
可以引起我许多幻想。我幻想它是地图，它居然就是地图了。这一
堆影子是亚洲，那一堆影子是非洲，中间空白的地方是大海。碰巧
有几只小虫子爬过，这就是远渡重洋的海轮。我幻想它是水中的荇
藻，我眼前就真的展现出一个小池塘。夜蛾飞过映在墙上的影子就
是游鱼。我幻想它是一幅墨竹，我就真看到一幅画。微风乍起，叶
影吹动，这一幅画竟变成活画了。有这样的韧性，能这样引起我的
幻想，我爱上了夹竹桃。

　　好多好多年，我就在这样的夹竹桃下面走出走进。最初我的个
儿矮，必须仰头才能看到花朵。后来，我逐渐长高了，夹竹桃在我
眼中也就逐渐矮了起来。等到我眼睛平视就可以看到花的时候，我
离开了家。

　　我离开了家，过了许多年，走过许多地方。我曾在不同的地方

看到过夹竹桃，但是都没有留下深刻的印象。

两年前，我访问了缅甸。在仰光开过几天会以后，缅甸的许多朋友们热情地陪我们到缅甸北部古都蒲甘去游览。这地方以佛塔著名，有"万塔之城"的称号。据说，当年确有万塔。到了今天，数目虽然没有那样多了，但是，纵目四望，嶙嶙峋峋，群塔簇天，一个个从地里涌出，宛如阳朔群山，又像是云南的石林，用"雨后春笋"这一句老话，差堪比拟。虽然花草树木都还是绿的，但是时令究竟是冬天了，一片萧瑟荒寒气象。

然而就在这地方，在我们住的大楼前，我却意外地发现了老朋友夹竹桃。一株株都跟一层楼差不多高，以至我最初竟没有认出它们来。花色比国内的要多，除了红色的和白色的以外，记得还有黄色的。叶子比我以前看到的更绿得像绿蜡，花朵开在高高的枝头，更像片片的红霞、团团的白雪、朵朵的黄云。苍郁繁茂，浓翠逼人，同荒寒的古城形成了强烈的对比。

我每天就在这样的夹竹桃下走出走进。晚上同缅甸朋友们在楼上凭栏闲眺，畅谈各种各样的问题，谈蒲甘的历史，谈中缅文化的交流，谈中缅两国人民的胞波的友谊。在这时候，远处的古塔渐渐隐入暮霭中，近处的几个古塔上却给电灯照得通明，望之如灵山幻境。我伸手到栏外，就可以抓到夹竹桃的顶枝。花香也一阵一阵地从下面飘上楼来，仿佛把中缅友谊熏得更加芬芳。

就这样，在对于夹竹桃的婉美动人的回忆里，又涂上了一层绚烂夺目的中缅人民友谊的色彩。我从此更爱夹竹桃。

孤独的树

地阅读·旅行卷

席慕蓉

在我二十二岁那年的夏天，我看见过一棵美丽的树。

那年夏天，在瑞士，我和诺拉玩得实在痛快。她是从爱尔兰来的金发女孩，我们一起在福莱堡大学的暑期法文班上课，到周末假日，两个人就去租辆脚踏车漫山遍野地乱跑，附近的小城差不多都去过了。最喜欢的是把车子骑上坡顶之后，再顺着陡峭弯曲的公路往下滑行，我好喜欢那样一种令人屏息炫目的速度，两旁的树木直逼我们而来，迎面的风带着一种呼啸的声音，使我心里也不由得有一种要呼啸的欲望。

夏日的山野清新而又迷人，每一个转角都会出现一种无法预料的美丽。

那一棵树就是在那种时刻里出现的。

刚转过一个急弯，在我们眼前，出现了一座不算太深的山谷，在对面的斜坡上，种了一大片的林木。

大概是一种有计划的栽种，整片斜坡上种满了一样的树，也许是日照很好，所以每一棵都长得枝叶青葱，亭亭如华盖，而在整片倾斜下去一直延伸到河谷草原上的绿色里面，唯独有一棵树和别的不同。

　　站在行列的前面，长满了一树金黄的叶片，一树绚烂的圆，在圆里又有着一层比一层还璀璨的光晕。它一定坚持了很久了，因为在树下的草地上，也已圆圆地铺满了一圈金黄色的落叶，我虽然站在山坡的对面，也仍然能够看到刚刚落下的那一片，和地上原有的碰在一起的时候，就觉得后者已经逐渐干枯褪色了。

　　天已近傍晚，四野的阴影逐渐加深，可是那一棵金黄色的树却好像反而更发出一种神秘的光芒。和它后面好几百棵同样形状、同样大小，但是却青翠逼人的树木比较起来，这一棵金色的树似乎更适合生长在这片山坡上，可是，因为自己的与众不同使它觉得很困窘，只好披着一身温暖细致而又有光泽的叶子，孤独地站在那里，带着一种不被了解的忧伤。

　　诺拉说：“很晚了，我们回去吧。”

　　“可是，天还亮着呢。”我一面说，一面想走下河谷，我只要再走近一点，再仔细看一看那棵不一样的树。

　　但是，诺拉坚持要回去。在平日，她一直是很随和的游伴，但是，在那个夏天的午后，她的口气却毫无商量的余地。

　　于是，我终于没有走下河谷。

　　也许诺拉是对的，隔了这么多年，我再想起来，觉得也许她是对的。所有值得珍惜的美丽，都需要保持一种距离。如果那天我走近了那棵树，也许我会发现叶的破裂，树干的斑驳，因而减低了那第一眼的激赏，可是，我永远没走下河谷（我这一生再无法回头，再无法在同一天，同一刹那，走下那个河谷再爬上那座山坡了）。于是，那棵树才能永远长在那里，虽然孤独，却葆有了那一身璀璨的来自天上的金黄。

　　又有哪一种来自天上的宠遇，不会在这人世间觉得孤独的呢？

大明湖之春

地阅读·旅行卷

老舍

　　北方的春本来就不长，还往往被狂风给七手八脚地刮了走。济南的桃李丁香与海棠什么的，差不多年年被黄风吹得一干二净，地暗天昏，落花与黄沙卷在一处，再睁眼时，春已过去了！记得有一回，正是丁香乍开的时候，也就是下午两三点钟吧，屋中就非点灯不可了；风是一阵比一阵大，天色由灰而黄，而深黄，而黑黄，而漆黑，黑得可怕。第二天去看院中的两株紫丁香，花已像煮过一回，嫩叶几乎全破了！济南的秋冬，风倒很少，大概都留在春天刮呢。有这样的风在这儿等着，济南简直可以说没有春天；那么，大明湖之春更无从说起。济南的三大名胜，名字都起得好：千佛山，趵突泉，大明湖，都多么响亮好听！一听到"大明湖"这三个字，便联想到春光明媚和湖光山色等等，而心中浮现出一幅美景来。事实上，可是，它既不大，又不明，也不湖。湖中现在已不是一片清水，而是用坝划开的多少块"地"。"地"外留着几条沟，游艇沿沟而行，即是逛湖。水田不需要多么深的水，所以水黑而不清；也不要急流，所以水定而无波。东一块莲，西一块蒲，土坝挡住了水，蒲苇又遮住了莲，一望无景，只见高高低低的"庄稼"。艇行沟内，如穿高粱地然，热气腾腾，碰巧了还臭气烘烘。夏天总算还好，假若水不太臭，多少总能闻到一些荷香，而且必能看到些绿叶儿。春天，则下有黑汤，旁有破烂的土坝；风又那么野，绿柳新蒲东倒西歪，恰似挣命。所以，它既不大，又不明，也不湖。

　　话虽如此，这个湖到底得算个名胜。湖之不大与不明，都因为湖已不湖。假若能把"地"都收回，拆开土坝，挖深了湖身，它当然可以马上既大且明起来：湖面原本不小，而济南又有的是清凉的泉水呀。这个，也许一时做不到。不过，即使做不到这一步，就现状而言，它还应当算作名胜。北方的城市，要找有这么一片水的，真是好不容易了。千佛山满可以不算数儿，配作个名胜与否简直没多大关系。因为山在北方不是什么难找的东西呀。水，可太难找了。济南城内据说有七十二泉，城外有河，可是还非有个湖不可。泉，池，河，湖，四者俱备，这才显出济南的特色与可贵。它是北方唯一的"水城"，这个湖是少不得的。设若我游湖时，只见沟而不见湖，请到高处去看看吧，比如在千佛山上往北眺望，则见城北灰绿的一片——大明湖；城外，华鹊二山夹着弯弯的一道灰亮光儿——黄河。这才明白了济南的不凡，不但有水，而且是这样多呀。

　　况且，湖景若无可观，湖中的出产可是很名贵呀。懂得什么叫作美的人或者不如懂得什么好吃的人多吧，游过苏州的往往只记得此地的点心，逛过西湖的提起来便念叨那里龙井茶，藕粉与莼菜什么的，吃到肚子里的也许比一过眼的美景更容易记住，那么大明湖的蒲菜，茭白，白花藕，还真许是它驰名天下的重要原因呢。不论怎么说吧，这些东西既都是水产，多少总带着些南国风味；在夏天，青菜挑子上带着一束束的大白莲花出卖，在北方大概只有济南能这么"阔气"。

　　我写过一本小说——《大明湖》——在一二八与商务印书馆一

同被火烧掉了。记得我描写过一段大明湖的秋景，词句全想不起来了，只记得是什么什么秋。桑子中先生给我画过一张油画，也画的是大明湖之秋，现在还在我的屋中挂着。我写的，他画的，都是大明湖，而且都是大明湖之秋，这里大概有点意思。对了，只是在秋天，大明湖才有些美呀。济南的四季，唯有秋天最好，晴暖无风，处处明朗。这时候，请到城墙上走走，俯视秋湖，败柳残荷，水平如镜；唯其是秋色，所以连那些残破的土坝也似乎正与一切景物配合：土坝上偶尔有一两截断藕，或一些黄叶的野蔓，配着三五枝芦花，确是有些画意。"庄稼"已都收了，湖显着大了许多，大了当然也就显着明。不仅是湖宽水净，显着明美，抬头向南看半黄的千佛山就在面前，开元寺那边的"橛子"——大概是个塔吧——静静地立在山头上。往北看，城外的河水很清，菜畦中还生着短短的绿叶。往南往北，往东往西，看吧，处处空阔明朗，有山有湖，有城有河，到这时候，我们真得到个"明"字了。桑先生那张画便是在北城墙上面的，湖边只有几株秋柳，湖中只有一只游艇，水作灰蓝色，柳叶儿半黄。湖外，他画上了千佛山；湖光山色，连成一幅秋图，明朗，素净，柳梢上似乎吹着点不大能觉出来的微风。

对不起，题目是大明湖之春，我却说了大明湖之秋，可谁教亢德先生出错了题呢！

春天
西草海的

地阅读·旅行卷

冷朝阳

暮春三月，我来到西草海，站在海拔 2000 多米的高原眺望，忽然觉得，"彩云之南"的绚丽是笔难尽兴的。

草海湿地位于鹤庆盆地，狭长的鹤庆盆地被间距不足 10 公里的连绵山脉夹在中间，南北纵深上百公里，鹤庆的母亲河漾弓江终年流淌着，单调的水声，构成了它执着于生命简约的符号。

草海湿地属于典型的喀斯特型山泉补给淡水湖泊湿地。草海湿地东边的山脉，俗称石头山，山脚下是东山线公路、机场高速公路，一马平川。西边的山脉，或绿树成荫，或黄土裸露，在厚重与浅淡之间，划出不明晰的经纬，洋洋洒洒矗立于山脚下的大羊线公路之上。母屯、板桥、彭屯、三义、新华、罗伟邑等村落把草海湿地紧紧地包围，颇像一个硕大的氧吧，自成风景。大丽路界于大羊线和东山线之间，自北向南将鹤庆盆地一分为二，也把草海湿地划分成了东草海和西草海。

西草海的美是掩饰不住的，因为有了各种候鸟，生命的色彩才变得五彩缤纷。作为亚洲重要的鸟类迁飞地和越冬栖息地，每年稻谷快要收割的时候，西草海的欢乐情绪每天都在一点点高涨，就像夜雨满涨秋池一般，179种以四海为家的鸟儿，不分族群，不分天南海北，组成一个盛大家庭，其乐融融，把这个一平方公里的西草海变成欢乐的海洋。听说，水面都成了严丝合缝的停鸟坪了；听说，水草都被笼罩得抬不起头来；听说，枝条都被压得弯了腰；听说，西草海被盖上了一个彩色盖子，因为一队队调皮好动的鸟儿有用不完的劲头，欢快地飞呀飞，或白，或黑，或青，或紫，或蓝，在湖面上空织就了严严实实的彩色天网。如果不是有鸟类飞翔、追逐、打闹，陌生的游客恐怕要误以为这是一片沼泽湿地，无暇洞悉这片高原湖泊湿地的湖光山色。

作为茶马古道文化重镇的鹤庆素有泉潭之乡的美誉，山上有泉，山脚有潭，如白龙潭、黑龙潭、星子龙潭、寺庄龙潭等，自西向东流淌。

三月的西草海是丰腴的。站在海拔2000多米的高原眺望，馨香随风而至，一片片桉树、柳树、樱树列队而立，英姿飒爽。一片片蚕豆苗田，一块块待耕的水稻田，分别从南北两个方向延伸开去，直到地老天荒。还有，红彤彤的杜鹃张开了喜悦的笑脸，黄灿灿的迎春花咧嘴示意，特别是田埂边细小如雨滴的勿忘草、黄素馨、救荒野豌豆、附地菜、荠菜花等，也不甘示弱，它们竞相摇曳，且把空荡荡的稻田映衬成了一种装饰。美，便在这里无处不在了。

或许是离天空较近的缘故，在我眼里，天蓝得是那样的通透，蓝得让人忘了凡尘俗世的熙熙攘攘。我忽然觉得，自己就是蓝天的孩子，我要扑到蓝天的怀抱，在蓝天眼皮底下撒欢，"天似穹庐，笼盖四野"，一路旅途劳顿也就消失得无影无踪。

这里的云朵，不似看惯了的米汤般黏稠的奶白色，而是玉石般晶亮的银白色。白云悠闲地在蓝天下晃来晃去，就像一个调皮的孩子在妈妈面前扭来扭去地撒欢，它一会儿变成海棠花的模样，一会儿变出棒棒糖的形状，并努力擦拭着蓝天的脸庞。我就想，白云才是蓝天真正的孩子，于是我不禁有几分嫉妒朵朵白云了。

这里的红日看上去并非高不可攀，它悬挂在半空。李白夜宿山寺时的感叹突闻耳际："危楼高百尺，手可摘星辰。不敢高声语，恐惊天上人。"飞天之浪漫，谁人不曾思？只要我爬上山巅，就能和太阳窃窃私语了吧。

西草海畔虽有桉树遮阳，弱柳扶风，我仍感到热浪阵阵，恍如盛夏。话说回来，西草海水域面积并不大，南北长约2200米，东西宽约450米。从北向南依次被新华公路、三义村路分隔成北海、中海、南海三个面积大致相同的水域。庆幸的是，路下有桥孔管道，让三部分水体能自由交换。新华公路，双向四车道，宽约十米，长约两公里，是一条连接大羊线与大丽路的重要公路。

湿地被誉为地球之肾，与我们人类的生存发展紧密相关。过去几十年，人多鸟少，人进鸟退，人贪鸟藏，鸟儿不得安宁。在湖泊密布的云南，西草海个头实在太不起眼。丽江的泸沽湖、拉市海和文海，香格里拉的碧塔海、纳帕海、属都海和那措海，剑川的剑湖，高黎贡山的听命湖和天湖，老君山的九十九龙潭和七十七龙潭，老窝山的八卦湖和念不依比湖，云岭的富和由湖更让人如雷贯耳。与这些游客如织的湖泊湿地不同，西草海湿地被不断扩张的稻田所环绕，鸟儿们深陷包围之中。我在想，西草海的三片水域如能归于一处，鸟儿们的耳根恐怕要清净多了。

说起鸟，三月西草海的鸟那就多了去了。除了紫水鸡、黑水鸡、白骨顶、小鸊鷉这些常住居民外，也还有不少鸟儿未北飞，比如赤麻鸭、绿头鸭、绿翅鸭、斑嘴鸭、白眼潜鸭、凤头潜鸭、琵嘴鸭等憨厚的游泳健将；还有大白鹭、中白鹭、小白鹭、牛背鹭、池鹭等凌空蹈虚的舞者，还有黄尾莺、白鹡鸰、黄鹡鸰等声线婉转的歌者。再过个把月，飞行精灵们就陆续北飞。

珍稀鸟类水雉是定居云南的留鸟，但在西草海行踪诡秘，难觅芳踪。蹲了五天，我有幸一睹芳姿。中午时分，在西草海的北海西边的净化池，荷叶有点意兴阑珊，寒冬的枯黄已经褪去大半，盛夏的碧绿还没洋洋洒洒地铺开。当时，有一只水雉站立在荷叶中央，特立独行，卓尔不群，一副清高不流俗的模样。这是一只亚成体水雉，看上去羽色并没有想象中的那样艳丽。但是水雉时不时摆头张望，有一种孤傲的神情，又有一种挥之不去的犹疑惊惧的神色，孤零零的，让人心生怜爱。

再过个把月，水雉就要从西草海继续向南飞了，六月在新的落脚点就开始筑巢，七月孵化出来。神奇的是，每个巢里就刚好四枚鸟蛋，奇怪的是只孵化出来三只幼仔。那第四枚蛋到底怎么了，谁也说不清楚，而且每一只水雉都是如此，至今都没有合理的解释。水雉奉行一雌多雄的组合，由雄鸟承担孵化和育雏任务，一般在巢穴度过个把月的温馨时光，三只幼仔就会被水雉妈妈带着离开巢穴，到野菱草去做窝，白天觅食，晚上就在水草上将就将就。到了九月，幼仔长成了亚成体，就要跟父母说再见，独自闯荡江湖了。难怪水雉天生喜爱孤独，一副拽得难以接近的样子。

大自然很神奇，完全不同类的鸟类却有神奇的禀性。和水雉一样，鹭类也一窝四枚蛋，孵化出三只幼仔。鹭类，腿长且细，喜欢在枝头或者田间行走，飞行起来姿势优美极了。来到西草海，我才尝到望文生义的苦头，误以为大白鹭、中白鹭、小白鹭是按照个头大小划分的，其实它们是根据喙、脚等部位的颜色来区分的。小白鹭的喙和脚是黑色的，中白鹭则喙是橙黄色，脚是黑色的。大白鹭则喙和脚都是橙黄色的。

白骨顶算得上是鸟类中的舞者。它们游起来并没有一定的方向，无拘无束，怡然自得。那天黄昏，细雨迷蒙，白骨顶每次游过，身后总是拖曳着两条倒 V 形的波纹，有时候波纹能连续十几米不断，且微泛着银光，仿佛飞机划破苍穹时拖曳着的白色尾迹。彼时，两只白骨顶相顾二三十米觅食，突然同时启动加速，从南北两个方向对向而游。应该说，白骨顶是一种喜欢打闹的水鸟。"仇人相见分外眼红。莫非这两只白骨顶原先有过节，今日遭遇难免一场恶仗？"我自忖并抱着一种看热闹的心态静观其变。

时间在一秒一秒地流逝，两只白骨顶仍然心无旁骛地昂头一耸一耸地向前冲，没有丝毫减速刹车的意思。我凝神屏气，目不转睛，心旌摇曳着，迫不及待地想见识这对小精灵的胆识与智慧。没承想，这对小精灵就在几乎碰到鼻子时，都叫唤起来，叫唤了几声便各自向右侧开一点，逆时针游了一个圆圈，便自顾自地扬长而去。我实在猜不出来，这到底是一对冤家，还是一对情侣？如果是说冤家，似乎也没见到眼珠子瞪得眼红，举止也文明。如果是说情侣，似乎也没见到结伴而游。我起身便走，边走边北望，突然瞥见不过四五米远处，有一只小白骨顶在水边茭草旁抬头望着我。起初，我不以为意，或许是自己一厢情愿了吧。于是，我停下，那白骨顶也一下立住。我向水边靠近，那白骨顶则转身作欲游之姿态。我沿岸走，不向水边靠近，它则沿着水边追望。我一旦停下，它则靠岸而来凝视。如此者三，真是一只有灵气的小白骨顶。我想，它或许是看到我情绪失落，特意来逗乐一场。

如此想着，如此走着，我就要走进静谧的黑夜，远处的水面上布满星星点点的小鸊鷉，就如一颗颗小黑豆。近处，约莫有三四只顽皮的小鸊鷉，它们身手极为敏捷，极喜潜水，却很少激起涟漪或者波纹。我大惑不解，不得不放慢脚步，驻足流连。此刻，这几只顽皮如猴的小鸊鷉居然在我眼前竞相表演起来，不停地转着圆圈，四围的涟漪续成一个又一个令人惊叹的圆，或有重叠。

就在我分神的片刻，小鸊鷉们刚好快乐地转了两圈，陆续停下来，集体远望着我，似有不舍之意。我欣喜，有意走近些，看看这些小精灵到底还有何绝招，但眨眼，小鸊鷉全不见了，水面一片宁静。就在我疑惑之时，小鸊鷉们再次冒了出来，却已是几十米开外的水域了。夜色渐浓，想要迅速望向更远处，则不是件容易的事。我只能胡乱猜想，也许在几十米开外的安全距离里，那几只小鸊鷉正互相对视，或许正在抿嘴窃笑呢，或在放肆地捧腹大笑呢。小鸊鷉最喜与驻足的行人玩躲猫猫的游戏，今天玩得尽兴否？借之游戏，鸊鷉之乐，我知矣。小鸊鷉的天性大抵都是长不大的孩童吧，天性贪玩不知疲倦，无忧无虑多可爱。

遥想战国时代，庄子与惠子游于濠梁之上。庄子曰："鲦鱼出游从容，是鱼乐也。"惠子诘问："子非鱼安知鱼之乐？"俗话说人心隔肚皮，世间万物种种，任何一物之心思岂能为他者所洞察。从理性的角度来看，惠子的诘问自然是符合逻辑的。但是，这样符合逻辑的世界又有何大美大爱呢？在惠子看来，人鱼有别，人与世间万物都是割裂的，彼此不存在相同的物质因缘，如此泛爱只是空话，生命岂不无趣？

庄子则以诗意的眼光，超越人的态度，超越科学现实的视角，以天心穿透世界，与万物相融。与庄子的玄妙之论不同，驰骋20世纪俄国文坛半个世纪的普里什文表达对自然之爱时是极其朴素的，这种朴素浅显中又蕴含着极其动人的力量。为了观察一只鸟，他有时竟匍匐前进，一连爬上数里地浑然不觉累。他说："大自然和人一样是有生命的，不仅动物和植物有生命，甚至连自然界中的每一个存在和每一个现象都是有生命的……具有思考能力的不仅有人，还有各种各样的生物，甚至连沼泽也在'按自己的方式思考'。"

我相信，这绝不是普里什文凭空冒出来的奇思妙想，而是大自然借他之口说出来的天机。我确信，我与小鹧鸪的心也是相通的。鹧鸪之乐，亦是我之乐。心灵的快乐超越了万物之界限，这不是自然的大美大爱吗？也许，心灵蒙尘许久，需要一个苏醒的过程，需要一个与万物相融的过程。近代以来，万物有灵论被束之高阁，人被加冕为万物之灵，人与自然万物的关系也空前紧张。我想，人类是时候真心实意地把每一只鸟当作兄弟姐妹看待了。

正当我遐思之时，夜静了，湖面零星漂浮着几只贪玩不归的白骨顶。在草丛，在树边，啾啾啾的叫声此起彼伏，仿佛在呼唤同伴，却各有千秋，有妻子喊得没脾气嘶哑的，有父亲强硬催促的，有母亲饱含爱意的。这样的协奏曲弹奏半个小时左右，西草海真的要进入梦乡了，连最后的几只调皮白骨顶也钻进了黑黑的草丛。

广大的花

地阅读·旅行卷

李鲁平

　　头天晚上，在从飞雄机场到酒店的高山高速路上，我才知道我将要去的地方不是毕节，而是毕节下面一个县，赫章。有什么关系呢？反正都没去过。毕节是陌生的，赫章也是陌生的，陌生的我都好奇、都喜欢。早晨醒来，有人告诉我，这里是"夜郎国"。这就让我惊奇了，这是一个高中时代就印在了脑海的地名，而我从未设想过，有一天我会身处这个古老、神秘的"古国"。夜郎国会有什么特别吗？我问自己。

　　司马迁在《史记》中记载了一段滇王与汉使的对话，滇王问汉朝的使者，滇国大还是汉朝大。同样的疑问汉朝使者在夜郎国也遇到了。司马迁解释说，因为道路交通不便，西南山地封闭，所以没有天下大小的经验。"以道不通，故各以为一州主，不知汉广大。"司马迁用"广大"反衬夜郎国的狭隘。爬上韭菜坪的山顶，环顾四下起伏的山岭，俯瞰绵延的紫色野花，我想到的也是"广大"，但我说的广大是发自心底的。

　　汽车从赫章县城出发，我们的目的地是距县城30公里的韭菜坪。昨晚到达赫章已是深夜，来不及打听行程安排。早晨，在住宿的酒店门口，与一个卖核桃的妇女聊天。她一边急切地向我介绍她的核桃如何好，一边轻描淡写地说我们将要去的其实是大韭菜坪。她的手指是黑色的，我们说话的间隙，她的两只手不断搓揉，试图擦掉粘在手指上的黑色污渍。

"去掉黑桃表面的青皮，很麻烦。"她说。我这才注意到，她脚边篮子里的新鲜黑桃，刚去皮的黑桃，都带着黑色的污渍。黑桃表面青色的皮含有一种汁液，暴露在空气中后就变成黑色了。她家里的核桃树至少产五千斤核桃，她都得卖出去，供两个孩子在县城读书。

"这天气去大韭菜坪还可以。"卖核桃的妇女说完，背着核桃跟着一个男人走了，男人说可以全部买下来，但价格要再降一点。

大韭菜坪位于赫章县兴发乡、白果镇和水塘乡的交界处。主峰海拔 2777 米，是贵州西部第五高峰。我猜想，这座山一定有独特的风光，是我未见过的风光，不然，热情的东道主不会隆重推荐。四十多分钟的山路盘旋，我们终于抵达了目的地。天空闪着明晃晃的阳光，从山顶上下来的风在九月就露出了刺人的锋芒。抬头望去，从脚下向山顶，密密实实丛生上去的，都是绿色的草，开着紫色的花。我们与远道来的游客一样，每走一步都要拍下那些紫色的花，漫天的草。其实，无论怎么拍，它们依然是绿色的草，紫色的花。没有一朵是红色的，没有一根茎不是绿色的。

在上山的栈道上，一个彝族小伙子，披着厚厚的外套，大风刮着他铜色的脸，他在栈道上不断上下跑动，阻止游客翻过栅栏、踩踏野草，劝导在草丛中拍照的游客退出来。看着他的无奈、听着他声嘶力竭的叫喊，我有些同情，便不时找话题引开他的注意力。"这草叫什么名字？""这花是什么花？""阿西西里是什么意思？"对我的每个问题，小伙子都快速作答，"韭菜""韭菜花""大家一起快乐"。

他的目光始终不离那片紫色的大海，回答一次就又去追赶不守规矩的游客。

原来，我们此行是来韭菜坪欣赏韭菜花。走遍韭菜坪三十平方公里的山顶坪地，看见的无非还是两样事物，绿色的韭菜与紫色的韭菜花。其实，韭菜坪还有很多可以看的。它以地质奇观著称，有石林、高山洞穴、天坑、化石；在海拔 2500~2600 米之间，生长有成片的高大乔木；在海拔 2800 米之间，则以乔木、灌木混合林为主；海拔 2800 米以上，则为大面积的灌木丛，西兰山茶、高山榕、岩风杨、乌蒙杜鹃花、箭竹。但此时，我们所见的只有漫山遍野的紫色韭菜花。

韭菜并非稀罕之物，小时候我生活的乡村，每家的菜地里都有，只是太平常，没有特别留心它的开花以及颜色。传说韭菜花味辛甘性温，可温肾阳、强腰膝。韭菜花富含水分，蛋白质，脂肪，糖类，灰分，矿物质钙、磷、铁，维生素 A、维生素 B_1、维生素 B_2、维生素 C 和食物纤维等，因此具有很多功效，活血散瘀、除胃热、解药毒、防治便秘、滋润皮肤、有利眼睛，等等。另外韭菜花里的蒜素，还可以杀菌。

传统文化有药食同源的说法，每一种植物的叶、茎、根、果实等，都不仅是充饥的、营养的食物，还是可以治疗的、保健的药材。这种观念当然起源很早，一直贯穿在一个民族的日常生活之中。但在每个人的一生中，很少人是弄清了植物的功效之后，再去有选择、有目的地食用，绝大多数人都是跟着自己的习惯、本能吃各种植物。

比如，我在韭菜坪栈道上见到的当地小伙子，就一定经常食用韭菜和韭菜花吗？我想不一定。如果是这样，他的皮肤就该色泽光亮且平滑。而我看到的却是两张粗糙的脸。还有，如果是这样，他一定就肾阳很足啊，因为辛辣温肾呢。当然，这个就不好打听。

但我还是问了："这韭菜可以吃吗？"

"可以，烤着吃，烧烤。"小伙子说。他如此肯定地回答，我想他也许吃过。他跟我说着话，目光却在高山花海里快速移动着。

"哎，你，你，出来，出来。"他又开始叫喊起来，声音从坪上往下，从不断向上拥来的人头上滑下去。

"今天人多吧！"

"不算多。周末多。马上到十一了，人更多。"

"你就这样一整天不停喊吗？"

"是。有的游客素质太低了。"

"哎，出来，出来，说了不要到里面拍照，硬不听啊？"小伙子不理我了，直接朝山顶跑去了。他这样爬上爬下，喊来喊去，我想肯定是吃过烤韭菜的。野韭菜的辛辣，灌溉着韭菜坪男人的精气神，他们在高山上行走，看护着韭菜坪。

太阳出来了，暖意洒在韭菜坪上，从海拔 2777 米的顶峰向下看，蜿蜒的沟壑里，一辆辆汽车蛇一般向我们所在的坪地爬来。我们得赶在山路堵塞之前下山。沿着栈道布置的几个驿站，不知不觉之间忽然冒出许多烧烤摊，烤红薯、烤洋芋、烤玉米，也有的做煎饼，材料还是红薯、洋芋和玉米。无论你买什么，摊主都会给你递上一个小塑料袋，袋子里装着油炸的辣椒粉。蘸一下辣椒粉，咬一口冒气的烤土豆，再蘸一下辣椒粉，吃着吃着，觉得土豆原来也好吃。记忆中，儿时的乡村，粮食不够吃，蔬菜半边粮，家里往往拿土豆、红薯充主粮，一吃就是几个月，甚至半年，常常一边吃一边流眼泪。那时候每个孩子的梦想其实不大，就是每餐吃白米饭。

烤土豆的妇女说，土豆是自己家里的，从山下背上来。她指了指山下，我从海拔两千多米看下去，并未看见村庄，但我相信她的所指。可能是独特的土质、海拔和气候的影响，韭菜坪的土豆个头大、皮薄，吃起来有种蓬松和特有的香味。

"你再吃一个？"她劝我。

我们是坐车盘山上来的，我不知道，把一背篓这么大的土豆背上海拔两千多米，需要多大的体力。但她好像没觉得有什么了不起。

"我们这里山陡，种不了别的，就是土豆、玉米、红薯，大的背上来卖，小的给猪吃。"她的手在烤架上忙碌着，并不看我。

"每天背上背下，还吹着这么大的风，不累？"

"不累呢，有游客来就好。"她的左右大约都来自同一个山村，替她答话。

"为什么不烤韭菜？"我吃完了土豆。说真的，我没吃过烤韭菜，如果有烤熟的，我愿意尝尝。

"我们靠韭菜坪呢，没有韭菜，我们就完了。"这是她的意见，其他的人也附和着，看来也是共识。韭菜与韭菜坪的山民就这样依存。她们跟身边这些韭菜一样，在陡山上生长，吹着野风，但从不迁徙，也不逃避。

从大韭菜坪下来，汽车盘旋着爬上另一座山峰，即小韭菜坪。小韭菜坪的山顶上也是一块宽广的草原，四周的山下却是深沟。草坡上不见韭菜花，只见一面大鼓架在草甸子上，一群穿着民族服装的学生在草地上做着表演的准备。我们要看的不是韭菜花，而是苗族的西迁葬笙曲。顾名思义，西迁葬笙曲的主要乐器是芦笙，表演的内容与苗族的迁徙相关，是葬礼上演奏的。一行人站定，在大鼓沉闷的敲击中，表演开始。一人吹羊角号在前方领头，后面紧随着十几个苗族汉子，一边吹笙一边行进。芦笙一会朝向天空，一会贴向地面。表演队伍时而围成一圈，时而如蛇弯曲扭动。传说，苗族人是蚩尤的后代，居住在黄河流域，经过五次大迁徙终于在西南山林中定居下来。葬笙曲便是为怀念祖先、安息祖先，记录迁徙中的艰难和牺牲而作。

　　芦笙低徊，鼓声庄严，他们在高原上与祖先的灵魂对话。一大群学生也加入了舞蹈的行列，他们同样边吹边跳。青春的激情与古老的历史在阿西西里的草原上交汇、冲撞、悲痛、哀思、虔诚、怀念、憧憬、梦想在小韭菜坪的草原上蓬勃作响。

　　这个下午，在一片灌木丛与农田的空隙，我们还观看了另外一场苗族的舞蹈，一场同样以迁徙为主题的舞蹈。不同的是，在这场男女老少一起参与的舞蹈中，每个人的服装背后绣着一幅地图，都是一模一样的地图，当地人说，这幅地图是苗族同胞迁徙的路线图。这幅图上不一定有野生的韭菜和紫色的韭菜花，但他们以这种方式，记录下一个民族救亡、图存、繁衍、发展的曲折轨迹。

　　令人想不到的是，他们最终选择并安定的地方，居然是夜郎国一片长满野韭菜、开满紫色小花的高山密林。他们一路的奔走，未尝不充满一种强大的阳刚之气，与韭菜所蕴含的温肾振阳之气如此巧妙地暗合。

　　还有一种更强大的气概，充盈在赫章东北部的海雀村。海雀村曾经什么都不生长，因此，这种撼动天地的大气不来自韭菜或其他的植物，而来自人。

　　今天的海雀村山清水秀，已经不见过去的景象，要知道它的过去，得去村里的陈列室。陈列室里有二十世纪八十年代海雀村的山、房子、村民的图片，有海雀村苗族、彝族乡亲传统生产、生活的用具，有村支书文朝荣几十年的工作笔记，有文朝荣穿过的草鞋、胶鞋、蓑衣等，有文朝荣带领乡亲植树、修路、盖房、挖水池等等艰辛、努力的场景……有几张照片我印象较深，一张是当年海雀村的住房面貌。一间茅屋前站着一位老人，照片下面的文字注明，这是苗族老大娘安美珍的房子。虽然我对乡村并不陌生，但1985年还有那样原始的草房，连门都没有，从门外看进去什么也没有的草房，我是第一次见到。当时的新闻说，海雀四个人三个碗，三个月缺盐，全年缺油，有的还断炊。的确一点都不夸张。第二张照片是当时海雀村山岭的面貌。光秃秃的山岭，黑色的、灰色的，毫无生机，看不见一丝绿草，俨然西北某处缺水的戈壁、风沙地。这样荒芜的山岭，在南方也不多见。据说由于无度砍伐和开发种植，当时海雀的森林覆盖率只有百分之五。第三张照片是文朝荣的笔记。文朝荣的字写得不算好，有的还是错字、别字，但每页纸上都一笔一画写着他的工作和计划，包括要注意的地方。从社会治安、计划生育到种树、管树，事无巨细。

"山上有林才能保山下，有林才有草，有草就能养牲口，有牲口就有肥，有肥就有粮"，这是文朝荣朴素的信念。就是这样一个山村，在文朝荣的带领下，用近二十年的时间，坚持植树造林，恢复生态，2014 年文朝荣去世时，海雀的森林覆盖率超过了百分之七十。如今海雀有万亩林海，有草，有果树，有充沛的清水，有白墙青瓦的新民居。海雀真正变成了彝族语言说的"湖水灌注的地方"。

在陈列室的那些照片中，还有一张，我更难以忘怀，一群海雀村的男人抬着文朝荣的棺木向山上艰难攀爬，他们的脚下是漫天的大雪，每一个汉子的腿都淹没在厚厚的积雪中，他们的脸上定格着庄重、坚毅。我毫不怀疑，这群男人会把文朝荣的信念弘扬下去。文朝荣应该欣慰了，他可以躺在海雀的青山绿水之中了。

二十年，毫无怨言，默默把一棵一棵树苗栽下去，再一滴一滴浇灌，抚养成参天大树，抚养成可以为海雀涵养水源、为海雀撑起绿色天空的林海。以文朝荣为代表的海雀的彝族、苗族同胞，他们的身上都流淌着一种气概，一种不屈、不息的大气。

赫章，本来叫墨特川，因为此地设立过黑张运递所，后叫黑张铺，而当地人把"黑"读"赫"，清雍正四年，改"黑张"为"赫章"，从此，

"赫章"成为县名。想来，这名字改得既文艺，也契合历史和现实。乌蒙山下的彝族、苗族以及其他民族同胞，在这块土地上，迁徙也好，怀念也罢。他们种树、种核桃、修路，演奏传统歌舞，呵护韭菜花海，与那些韭菜一样，在坡度二十五度以上的土地上，他们一代一代书写着的，不正是一篇赫然、宏大的文章吗。汉阳路上卖核桃的妇女，韭菜坪栈道上维持秩序的小伙子，山间烧烤洋芋的村民，文朝荣以及文朝荣的后继者，他们与韭菜花一样充满着壮气和阳刚。他们中的每一个何尝不是韭菜坪广大的花中的一朵。

　　楚天江夏，名茶，万顷茶园，如诗如画。然而，最令人神往的要数株山"银峰"茶。

　　清明时节，在株山茶场的一位朋友的带领下，我们走进了株山腹地。举目凝望，只见山上山下，田头地角，长满了层层叠叠的茶树，一丛丛，一簇簇，宛若一个个墨绿墨绿的大彩球，美妙极了。朋友告诉我，这就是驰名中外的株山"银峰"茶的诞生地。

　　株山"银峰"茶是选用优良品种福鼎大白茶树嫩绿的芽叶精制而成的，真正的株山"银峰"茶，条索紧结匀直，似针形毫峰披露，色泽银翠隐绿，汤色清澈明亮，清香悠长持久，滋味醇厚鲜爽。这种茶曾获首届中国食品博览会金银质奖，因质量要求极高，所以产量也较低，诚然，价格也极为昂贵，这几年一公斤都在一千元左右。据消息灵通人士透露，能喝上这种"银峰"茶的一般都是大人物或极其尊贵的客人，而市场上销售的都是稍次一点的"银峰"茶。

　　这种株山"银峰"茶强烈地吸引着我，我迫不及待地希望饱饱眼福口福。茶场的那位朋友似乎猜透了我此刻的心情，朝我们笑了笑，便领我们走进了接待室，这时服务员递给我们像"风油精"盒子那么大的一包"银峰"茶，我乐滋滋地将"银峰"茶倒入玻璃环中。朋友介绍说，这种茶与其他茶所不同的是冲泡时能时上时下，变幻无穷。朋友说着，便将刚刚煮沸的开水倒入了杯中，并迅速地盖上了盖子。瞬间，只见杯底的绿色茶叶如卧床美人突然听到号令似的，茶叶尖全部向上，如箭般迅猛地射向水面，叶尖垂立，整齐划一，杯底无留一叶。面对此情此景，我们无不发出惊叹。约一分钟左右，朋友叫我们揭开杯盖，顿时，一团白雾冲腾而起，犹如仙鹤飞腾。不一会，一部分茶叶下沉，一部分茶叶垂立上面，形成了"两军对垒"的局面。又过了一会儿，只见茶叶上下穿梭，如美人起舞。约半分钟后，茶叶全部垂立落入杯底，但仍是针尖上刺，叶柄下垂，悬立杯中，这情景有如美人集结，令人如痴如醉。当我们再细细观察，可以看到杯中每片茶叶周围渐渐泛出一朵时而透明时而嫩绿的小花，诱人极了。我沉浸在美妙的想象之中，似乎走进了一个清纯而嫩绿的世界。"可以尝鲜了。"朋友一声提示，一下将我的思绪带到了现实生活的地面。于是，我轻轻地抿了一口，顿时觉得满口清香，甘洌醇厚，真令人拍案叫绝。

这种人间仙品来之不易。朋友说，这种茶采摘的时间严格规定在清明前后三至四天。清晨有露水时不能采，只有晴天才能采摘，否则采的茶叶不能做"银峰"茶，只能做"毛尖茶"。此外，采茶也很有学问，嫩叶的大小宽窄要一致，要采芽尖包紧的四类叶茶，弯的芽不行，虫爬过的也不行，否则做出来的茶有斑点。加工茶叶更需要高超的工艺技术，只能用电炒龙井锅加工，锅温要在100~120℃，整个工艺流程必须经过杀青、揉捻、整形、烘干。制茶下手要轻，叶的表皮不能擦破，工艺流程时间也都有严格的规定，稍不谨慎，全锅报废。

品罢"银峰"茶，听罢朋友的介绍，我不由对株山茶，对株山人油然而起敬意。当我们在朋友的陪同下参观茶园时，看到一群姑娘隐没在茶园中，歌声笑语，不绝于耳，我们心头顿时升腾起一种崇敬的感情。啊，是这些人间仙子，创造了美的天地，美的生活，美的境界。她们长年累月，默默辛苦地劳作，她们用知识，用青春和汗水谱写了如此动人的诗章，创造了如此迷人的"银峰"茶。我看着，想着，眼前突然幻化出一杯杯荡漾着嫩绿、飘飞着清香的"银峰"茶，在天南海北溅起了甜蜜的笑浪。

墨水湖的春天

她阅读·旅行卷

Never Had Loneliness

马建国

江南春潮急。二月，墨水湖就早早地进入了春天。这片汉阳最为广阔的水域，开始了一年中最为温暖美好的季节。

宛如明镜的湖面静谧安详，微风吹过，荡起一层层涟漪。湖水深且物丰，故不能清澈见底，但绝非乌黑的墨水；古代秀才洗刷毛笔染成一湖墨水的故事，只是美好的传说罢了。

湖面远处，有三三两两的水鸡子在觅食，它们或静静地等待，或兴奋地快速游动，尾巴拖着长长的水线，一眨眼又潜入水中，好一会儿从另一处水面露出头来……它们必定是在追逐鱼虾等美食。湖边的芦苇荡子，便是这些水禽的家。

湖水近处的柳树最先感知了春天。一位年轻的妈妈召唤女儿：

"快来看呀，这里才能看到春天！"

灵巧的女儿飞也似的跑过来，挽起妈妈的胳膊，凑近柳树。那细长的柳条就像垂着的无数根丝线，在湖水的映衬下，呈现着精美的线条；又如美女的秀发，在春风里轻轻地飘动；枝条上已剪出娇嫩可人的绿芽。偶尔有黄鹂在柳枝间飞过，令游人惊喜万分。树下，一群鸟在觅食，有人过来时，它们便"呼"地四散飞起，落到别处去了。

四季常绿的桂树，每一枝头都生发出嫩绿的新芽，那芽一律向上，争先恐后地朝着春光，仿佛伸出无数双小手，欢呼迎接这个美好的春天。梅树已长出了密密麻麻的绿芽和小叶，还有零星的花瓣仍挂在枝头，不愿离去，它们是留恋这个春天吗？

这边有成片的草本植物开出黄色的花朵，金灿灿的。那边是火红火红的一片，不是花，而是叶，是类似枫树的低矮灌木。

阳光变暖，春风拂过，草坪被满湖水汽滋润，快速返青，湖边就铺开绿色的地毯。

男女老少脱去了冬装，兴冲冲地奔向湖边，流连在湖边蜿蜒的道上，嬉戏于平坦如草原或起伏如高原的草地上。有一家三四口全体出动的，还有祖孙三代的，穿得花花绿绿的稚嫩幼儿挣脱了大人的怀抱，蹒跚着往前跑，爷爷奶奶在后面追赶呼唤：

"莫跑，莫跑，慢点！"

小狗也跟随主人来了，兴奋异常，一蹦一跳地撒欢。

有青年男女在谈情说爱，或羞涩或热情。这是属于他们最适宜的季节。

有人在放风筝，那风筝五颜六色、各式各样，乘着春风，飘荡在晴空里。

在环湖路上，有人组团骑行而过；有人着艳丽运动服轻松地跑步……他们是春天的健儿。

在湖边有窄堤隔开的水域，一字排开了钓鱼竿。其中一老者手一举，一条活蹦乱跳的鲫鱼出了水面，他收获着喜悦，游人上前观瞧。有人问：

"这是什么鱼？"

"长了嘴巴的鱼。"

老人很幽默，引得一片笑声。

岸边高处的长廊上，传来悠扬的竹笛声，不知是什么曲，却是与这景物最为和谐的音乐，仿佛让人穿越到古时。

湖面宛如巨大而不规则的镜子，将四周的树木、亭台楼阁等倒映其中，形成了深色、虚幻的影子，仿佛水中的海市蜃楼。湖心则呈亮色。忽明忽暗之间，这一湖碧水就灵性起来、生动起来。

湖上有桥，东西各一。东边，江城大道上古色古香的墨水湖大桥南北向静卧湖上；西边，芳草路大桥亦南北穿过湖面。人们经过大桥时，都会忍不住驻足，凭栏远眺，欣赏湖光水色。而在湖的岸边，游人盼着多建些景观小桥，方便游览，美化景区。

放眼平视，近处清晰的花草树木、小径廊桥、湖岸长堤……渐次过渡到远方模糊的色彩。这一切便构成了和美的春景，恰似一幅精致的山水画卷，令人陶醉，流连忘返……

三峡皂角树

她阅读·旅行卷

叶梅

　　三峡一带树木葱茏，当年杜甫沿江而下，曾在巴东西瀼口住过多日，这地方是在长江三峡的巫峡与西陵峡之间，素有川蜀咽喉、鄂西门户之称，为土家苗族等多民族百姓世代居住。有诗云"巴东三峡巫峡长，猿鸣三声泪沾裳"，诗圣杜甫放眼看去，又吟道"冬来纯绿松杉树，春到间红桃李花"，想那峡谷山川之间，松杉林立，花枝摇曳，一片醉人沁香呵。而我自小在巴东峡江边，看惯了一片葱绿，更偏爱三舅嘎公家的皂角树。

　　土家人将姥姥叫嘎嘎，三舅嘎公是嘎嘎的幺弟，他与他的父兄过去都是川江上有名的"桡夫子"，将三峡一带的盐、柑橘和茶叶运到宜昌、汉口，又将下江的洋货拖到巴东、巫山、奉节，后来在江上遭遇土匪，梭镖来去，几条汉子死得只剩了最小的三舅嘎公。

　　嘎公家在长江边，屋侧另有一条小溪，溪畔有一座玲珑宝塔，溪间躺着高低起伏的巨石，清澈的溪水静静地钻过石缝，小蛇一般游入长江。三舅嘎公的土屋前长着一棵青青的皂角树，像一把撑开的绿油油的大伞，树下摆放着几条光滑的长凳，那是被路人的汗水浸透过的，还有小方桌和瓦罐凉茶。我们奔跑着从刺目的烈日下扑进那一片阴凉，头上捆着白帕子的三舅嘎公提着旱烟袋，会伸手擦一把我们额前的汗，笑眯眯地说："喝茶喝茶，灶头有烧好的苞谷坨。"我和我的表兄妹们，一屁股对着江水坐下，皂角树下吹过一阵阵江风，我们咕嘟嘟喝下大碗的梨儿茶，啃出满嘴苞谷香。

对岸的巴东县城，则是一条窄窄的长街，我和我的表姐摇摇摆摆地从街头走到街尾，一般只要十来分钟。有汽车经过时，便会有半老的妇人或孩子拿起铁皮喇叭叫喊：车子来哒，行人走两旁！这样的情景似乎一直被外乡人当作笑话提及。巴东城下的江边如郭沫若的诗："岸头礁石起伏，崎岖难行，微雨步巴东，江边乱石丛……"人们没有想到若干年后，随着三峡工程的建设，江水会上涨至 175 米，那些乱石丛，还有巴东老城，以及江北三舅嘎公的土屋都一一没入了大江。

举世瞩目的三峡搬迁是从 1997 年的夏天开始的，一声炮响之后，老城的街道楼房逐渐拆除，人们挥泪告别。拆除所有房屋、电线通信线广播线、石拱桥、园林、医院兽医站屠宰场、猪栏粪池沼气池、传染病疫源地、15 年以上坟墓……一眼望不到边的断墙残瓦，惊心动魄的尘土飞扬，三峡如凤凰涅槃。

1500 多年前始建的巴东"旧县坪"原在大江北岸，宋朝时，20 岁的进士寇准被派往巴东做了县令，唯见"野水无人渡，孤舟尽日横"，他发奋改良农事，开拓南岸，将县城搬到了江南的金字山。那次不足千人的搬迁一直被后人视为了不起的壮举，然而相比三峡迁移，就简直是微不足道了。作为三峡库区移民重点县之一的巴东，全县境内搬迁涉及县城和 10 多个乡镇 100 多个村，近 5 万多人。三舅嘎公的儿孙也在其中。

就在老县城即将完全淹没的头一年，我在拆去半拉的巴东码头坐上了一条小小的机动船，驾船的是三舅嘎公的外孙小宋，他所驾的已不同于前辈的木船，而有着"突突"作响的发动机，箭一般顺江而下。我们在一个叫作"鸡翅膀"的乱石丛下了船，只见一个个硕大的水泥墩子从江边伸到了半山腰，那是白底红字的水位标志，最高的那一块便写着"175"，也就是三峡大坝完全建成蓄水后所要达到的水位。

接着往上爬了不远，便看见好几处断墙残垣，三舅嘎公老屋的所在地，一群男人正在七手八脚地拆梁，土墙只剩一圈基脚，周围的树被砍倒在地，新鲜的枝叶脆生生地朝天翘着。一口圆圆的瓦缸半截被土掩埋，太阳映在缸里，晃荡晃荡的，也不知那缸里的水是天上的雨，还是主人临行前挑回的清泉。拆屋的男人告诉我们，已经去世的三舅嘎公埋在了山高头，他的后人已搬到江汉平原，那里建了许多个三峡村，而现在他们是在做"清库"，明年六月水就要淹到这里来了。

我问，那棵皂角树呢？男人们说：皂角树？我们这里皂角树多呢，你说的哪一棵？我无法说得清，那棵皂角树在我儿时的印象中是一棵参天大树，以后应该是长得更大了吧，可躺在地上的这些树有松杉，有柑橘，却没有那棵如巨盖的大树。

我们找到了三舅嘎公的坟茔，他老人家正好埋在了不用迁移的175米之上，面朝大江，可以日夜眺望江上行走的船儿。我为三舅嘎公烧香，祈望儿孙的搬迁不会使他孤独和担心。三舅嘎公知道，这地方自古以来很美也很穷，地僻接穷峡，坡度大都超过了四十五度，只能种植苞谷红薯，巴东县志曾记载："农人依山为田，刀耕火种，备历艰辛，地不能任旱涝，虽丰岁不能自给，小侵则蕨根为食。"在过去的许多岁月里，三舅嘎公和他的乡亲常为温饱所困扰，这里的部分农户举家搬迁，减少三峡土地的耕种，对美丽三峡的生态发展应是一种离别的奉献。

那天正要从陡峭的山上往下走，一位鬓发花白的妇人健步而来，她肩上挎着一个竹背篓，笑笑地提醒我们将纸钱和炮仗拿得离草木远些，说山上容易着火，现在这坡上除了一个七十多岁的老汉，就只剩了她。这位姓曾的大妈家门前有一个大屋场，铺着清一色的石板，显出山里人家的气派。她的四个儿女全都迁到了外地，有的在江上跑生意，有的进了合资企业，都修了很大的屋，儿女来接过好多次，虽然住着的这个屋场过几年也得拆，可是她却不想走。

我们问为什么呢？她沉默了好一会儿，扬手指了指门前的石板，说光这一块块"礓礤子"我都舍不得，几十里外的地方打来的，搬运钱一块石板都要好几十块呢。我从神农架下嫁过来，在这屋场里结的婚，生的娃娃，后来又看着婆婆在这屋里闭的眼睛……还有丈夫。她说着，眼圈红了。我忍不住拉起她的手，想说几句安慰的话，但什么也没说出来。她要守到三峡大坝完全建成，守到江里的水一层层淹没了她千辛万苦弄回来的那些"礓礤子"，她才离开。

大江上响起了悠长的汽笛，那雄浑又带着些沧桑的声音在峡谷间久久地回荡。面对浑黄的永不停息默默流淌的浩荡江水，恍如昨日，如花的新媳妇从山道上满脸桃红地走来，还有扎着雪白帕子的三舅嘎公张着缺牙的嘴笑开了满脸慈祥，那土屋前的皂角树绿出满眼的温情……而眼下，巴东新城彩虹飞架，十里长街高楼林立，夜间华灯初上，人们翩跹起舞，通往江边的宽大石阶九百九十步，正对着飞架南北的巴东长江大桥。那一棵皂角树，留在了人们的心中。

苍翠袅长空

谭岩

五岳之外有天岳，五湖之中有洞庭。幕阜山，古称天岳山，属于罗霄山脉；峰峦苍茫苍翠，远接云天，逶迤延绵湘、鄂、赣三省，仿佛横穿三省的一条巨龙。这条横亘天地的绿色巨龙，延伸到大冶市刘仁八镇一带，又伸出了两只龙爪，当地的人们把它们叫作青龙山、玉凤山。

龙凤山庄就坐落在青龙山、玉凤山的怀抱里。来到这龙凤山庄，吸引人的不仅是那些绿色食品、土特产品、游乐项目，更有那美丽的自然景观，漫山遍野的竹林竹涛，那浩瀚的绿色。

同是湖北，同是山区，植被的长势和气势大不一样。在鄂西北，绿色的植被显得疏朗秀气；树木和山石相间相伴，既有绿色的树木，也有白色的岩石，放眼望去，大片的绿簇拥着一点一片的白，风起涛涌，绿色的波涛拍打着白色的岛屿。绿树白岩相映成趣，各据一方，又相互点缀，即便在鄂西北的"林海"，一片古老的树林中也会见到一面断崖、一座巉岩突兀的山峰直指云天。这些散布林中的断崖山峰，仿佛林海中的礁岛港湾，如果泛舟其间，随时可以靠岸入港，不会有无所依傍的迷茫感。鄂西北的竹也长得清秀苗条，大多是水竹、金竹、桂竹，竹细，手指来粗或者最多茶杯粗细，长得也并不高，最高也就齐着房舍的屋顶。常见生长于沟旁山涧，或者围着农舍的房前屋后，突然听见一阵狗吠，抬头一望，这才发现竹林里藏有一户人家，人家的门前院场那竹竿搭成的晒架上，风中正晃荡着几件晾晒的衣物。

可是在鄂东南，绿色的植被却生长得茂密彪悍。这些植被一绿一大片，绿得没有止尽，覆盖了所有的土地，山坡田野，岩石山头，山涧水沟，全吞没在一片绿海里，只听见流水声，却看不见沟溪在何处；草，树、枝、叶都拼了命地肆意生长，疯狂地长，能长多高就长多高，能长多长就长多长，一层又一层，层林尽染，长得密不透风，让人窒息，让人恐怖。放眼，这天底下全是绿，绿得发黑，绿得深不见底，如临大海的无底深渊,心惊胆战。看不见边望不着头，仿佛随时会掉进这绿得发黑的深渊里。而生长在这种环境中的竹，自然也一改鄂西北同类的纤弱，长得又粗又长又壮硕：粗有饭碗粗，长也长得远远超过了屋顶，抬头仰望，竹梢已经伸出云霄，望得人头晕目眩。

入住的宾馆就在一片竹林旁，所住房间的门窗正好对着竹林。入住那晚，下了一场大雨，一场孟夏的雨，热情而又浓烈。雨水落入竹林，打着竹竿竹叶，溅起一片哗啦之声，仿佛噼里啪啦的鞭炮硝烟，又如毕毕剥剥的腾腾篝火；那些竹，就如遇到一场甘霖，一片点燃了热情的火光，它们在风雨中摇摆着健壮修长的躯体，舞动着婀娜柔曼的枝叶，奔放欢欣地承接着这场明亮的大雨，仿佛一群苗条颀长的傣家女，一个个正甩舞着一头长长的秀发，置身欢快的泼水节中。

一阵风吹来，雨水打到了窗户玻璃上，留下几条袅娜的印迹慢慢蜿蜒，仿佛伏在窗口的热情洋溢的初夏的眼；打到窗口的雨点，也弥散进一股初夏的气息，葱郁的青竹，盛开的鲜花，盎然的绿草，刚进夏天的雨蓬勃湿润地蕴着香气。窗外，竹林里的欢腾正进入了高潮，雨风吹过竹林，那哗啦的雨声便时高时低、时大时小、时近时远，仿佛山洪暴发，山泉迸泻，一帘瀑布从万丈高崖飘忽而下。风雨中的竹林仿佛处在激荡着万顷波涛的激流中。听着这雨打竹林声，似乎就置身万顷波涛上，随波荡漾，怡然自得。

到了天明，感觉那窗外的雨声小了，欢腾的洪流变成了溅溅淙淙的溪水声。推开窗一看，哪还有什么雨！早已雨过天霁，一道道金黄的朝阳正涂抹在翠竹林上。晨风悠悠，竹林参差披拂，溪水似的声响原来是万千竹叶的窸窣声。

经过一夜雨的冲洗，山色更是清洁无尘。地上行潦潺潺，从山坡流下山去；路面积水的地方，映着一汪一洼的蓝天，深不可测，让人恍惚不知哪才是天，仿佛地上被穿了一个无底洞，一不小心，一脚踏空，就会"坠"入地上这深邃的天空里；山坡上岩坎上断堤处，时见一道道跃下坎来的白光，那是雨后的小溪，跌下坎来，汩汩地形成一个小水滩，盘旋了一阵，又匆匆寻找着出路，从一片闪光的水草中穿行，流向山涧的沟渠里。近处的山是绿的、青的、黑的，远处的山却是蓝的、灰的、白的。接着云天的山上正起着晨雾，仿佛一个个披着一袭轻纱的仙女，飘然漫过那些山峰山头。

雨水冲洗过的竹林更是苍翠；真个是"雨洗娟娟净,风吹细细香"（杜甫《严郑公宅同咏竹》）。走进竹林，清气扑面，疏朗的竹竿修长、挺拔，仰视才见它们的真容，那细长的竹梢在蓝天中荡漾，有苍翠袅长空的潇洒飘逸。竹梢上枝叶浮动的是老竹，竹梢上像蓄着根独辫的，是今年的新竹。非常诧异，这一根十多米长的竹，竟然是今年的新笋长成。它的个头已经和经年的竹无异，同样修长挺拔，一身蓬勃地站在蓝天下，细细观看，才发现这新竹的竹竿，颜色要比经年的竹要青，还是一种绿色，是真真的翠绿，竹节的边缘处，还有粉白，用手一抹，立刻出现一道青翠的痕，仿佛即刻要沁出绿汁来。接近地面的竹竿，还残留有竹箨，一片片的，四下张伸着，像完成了发射使命的发射架。

的确，竹像是在发射的生命。这种径围粗壮的竹子叫南竹，属于幕阜山生长的毛竹系列，这种竹生命力强盛，有研究者表明，一棵 60 英尺（约 18 米）高的树木需要 60 年的时间才能长成，可一棵 60 英尺的南竹只需 59 天即可长成。唐朝诗人元稹专门为新竹写过一首诗，"新竹"：

> 新篁才解箨，寒色已青葱。
> 冉冉飘凝粉，萧萧渐引风。
> 扶疏多透日，寥落未成丛。
> 唯有团团节，坚贞大小同。

站在这带着粉色，新篁才解箨的苍翠挺拔的新竹下，仰望着它，蓬勃的朝气，青葱的景象，仿佛置身在少男少女间，让人心生喜悦，心生对未来、前景的种种希望。

南竹虽统称毛竹，可也还有很多别名，江南竹、茅竹、猫头竹、狸头竹等等，如果在别处，在幕阜山的其他地方，说起它的别名也许没有太大的意义，可是在这大冶的刘仁八镇，在幕阜山的青龙山玉凤山，这里的南竹就有些特别的含义。

这里的南竹还有一个特别的名称：孟宗竹。

一说到孟宗竹，很多人立刻会想到一个典故，即《二十四孝》里的"孟宗哭竹"。

孟宗，当属居青龙山玉凤山不远的本地人。

孟宗年少时父亡，母子俩相依为命，他不仅读书刻苦，还极为孝顺。长大后，不管母亲想吃什么，他都想方设法满足她。一天，老母病重，数日不欲饮食，孟宗心急如焚。他问母亲想吃什么，老母病重大概已神志不太清醒，只说想吃竹笋煮羹。此时窗外寒风呼啸，正是严冬，怎么会有竹笋？孟宗抱着一丝希望来到竹林，可见到的仍然只是满地的积雪。他翻遍了竹林也找不到一根竹笋。痛苦无奈之中只好扶着竹梢上也压着一层白雪的南竹痛哭。这一场竹林大哭哭得汹涌澎湃，哭得惊天动地，哭得泪雨倾盆。哭了一会儿，只觉周身发热，吹到脸上的风也是热的。他停止哭泣，往四周一看，地上的冰雪都融化了，草木也发青了，更让他眼睛一亮的是，竹林里长出了许多竹笋。原来是他的泪水融化了积雪，孝心感动了天地，瞬间已春回大地，万物复苏，竹笋也破土而出。他惊喜之余，赶紧把竹笋采回家让母亲吃了，母亲的病也就好了。这事还有一首颂诗，曰：泪滴朔风寒，萧萧竹数竿；须臾冬笋出，天意招平安。

这个颇带浪漫主义色彩的故事已家喻户晓，也是历朝历代推荐教化的题材。事实或许并非传说的那样，三国时的冬笋并不常见，或者之前根本没发现，因为这冬笋不比春笋，春笋长在竹林里冒出了地面，一望可见，可冬笋是生长在地下的茎（竹鞭）侧芽发育而成的笋芽，尚未出土，人们也不容易发现，孟宗寻竹笋跑到竹林里哭泣，这可能是真的，泪滴朔风寒也当然是真的，巧或许就巧在他的泪水滴到了积雪上，融化了积雪，雪水冲出了藏在地下的冬笋，于是，春笋之外的冬笋，首次被这大孝子孟宗发现了！此后，人们才品尝到冬笋的美味。

可是人们传扬的不是冬笋的美味，而是孟宗的孝心。不管怎么说，孟宗为病重的母亲哭泣，冒雪寻笋的大孝，是不容置疑的，是值得称扬和大书特书的。在美好的品质和宏大的结果面前，一些细节是可以忽略的，何况那些细节也震撼人心。

行走在清晨的竹林里，朝阳的光芒也射进了竹林，一根根的，仿佛金色的竹子，光明透亮，插在这片翠竹林中。微风拂过，竹叶上的宿雨便扑簌簌掉落，阳光照耀的地方，仿佛正洒落着万千莹莹珍珠。这是太阳下的竹林，而月光下的竹林又会怎么样呢？这是一个大晴天，有太阳，必定会有大月亮。

期待着，月亮升起的时候，再来看看月色竹林的景色。

Never Had Loneliness

她阅读·旅行卷

第五章 域外留荧

伤怀之美

地图阅读·旅行卷

迟子建

　　不要说你看到了什么，而应该说你敛声屏气凝神遐思的片刻感受到了什么。那是什么？伤怀之美像寒冷耀目的雪橇一样无声地向你滑来，它仿佛来自银河，因为它带来了一股天堂的气息，更确切地说，为人们带来了自己扼住咽喉的勇气。

　　我八岁的时候，还在中国最北的漠河北极村。漫天大雪几乎封存了我所有的记忆，但那年冬天的渔汛却依然清晰在目。冬天的渔汛到来时，几乎家家都彻夜守在江上。人们带着干粮、火盆、捕鱼的工具和廉价的纸烟从一座座木刻楞房屋走出来。一孔孔冰眼冒出乳白的水汽，雪橇旁的干草上堆着已经打上来的各色鱼类。一些狗很懂得主人的心理，它们摇头摆尾地看到上鱼量很大，偶尔又有杂鱼露出水面时，就在主人摘钩的一瞬间接了那鱼，大口大口地吞嚼起来。对那些名贵的鱼，它们素来规规矩矩地忠实于主人，不闻不碰。就在那年渔汛结束的时候，是黄昏时分，云气低沉，大人们将鱼拢在麻袋里，套上雪橇，撤出黑龙江回家了。

　　那是一条漫长的雪道，它在黄昏时分是灰蓝色的。大人们抄着袖口跟在雪橇后面慢腾腾地走着，他们之间没有任何言语，世界是如此沉静。快到家门口的时候，天忽然落起大片大片的雪花，我眼前的景色一片迷蒙，我所能听到的只是拉着雪橇的狗的热气沼沼的呼吸声。大人们都消失了，村庄也消失了，我感觉只有狗的呼吸声和雪花陪伴着我，我有一种要哭的欲望，那便是初始体会到的伤怀之美了。

年龄的增长是加深人自身庸碌行为的一个可怕过程。从那以后，我更多体会到的是城市混沌的烟云。狭窄而流俗的街道、人与人之间的争吵、背信弃义乃至相互唾弃，那种人、情、景相融为一体的伤怀之美似乎逃之夭夭了。或者说伤怀之美正在某个角落因为蒙难而掩面哭泣。

一九九一年年底，我终于又在异国他乡重温了伤怀之美。那是在日本北海道，我离开札幌后来到了著名的温泉圣地——登别。在此之前已经领略过层云峡的温泉之美了。在北海道旅行期间一直大雪纷纷，空气潮湿清新，景色奇佳。住进依山而起的古色古香的温泉旅馆后，已是黄昏时分了，我洗过澡穿上专为旅人预备的和服到餐厅就餐。席间，问起登别温泉有何独到之处时，日本友人风趣地眨眨眼睛说，登别的露天温泉久负盛名。也就是说，人直接面对着十二月的寒风和天空接受沐浴。我吐了下舌头，有些兴奋，又有些害怕。露天温泉只在凌晨三时以后才对女人开放。那一夜我辗转反侧，生怕不慎一觉醒来云开日朗而与美失之交臂。凌晨五时我肩搭一条金黄色的浴巾来到温泉区。以下是我在访日札记中的一段文字：

温泉室中静悄悄的，仍然是浓重的白雾袭来。我脱掉和服，走进雾中，那时我便消失了。天然的肤色与白雾相融为一体。我几乎是凭着感觉在雾中走动——先拿起喷头一番淋浴，然后慢慢朝温泉走去。室内温泉除我之外还有另外两人，我进去后就四处寻找露天温泉的位置。日语不通，无法向那两位女人求问，看来看去，在温泉的东方望见一扇门，上写五个红色大字：露天大风吕。汉语中的"露天大风"自不用解释，只是"吕"字却让人有些糊涂。汉语中的"吕"除了做姓氏之外，古代还指用竹管制成的校正乐律的器具，代表一种音律。把这含义的"吕"与"露天大风"联系起来，便生出了"由风弹奏，由吕校音"的想法。不管如何，我必须挺身而出了。

我走出室内温泉，走向那扇朝向东方的门。站在门边就感觉到了寒气，另外两位女子惊奇地望着我。试想在隆冬的北海道，去露天温泉，实在需要点勇气啊。我犹豫片刻，还是将门推开。这一推我几乎让雪花给吓住了，寒气和雪花汇合在一起朝我袭来，我身上却一丝不挂。而我不想再回头，尤其有人望着我的时候，我是绝不肯退却的。我朝前走去，将门关上。

我全身的肌肤都在呼吸真正的风、自由的风。池子周围落满了雪。我朝温泉走去，我下去了，慢慢地让自己成为温泉的一部分，将手撑开，舒展开四肢。坐在温泉中，犹如坐在海底的苔藓上，又滑又温存，只有头露出水面。池中只我一人，多安静啊。天似亮非亮，那天就有些幽蓝，雪花朝我袭来，而温泉里却暖意融融。池子周围有几棵树，树上有灯，因而落在树周围的雪花是灿烂而华美的。

我想我的笔在这时刻是苍白的。直到如今，我也无法准确表达当时的心情，只记得不远处就是一座山，山坡上错落有致地生长着松树和柏树，三股泉水朝下倾泻，玎玎有声。中央的泉水较直，而两侧的面积较大，极像个打鱼人戴着斗笠站在那。一边是雪，一边是泉水，另一边却结有冰柱（在水旁的岩石上），这是我所经历的三个季节的景色，在那里一并看到了。我呼吸着新鲜潮湿而浸满寒意的空气，感觉到了空前的空灵。也只有人，才会为一种景色，一种特别的生活经历而动情。

我所感受到的是什么？是天堂的绝唱？那无与伦比的伤怀之美啊！我以为你已经背弃了我这满面尘垢的人，没想到竟在异国他乡与你惊喜地遭逢，你带着美远走天涯后，伤怀的我仍然期待着与你重逢。

去年九月上旬，我意外地因为心动过速和痢疾而病倒了。一个人躺倒在秋高气爽的时节，伤感而绝望，窗外的阳光再灿烂都觉得是多余的。我盼望有一个机会出去呼吸新鲜空气，在城市里我已经疲惫不堪。九月二十日，大病初愈的我终于踏上了一条豪华船。历时十天的旅行开始了。省人大的领导考察沿江大通道，加上新华社、《光明日报》的两位记者和我的一位领导及同事陪同，不过二十人。船是"黑龙江"号，整洁而舒适。我们白天在甲板眺望风景，看银色水鸟在江面上盘桓，夜晚船泊岸边，就宿在船上。船到达边境重镇抚远，停留一天后，第二天正午便返航了。那时船正行驶在黑龙江上，岸两侧是两个国度：中国和俄罗斯。是时俄罗斯正在内乱，但叶利钦很快控制了局面。那是九月二十五日的黄昏，饭后我独自来到船头的甲板。秋凉了，风已经很硬了，落日已尽，天边涌动着轰轰烈烈的火烧云，映红了半面江水。这时节有一群水鸟忽然出现在船头不远处，火烧云使它们成为赤色。它们带着水汽朝另一岸飞去，我目随着它们，突然发现它们身上的红色在瞬间消失了，俄罗斯那岸的天空月白风清，水鸟在那里重现了单纯的本色。真是不可思议，一面是灰蓝的天空和半轮淡白的月亮，另一侧却是红霞漫卷。船长在驾驶室发现了我，便用扩音器送出来一忧郁缠绵令人心动的乐曲。我情不自禁地和着乐曲独自舞蹈起来。我旋转着，领略着这红白相间的世界的奇异之美。我长发飘飘，那一时刻我感觉自己就是一个女巫。没有谁来打扰我，陪伴我舞蹈的，除了如临仙界的音乐，便是江水、云霓、月亮和无边无际的风了。伤怀之美在此时突然撞入我的心扉，它使我忘却了庸俗嘈杂的城市和自身的一切疾病。我多想让它长驻心中，然而它栖息片刻就如袅袅轻烟一般消失了。

伤怀之美为何能够打动人心？只因为它浸入了一种宗教情怀。一种神圣的不可侵犯的忧伤之美，是一个帝国的所有黄金和宝石都难以取代的。我相信每一个富有宗教情怀的人都遇见过伤怀之美，而且我也深信那会是人一生中为数不多的几次珍贵片段，能成为人永久回忆的美。

　　向日葵绵延千里，橄榄树漫无边际，阳光像刀子一般扎下来，无休无止的山间行路越来越近似一场苦役，在偶尔到来的阴凉下，刚刚停下脚步，几乎便可以听见皮肤碎裂的声音——过了塞维利亚，过了安特奎拉，那座山谷里的小城，格拉纳达，已经近在眼前，谁能想到，我像苦行僧一般赶来，为的只是在夜幕底下听见自己的哭泣？

　　是在白色的岩洞里，对面山崖上的摩尔人宫殿像一头巨大的怪兽埋伏在丛林中；是沉默的父亲和旁若无人的女儿，这一对吉卜赛父女，将灯火熄灭，带来了幽光中的弗拉门戈之夜。父亲长着一张刀砍过般瘦削的脸，手拨吉他，低头吟唱，偶一抬头，满眼里只有女儿，像旁人一样迷狂地仰望：在此刻，那女儿仿佛不是他的女儿，她是塞维利亚烟厂大门前被欢呼的卡门，她是巴黎圣母院广场上被簇拥的埃斯梅拉达。

　　她不曾像别的舞蹈者一样跳跃，却仿佛是来自至高的某处，因此，她虽就在我们中间，却只有她听见了神谕的沉默，又接受了旨意去挑衅：击掌，踢踏，以至用眼神逼视着我们，这方寸之地偏偏是她的国土，我们唯有退缩，变得弱小，一边被她吸引，忍住狂暴的心跳去加重对她的迷狂，一边又无望地收紧自己，去想象着摩西在草棘中看见上帝般的解救。

击掌声更急促，踢踏声更激烈，突然，她停止舞步，提起裙角，直盯盯地看过来。不管别人了，只说我，我的羞愧与她无关，但是我羞愧：不是那些犯过的错误正在回过头来寻找我，折磨我，也并非此刻的热烈恰好反证了生涯之苦，单单只是觉得，一桩人事从那至高之处降临了，或是圣物，或是圣人，单单只为他的到来，我就活该羞愧；而火焰般的女孩子仍然不曾放过我，以及我们，挑衅变得愈加裸露，眼神锐利而持续，似乎她不再是她，她是那圣物或圣人的代言人，她被他们驱使，来到我们中间，只是要迫切地告诉我们天庭景象和人间消息。

如此一夜，明明是火焰边的一夜，我却好多次觉得自己正在被暴雨浇淋，又有好多次，我喉咙发紧，直至哽咽；散场之后，我跟随人群走出洞窟，在露天酒吧里坐下来，这才发现：多少年来第一次，并非因为天大的疑难，并非因为亲人的亡故，我的眼眶湿了。可是，到底为什么会如此？我并不觉得伤心，为什么，一股清晰的悲痛仍然不请自来？我吃惊而且努力地想分辨清楚，这悲痛究竟是缘何而起，夜空里星光闪烁，城墙下人影婆娑，即使上穷碧落下黄泉，内心里也只依稀涌出两个念头，一个是：失去，再失去，我们每个人都在经受的一生，不过是在丧失中辗转的一生，我们未曾离开，不过是因为那至高之物的不屑摧毁；另外一个：这一番人世，眼见得的两种结果，艰苦和甜蜜，它们原本可能都不需要我们，而我们终需靠近，先是我们需要，而后，被摧毁也不是一件多么大不了的事。

就是这样：狂野而哀愁的弗拉门戈，还有送信人般的吉卜赛舞娘，她们唤醒了被埋藏的神经，而些微的清醒并不能阻止悲痛源源不断，它就在身体里涌动，却又好似不属于我的身体，身体和悲痛，就像是那两条围绕摩尔人宫殿流淌的河流，在夜幕下奔涌，如影随形，永不靠近。

在我的记忆里，我其实目睹过这样的哭泣，经历过这样的悲痛之夜——那年冬天，我在密不透风的雪幕里到了青海，过了当年吐谷浑人的都城，过了日月山和橡皮山，此时，暴雪终于成灾，隔绝了向前的道路，我只好在一个牧区里寓居下来，像每年冬天都要去青海湖转湖的藏民们一样，去寺庙里烧香拜佛，指望着云开日出。

是在寺庙里烧香的时候，我认识了多吉顿珠，这个三岁起就当了喇嘛的年轻人，因为屡破戒律，最后被寺庙开除，但他拒不承认这桩事实，跟着哥哥跑运输之余，在姑娘们的帐篷前流连之余，他照旧在寺庙里打转，终日里跟下了功课后的喇嘛们闹作一团，若是遇到中意的姑娘，他就迅速地从人群中消失，跟上前去，有时候半途上就折回，有时候便径直跟回了姑娘家里，不用说，最后的结果，他还是只有鼻青脸肿地回来。

就是这个众人提起来都会摇头的小伙子，我却对他满怀了好奇，甚至是，满怀了羡慕。一天到晚，他的腰上都系着酒壶，想要在他清醒的时候跟他说话，无疑是困难的，而我又比他更强烈地盼望着他的酩酊大醉，因为一旦酒过三巡，他便要唱起让人战栗的情歌，譬如："我们相爱的心，像一张洁白的纸，有人想把它撕烂，写了真金的字是撕不烂的。"譬如："一只戒指里，伸不进两根手指，一个正直的人，永远不会生二心。"好几次，我和他在雪地里痛饮，当他唱起情歌，恍惚之间，我以为自己回到了康熙四十五年：在我身边唱歌的人，不是小伙子多吉顿珠，而是投水寻死之前的仓央嘉措。

那一晚，暴雪再度降临冰冻的草原，我和多吉将喝酒的地方转到了帐篷里，他几乎唱完了他会唱的所有情歌，半夜里，他起身出了帐篷，去马厩里给他的牲口喂夜草，一去不回，久等之后，我便出了帐篷去找他。雪幕重重，好在多吉的马灯在远处尚能散出丝毫亮光，我循着这光前行，走近了，这才发现他将身子伏在马厩的栏杆上哭泣。我走上前去，问他这是为何，没想到他的哭声却更大了。我也就不再问，靠在栏杆上等他哭完，这时候，他突然调转头来，用他夹生的汉语对我说："我看见我的命了，我看见我的命了！"

哭泣的真相，并非是僭越了戒律，也并非是姑娘的舍离，那只是因为，他看见了自己的命运，那命运就隐藏在满目可见的寻常之物中：漫无边际的大雪，暴风席卷的马厩，几匹沉默的枣红马，几百只婴儿般的羔羊。这是他的此时此刻，也许，他等待了好一阵子，甚至是好几年，他才重新发现了此时此刻，此时此刻不是牢狱，也不是仙境，无需逃离，无需沦陷，但它正是我等待自己的时间，它正是我等待自己的地点。如此，多吉才会流下眼泪，并且告诉我：他一点也不伤心，他之所以哭泣，只是因为他发现自己好好地活在他的牲口边上，活在牲口边上，就是活在一辈子里了。

格拉纳达的夜晚，热烈而又短暂，当地人，外来客，犹太人，吉卜赛人，全都纵酒宴乐，全都不知归路，似乎是，人人都想当那个最后送走夜幕的人，半条街以外有人唱歌，半条街以内有人跪下表白，而那股清晰的，甚至是欣喜的悲痛，它依然还在。也许，它在这满街的每一颗人心里奔涌，咆哮呜咽，径直向前，在奔涌中，每一颗人心都将依次辨认出，哪里是命定的时间，哪里又是命定的地点，而命运里的我早晚都要认取前身，又或者视而不见，再埋头找寻可以安营扎寨的长生殿，果有此时，再回头看那悲痛之夜，它们实际上全都是安息日和花果山，就像犹太人，经过流浪，他们回到了耶路撒冷；也像佛朗哥时期的西班牙吉卜赛人，为了流浪，他们认定了逃亡。

我的尼泊尔

地阅读·旅行卷

Never Hao Loneliness

许剑

　　我喜欢把每次旅行视作一次"逃亡"。这种自我陶醉的方式有点"装"，其实大抵一路总是舒适安逸的，所见山水风景也颇为新鲜。只是逃亡意味着冒险、刺激以及不确定，对于嘴上嚷着要徒步，身体却很诚实的我来说，也许心灵上的恣意放肆才是一次远游的兴趣所在。哪怕这放肆往往也是臆想多于现实。

　　去尼泊尔看一看，这是心里由来已久的念头。2004年第一次进藏远眺喜马拉雅山北麓时就曾经幻想过山的那边是什么样子：温柔多情的印度洋暖流造就的世外桃源，山花烂漫，河流安宁，绿缎子般的高原草甸上偶尔可见几只肥嘟嘟的鼹鼠出没。而蓝天之上，苍鹰正在静静地，静静地盘旋翱翔。雪山之下莽莽森林里住着一群可爱的蓝精灵，他们活泼又聪明，他们……咳咳，有点想岔了，就此打住。

　　所以当飞机即将降落在特里布万机场的那一瞬间，内心是有点小崩溃的。

　　密集如蜂巢，高矮新旧参差的房舍。远眺不见街道笔直，隐见蜿蜒曲折却未知其终末。脑路闪回中，活脱脱一个加大版的云南宝山石头城嘛。十几年前我在那里彻夜聆听过金沙江的奔腾怒吼，而现在迎接我的大约就是这加德满都河谷的人间烟火了吧。

后来的事实证明，我又想错了。我看到的人间烟火或许是真的人间烟火，而我以为的修行于人家看来不过还是烟火罢了。在斯瓦扬布纳特寺，我见到了那些烟火中的眼睛。人的眼睛，佛的眼睛，甚至动物们的眼睛，时而虔诚，时而慵懒，时而游离，时而凝聚。可无论怎样，所有这些眼睛里面呈现的始终是干净清澈，让人看得到通透与自在，却又无从表达万一。这座据说始建于公元前三世纪的庙宇是亚洲最古老的佛教圣迹之一。玄奘法师来过，宗喀巴大师来过，他们一定也曾在这巨大的舍利塔前良久驻足过吧，也曾像我一样仰望那照见十方的湿婆之眼而五体投地。我辈虔诚予以慈祥，我辈叹息予以怜悯。慈诚罗珠堪布曾说，佛教的重点不在信仰，而是智慧和大悲。这句话我原本以为自己早已了然多年，但直到我转身沿着石级渐行渐远时，映入眼帘的依然是那来时一般的河谷人间，刹那间，仿佛屋檐上风铃摇晃却又无声无息，默默放下手中的相机，回望去，豁然开朗。

去博卡拉要坐很久很久的车，久到我睡了一觉又一觉。都说沿途的风景才是最美的，而我似乎总在错过，大概只能苦笑着说，那就算了吧。这次尼泊尔之行恰逢雨季行将结束，天空总是时而放晴，时而暴雨倾盆。这样也好，本就是个随遇而安的人，天晴看风景，下雨嘛，不如舒服地坐在客栈门前的走廊里，喝一点酒，抽几支烟，想一想来时的事情。那天我们驱车去到沙拉阔山顶看日落，夕阳被厚厚的云层裹得严实，就像一颗劣质的濑尿鱼丸。鱼尾峰在薄雾中若隐若现，清冷孤芳不性感。可这又有什么关系呢？当天空越来越昏暗，山顶上的雾气弥漫渐浓，我们并排坐在悬崖边高举双手呼唤着云开。那一刻，我们所拥有的快乐难道不是已经足够了吗？拨云见日太圆满，圆满过后就该是缺憾了吧。那雾鹅绒一样，同行的诗人袁毅笑着问我，有没有想跳下去的冲动？我没有回答，怎么回答，我已经跳了下去。

当我在天空翱翔时才明白，自己一直都想飞得更高些。那就更高些吧，高过那些雪山和旗云。那一刻，歇斯底里地吼着自己也不明白的话语。我知道这些声音注定不会在山谷里回荡，那太浪漫了，不是自己能够承受的。随着滑翔伞最终几个盘旋降落在费瓦湖畔，这肥胖的肉身轰然落地的那一瞬间，已然留下了归来的票根。

全世界所有上山的路大约都是盘旋蜿蜒的吧，仿佛转的圈圈越多，越能抵达宁和静谧之处。班迪布尔的山顶上有一个叫作顿底克赫尔的大平台，传说……哦，没有传说。人们只是三三两两安静地待在那里，在巨大的无花果树下，在任性生长的彼岸花之间成为风景之一。有孩童在喧嚣着追逐一只皮球，看见我在一旁会热情招呼我加入，大声问：What is your name？于是我也成了风景之一，气喘吁吁酣畅淋漓的风景。欢喜。

让我欢喜的还有那些漆黑的夜晚，那些注定不会出现的星星。拎一瓶 Old Durbar 去平台边缘坐下。脚下是稀疏点缀的人间灯火，天际边有闪电隐现，映耀着喜马拉雅山脉黑黢的身躯。雷声轻滚，轻滚……慢慢慢慢乌云无边无际涌了过来，慢慢慢慢乌云无边无际又涌了过去。也会有雨间或滴落，不大，但冰凉，但打不湿我的头发。小引说，刚刚有流星划过天空跌落在了山谷里。那时我正在低头饮酒，没有看见，一旁的林晨也没有。我悄悄告诉她，没有看见流星就别许愿了，藏在心里的愿望才有转圜和退路。

是啊，藏在心里的愿望才能有转圜和退路。坐在巴德岗杜巴广场那高耸的皇家宫殿回廊上看着鸽子在阳光里飞翔，忽左忽右，忽上忽下……恍惚间想起迪潘德拉这个悲伤的王子，因为注定不能迎娶他深爱的姑娘，在 6 月 1 日那天，孩子似的犯下了弥天大错。此后尼泊尔王室日渐式微，最终被罢黜，国家正式改为民主议会制……这所谓的宫廷血案真相到底如何我不关心，但我倾向于这个悲伤的故事。只是不知道那位让迪潘德拉王子深深爱着、宁死也不愿辜负的德芙雅尼如今身在何处？是否内心已释然？

波德里亚曾说，死亡标志着一种重大的放弃，一种退出，一种计算好的口误。我以为这死亡必定不是指肉体的消失。当欲望衰退，当你满心憧憬捧着空空的自己开启了一段旅程，充盈之时，也就是离去之期。但离去不是永别，它仅仅只是退。当我在帕坦努力透过重重脚手架和纱网只为想看清那张国王的脸；当我在纳加阔特对着一轮红月默默饮酒，耳边传来一首安静舒服的歌，有人轻声问我：你，是不是有软肋？而我无言以对。这大概就是我的退。以至于离开尼泊尔的最后一刻，天空忽然暗了下来。一瞬间世界仿佛变得层次分明，幸福快乐在一边，离别不舍在另一边。而飞机轰鸣，缓缓退去。

汽车在千山万壑中盘旋行走了几个小时，我们终于到达了一个叫班迪布尔的古镇。

小镇建在云顶上，被人称作云中小镇。据说在十六世纪这里曾是英国商人来往中国西藏的通商驿站，后来因公路改道，这条驿道便慢慢被冷落下来。

古镇经历了几百年的风雨沧桑风华依旧，一条百余米长主街，至今还保持着浓郁的中世纪气氛。十六世纪建造的欧式建筑像结着领花的老贵族，如今依然穿戴整齐地站立在班迪布尔小街的中央，落寞地看着繁华落尽的街道；与它比肩而立的是尼泊尔充满宗教仪式的纽瓦丽风格的建筑，它砖红色的外衣配着繁复精美的木雕，像一个削发披缁的僧侣虔诚地在原地站立了几百年，任风雨把它的新衣吹旧。时间在班迪布尔仿佛是凝固的，中世纪建造的祭祀佛塔、神庙今仍安在，继续主导着小镇人的精神生活；只有断墙上伸出的虎刺梅和老屋前的曼陀罗开开谢谢，告诉着班迪布尔人季节的变化。

站在古老的石板路上，很容易让人有种时光迷乱的昏惑。我仿佛听见马踏石板路的踢踏声；辎重车轮碾压过的吱吱呀呀声，这声音绵绵不绝一直传到远方，翻过喜马拉雅山，通向中国的西藏……

时光在班迪布尔走得很慢很慢，几百年才迈了一小步。有所改变的是当年欧式建筑的高贵罗马柱被涂上了时尚的红色；富丽的外墙被各种花草点缀着；门楣上挂着一块块黧黑的木招牌，上面用粉绿色写着尼文和英文，改作招徕外国游人的客栈、酒吧和咖啡馆……

小街上往来的人不多，大多是外国游人。尽管尼泊尔人并不富裕，但生活却过得不急不躁气定神闲。临街的木廊里，卖炸糖糕的中年妇女，一边搓揉着手里的面团，一面微笑地面对着游人；石板路上一位黧黑的老人弓着腰，额头上绷着背篓，里面竟装着一个煤气罐子；街边的木栅门边依着一位唇红齿白的美丽少女，我用新学的尼语跟她打招呼，阿米丽·克替（译为漂亮姑娘）。她娇羞地嫣然一笑，醉了多少游人的心。古老的阅兵场石级上坐着几个穿纱丽的妇女，慵懒地望着日落，几个孩子像小兽一样围绕着她们追逐嬉闹着；成群的鸽子在广场上啄食，它们咕咕咕叫着，悠然地挪动着脚步。它们不怕人，只是当人们走近时，便哄然飞起，像开出的大片大片的银灰色花朵……

走在班迪布尔的石板路上，常常可以看到老楼的木雕窗后趴着许多看街景的人，他们或窃窃私语或顾盼生姿或慵懒发呆……这情景不由让人想起卞之琳的《断章》："你站在桥上看风景／看风景人在楼上看你。明月装饰了你的窗子／你装饰了别人的梦……"

班迪布尔是一个容易让人生出旧梦的小镇。

我不得不说，在班迪布尔最让我惊奇的是树。这里有我见过的世界上最漂亮的树。它们至少已经生长了上百年，繁复多根的树身要 4~5 个人才能合围，树身长满了绿松石般的苔藓，虬枝疏朗有致地伸向天空，像一把华盖的伞，优雅地撑开在田野路边。阳光透过它的疏枝落在地上如同天空撒出的花瓣；傍晚或清晨，空谷中升起的山岚弥漫山岗，大树披上了朦朦胧胧的薄纱，它脚下褐色的土地连着绿色的草坪接着远方的云霭……一层层地洇开，像一幅精美的油画。

我在树下捡了一片树叶，树叶油黑质厚有点像中国的广玉兰或柿子树叶，我问随行的尼泊尔朋友茜露博士这是什么树，茜露认真地查了英汉词典告诉我，这种树叫窥视树。窥视树？好浪漫的树名，我想一定是它枝高叶盛开枝散叶，不小心窥视到了人间的许多风情。

木心说，懂得树就懂得贝多芬。窥视树下，一群年轻的尼泊尔小伙子手抱西塔琴席地而坐，在如水的音乐中，抒情地唱着尼泊尔的民谣《木棉花开》。

> 木棉花开了，你是何时开的花呢？
> 花落似白鸟飞下，白色的鸟一直在飞……

风儿吹动着歌声，像轻雾在四下洇开。音乐声中，我和诗人阿毛惬意地坐在石凳上，吹着清爽的山风，眺望着阳光普照的山峦和远方的喜马拉雅雪山遐想发呆……微风送来阵阵野花和浆草的气息，一只健硕的大黄狗跑过来挨着我的脚边卧下，好像我是它前世的主人。尼泊尔的狗儿不认生，且性格温顺可爱，很少听见它们对人狂吠，好像每一个来班迪布尔的人都是它的主人……

学校放学的钟声在小镇的上空悠悠地回荡着，一群男孩子手拿足球奔跑而来，窥视树边有一大片绿草坪，这里是孩子们天然的足球场。

一只足球滚到我们脚下，一群踢球的孩子跑过来围着我们像唱歌一样大声喊着 aunt aunt……那天真可爱的笑脸真是让人醉了。

窥视树下有个轧缝纫机的小伙子，他的身边堆满了白布，缝纫机哒哒哒地响着，白布在小伙子手下左右流之，仿佛他在梳理着白云。说实话，他的那台缝纫机实在太旧了，机头掉了漆，失去了颜色；机轮上的牛皮带竟然是用一截什么绳儿代替着。小伙子抬头看到我们看他，很得意，望着我们粲然一笑，把脚下的机轮踩得飞快……

尼泊尔人太会笑了，小孩子天真无邪地笑；美丽姑娘嫣然一笑；朋友间畅快地笑，陌生人友善地微笑……与我们一起随行的茜露博士也是这样，她跟你说几句话就会发出呵呵的笑声。在尼泊尔不管是贫穷也好，富贵也好，他们脸上很少看到焦躁和戾气，脸上永远是干净纯粹的微笑。有人说这是宗教的力量。

傍晚，我站在班迪布尔旅馆的露台上，看着云气迷蒙的山谷，望着松树梢上挂着的明月。我有种恍如隔世的感觉，这里的大自然是原始的；人心是古老的……我眼前浮现出明代画家仇英《桃源仙境图》的画面，不由有种古时明月照今人的感慨。远处神庙的钟声幽幽地敲响，唤醒着沉睡的众神，班迪布尔的夜晚在众神的庇护下显得如此的宁静，在这一刻你所有的烦恼都会被融化掉。班迪布尔，尘世中的天堂。

也许在所有人眼里，尼泊尔是个贫穷的小国家，基础建设落后，经济欠发达，人民收入不高。刚到尼泊尔之初，我对尼泊尔是世界上幸福指数最高的国家感到匪夷所思。

在尼泊尔的日子里我渐渐感觉，初看尼泊尔像一个布衣荆钗的村姑，但当你慢慢撩起她的面纱时就会发现，她的面貌原来如此姣好。她步子虽然很慢，但她是带着灵魂一起走的。

有位尼泊尔诗人曾说过，"人会来，人会走，我永远会走"。

中国人也大步走着，但也忘不了我们的乡愁。

我所知道的康桥（节选）

徐志摩

康桥的灵性全在一条河上；康河，我敢说是全世界最秀丽的一条水。河的名字是葛兰大（Granta），也有叫康河（River Cam）的，许有上下流的区别，我不甚清楚。河身多得是曲折，上游是有名的拜伦潭——"Byron's Pool"——当年拜伦常在那里玩的；有一个老村子叫格兰骞斯德，有一个果子园，你可以躺在累累的桃李树荫下吃茶，花果会掉入你的茶杯，小雀子会到你桌上来啄食，那真是别有一番天地。这是上游；下游是从骞斯德顿下去，河面展开，那是春夏间竞舟的场所。上下河分界处有一个坝筑，水流急得很，在星光下听水声，听近村晚钟声，听河畔倦牛刍草声，是我康桥经验中最神秘的一种：大自然的优美、宁静，调谐在这星光与波光的默契中不期然地淹入了你的性灵。

这河身的两岸都是四季常青最葱翠的草坪。从校友居的楼上望去，对岸草场上，不论早晚，永远有十数匹黄牛与白马，胫蹄没在恣蔓的草丛中，从容地在咬嚼，星星的黄花在风中动荡，应和着它们尾鬃的扫拂。桥的两端有斜倚的垂柳与椭荫护住。水是澈底的清澄，深不足四尺，匀匀地长着长条的水草。这岸边的草坪又是我的爱宠，在清朝，在傍晚，我常去这天然的织锦上坐地，有时读书，有时看水；有时仰卧着看天空的行云，有时反扑着搂抱大地的温软。

但河上的风流还不止两岸的秀丽。你得买船去玩。船不止一种：有普通的双桨划船，有轻快的薄皮舟（canoe），有最别致的长形撑篙船（punt）。最末的一种是别处不常有的：约莫有二丈长，三尺宽，你站直在船艄上用长竿撑着走的。这撑是一种技术。我手脚太蠢，始终不曾学会。你初起手尝试时，容易把船身横住在河中，东颠西撞的狼狈。英国人是不轻易开口笑人的，但是小心他们不出声的皱眉！也不知有多少次河中本来悠闲的秩序叫我这莽撞的外行给捣乱了。我真的始终不曾学会；每回我不服输跑去租船再试的时候，有一个白胡子的船家往往带讥讽地对我说："先生，这撑船费劲，天热累人，还是拿个薄皮舟溜溜吧！"我哪里肯听话，长篙子一点就把船撑了开去，结果还是把河身一段段地腰斩了去。

你站在桥上去看人家撑，那多不费劲，多美！尤其在礼拜天有几个专家的女郎，穿一身缟素衣服，裙裾在风前悠悠地飘着，戴一顶宽边的薄纱帽，帽影在水草间颤动，你看她们出桥洞时的姿态，捻起一根竟像没有分量的长竿，只轻轻地，不经心地往波心里一点，身子微微地一蹲，这船身便波地转出了桥影，翠条鱼似的向前滑了去。她们那敏捷，那闲暇，那轻盈，真是值得歌咏的。

在初夏阳光渐暖时你去买一只小船，划去桥边荫下躺着念你的书或是做你的梦，槐花香在水面上飘浮，鱼群的唼喋声在你的耳边挑逗。或是在初秋的黄昏，近着新月的寒光，望上流僻静处远去。爱热闹的少年们携着他们的女友，在船沿上支着双双的东洋彩纸灯，带着话匣子，船心里用软垫铺着，也开向无人迹处去享他们的野福——谁不爱听那水底翻的音乐在静定的河上描写梦意与春光！

住惯城市的人不易知道季候的变迁。看见叶子掉知道是秋，看见叶子绿知道是春；天冷了装炉子，天热了拆炉子；脱下棉袍，换上夹袍，脱下夹袍，穿上单袍：不过如此吧。天上星斗的消息，地下泥土里的消息，空中风吹的消息，都不关我们的事。忙着哪，这样那样事情多着，谁耐烦管星星的移转，花草的消长，风云的变幻？同时我们抱怨我们的生活、苦痛、烦闷、拘束、枯燥，谁肯承认做人是快乐？谁不多少间咒诅人生？

但不满意的生活大都是由于自取的。我是一个生命的信仰者，我信生活决不是我们大多数人仅仅从自身经验推得的那样暗惨。我们的病根是在"忘本"。人是自然的产儿，就比枝头的花与鸟是自然的产儿；但我们不幸是文明人，入世深似一天，离自然远似一天。离开了泥土的花草，离开了水的鱼，能快活吗？能生存吗？从大自然，我们取得我们的生命；从大自然，我们应分取得我们继续的资养。哪一株婆娑的大木没有盘错的根柢深入在无尽藏的地里？我们是永远不能独立的。有幸福是永远不离母亲抚育的孩子，有健康是永远接近自然的人们。不必一定与鹿豕游，不必一定回"洞府"去；为医治我们当前生活的枯窘，只要"不完全遗忘自然"一张轻淡的药方我们的病象就有缓和的希望。在青草里打几个滚，到海水里洗几次浴，到高处去看几次朝霞与晚照——你肩背上的负担就会轻松了去的。

这是极肤浅的道理，当然。但我要没有过过康桥的日子，我就不会有这样的自信。我这一辈子就只那一春，说也可怜，算是不曾虚度。就只那一春，我的生活是自然的，是真愉快的！（虽则碰巧那也是我最感受人生痛苦的时期。）我那时有的是闲暇，有的是自由，有的是绝对单独的机会。说也奇怪，竟像是第一次，我辨认了星月的光明，草的青，花的香，流水的殷勤。我能忘记那初春的睥睨吗？曾经有多少个清晨我独自冒着冷去薄霜铺地的林子里闲步——为听鸟语，为盼朝阳，为寻泥土里渐次苏醒的花草，为体会最微细最神妙的春信。啊，那是新来的画眉在那边凋不尽的青枝上试它的新声！啊，这是第一朵小雪球花挣出了半冻的地面！啊，这不是新来的潮润沾上了寂寞的柳条？

　　静极了，这朝来水溶溶的大道，只远处牛奶车的铃声，点缀这周遭的沉默。顺着这大道走去，走到尽头，再转入林子里的小径，往烟雾浓密处走去，头顶是交枝的榆荫，透露着漠楞楞的曙色；再往前走去，走尽这林子，当前是平坦的原野，望见了村舍，初青的麦田，更远三两个馒形的小山掩住了一条通道。天边是雾茫茫的，尖尖的黑影是近村的教寺。听，那晓钟和缓的清音。这一带是此邦中部的平原，地形像是海里的轻波，默沉沉地起伏；山岭是望不见的，有的是常青的草原与沃腴的田壤。登那土阜上望去，康桥只是一带茂林，拥戴着几处娉婷的尖阁。妩媚的康河也望不见踪迹，你只能循着那锦带似的林木想象那一流清浅。村舍与树林是这地盘上的棋子，有村舍处有佳荫，有佳荫处有村舍。这早起是看炊烟的时辰：朝雾渐渐地升起，揭开了这灰苍苍的天幕（最好是微霡后的光景），远近的炊烟，成丝的、成缕的、成卷的、轻快的、迟重的、浓灰的、淡青的、惨白的，在静定的朝气里渐渐地上腾，渐渐地不见，仿佛是朝来人们的祈祷，参差地翳入了天听。朝阳是难得见的，这初春的天气。但它来时是起早人莫大的愉快。顷刻间这田野添深了颜色，一层轻纱似的金粉糁上了这草，这树，这通道，这庄舍。顷刻间这周遭弥漫了清晨富丽的温柔。顷刻间你的心怀也分润了白天诞生的光荣。"春"！这胜利的晴空仿佛在你的耳边私语。"春"！你那快活的灵魂也仿佛在那里回响。

　　伺候着河上的风光，这春来一天有一天的消息。关心石上的苔痕，关心败草里的花鲜，关心这水流的缓急，关心水草的滋长，关心天上的云霞，关心新来的鸟语。怯伶伶的小雪球是探春信的小使。铃兰与香草是欢喜的初声。窈窕的莲馨，玲珑的石水仙，爱热闹的克罗克斯，耐辛苦的蒲公英与雏菊——这时候春光已是烂漫在人间，更不须殷勤问讯。

瑰丽的春放。这是你野游的时期。可爱的路政，这里不比中国，哪一处不是坦荡荡的大道？徒步是一个愉快，但骑自转车是一个更大的愉快，在康桥骑车是普遍的技术：妇人、稚子、老翁，一致享受这双轮舞的快乐。（在康桥听说自转车是不怕人偷的，就为人人都自己有车，没人要偷。）任你选一个方向，任你上一条通道，顺着这带草味的和风，放轮远去，保管你这半天的逍遥是你性灵的补剂。这道上有的是清荫与美草，随地都可以供你休憩。你如爱花，这里多的是锦绣似的草原。你如爱鸟，这里多的是巧啭的鸣禽。你如爱儿童，这乡间到处是可亲的稚子。你如爱人情，这里多的是不嫌远客的乡人，你到处可以"挂单"借宿，有酪浆与嫩薯供你饱餐，有夺目的果鲜恣你尝新。你如爱酒，这乡间每"望"都为你储有上好的新酿，黑啤如太浓，苹果酒、姜酒都是供你解渴润肺的。……带一卷书，走十里路，选一块清静地，看天，听鸟，读书，倦了时，和身在草绵绵处寻梦去——你能想象更适情更适性的消遣吗？

陆放翁有一联诗句："传呼快马迎新月，却上轻舆趁晚凉。"这是做地方官的风流。我在康桥时虽没马骑，没轿子坐，却也有我的风流：我常常在夕阳西晒时骑了车迎着天边扁大的日头直追。日头是追不到的，我没有夸父的荒诞，但晚景的温存却被我这样偷尝了不少。有三两幅画图似的经验至今还是栩栩地留着。只说看夕阳，我们平常只知道登山或是临海，但实际只须辽阔的天际，平地上的晚霞有时也是一样的神奇。有一次我赶到一个地方，手把着一家村庄的篱笆，隔着一大田的麦浪，看西天的变幻。有一次是正冲着一条宽广的大道，过来一大群羊，放草归来的，偌大的太阳在它们后背放射着万缕的金辉，天上却是乌青青的，只剩这不可逼视的威光中的一条大路，一群生物，我心头顿时感着神异性的压迫，我真的跪下了，对着这冉冉渐翳的金光。再有一次是更不可忘的奇景，那是临着一大片望不到头的草原，满开着艳红的罂粟，在青草里亭亭像是万盏的金灯，阳光从褐色云斜着过来，幻成一种异样紫色，透明似的不可逼视，刹那间在我迷眩了的视觉中，这草田变成了……不说也罢，说来你们也是不信的！

一别二年多了，康桥，谁知我这思乡的隐忧？也不想别的，我只要那晚钟撼动的黄昏，没遮拦的田野，独自斜倚在软草里，看第一个大星在天边出现！

她阅读·旅行卷

Never Had Loneliness

第六章 万古山河

故居

她阅读·旅行卷

席慕蓉

七月的正午，在新疆的戈壁滩上只剩下酷热君临一切。

我们的越野车就像是一只干渴的小甲虫，正脚步蹒跚地沿着塔里木盆地的边缘往前缓缓爬行。车窗外是我从来也没见过的奇异风景！一片荒寂大地无边无际，寸草不生的岩砾间满是些黑色的巨大石块，虽然已经被风沙侵蚀得千疮百孔，却依旧矗立，并且像漩涡一般地往四周延伸分散，远远望去仿佛是置身于干涸的海底，又像是超现实画家笔下所描绘的世界的尽头。

而酷热实在逼人，不仅从外面煎烤，就连身体最里面的血管都开始燃烧起来，让我坐立不安。

巴岱先生从前座回过头来向我说：

"热吧？再忍耐一下就好了，到前面的绿洲就会好多了。"

巴岱先生是世居新疆的土尔扈特蒙古人中的长者。他精通蒙文、维吾尔文、哈萨克文和汉文，不但同时用这四种文字来写作，并且更用尽心力来维护这一块土地上的珍贵文化。我对这位长者仰慕已久，这次能够和海北一起来新疆拜看他，并且在此刻能够与他同行，实在是我求之不得的机缘，总该表现得好一点才对。所以，我赶快坐正了回答：

"还好！还不算太热。"

海北却在旁边取笑我了：

"你当然不能叫热！不是还立志要去横越塔克拉玛干大沙漠的吗？"

是啊！我的丈夫是知道我的。塔克拉玛干、楼兰、罗布泊都是我的梦！是从小就刻在心上的名字！是只要稍微碰触就会隐隐作痛的渴望！要怎么样才能让别人和自己都可以明白？那是一种悲喜交缠却又无从解释的诱惑和牵绊啊！

巴岱先生忽然问我：

"你知道塔克拉玛干这个名字的意思吗？"

我不知道。但是海北说他知道，去年，他曾经从甘肃进去过，向导说这个名字是"死亡之海"，也有人说直译应该就是"无法生还之地"的意思。

巴岱先生却说：

"解释有很多种，每个民族都说这是用他们自己的文字起的名字。我倒是比较喜欢维吾尔文里的一种翻译，说塔克拉玛干的意思就是'故居'。"

我的心在猛然间翻腾惊动了起来，原来谜底就藏在这里，这是多么贴切的名字！

今日荒寂绝灭的死亡沙漠原是先民的故居，是几千年前水草丰美的快乐家园，是每个人心中难以舍弃的繁华旧梦，是当一代又一代、一步又一步地终于陷入了绝境之时依然坚持着的记忆；因此，才会给今天的我们留下了这一种在心里和梦里都反复出现的乡愁了吧。

故居，塔克拉玛干，在回首之时呼唤着的名字。此刻的我在发声的同时才恍然了悟，我与千年之前的女子一样，正走在同样的一条长路上。

有个念头忽然从心中一闪而过，那么，会不会也终于有那样的一天？

几百几千或者几万年之后，会不会终于有那样的一天？仅存的人类终于只好移居到另外的星球上去，在回首之时，他们含泪轻轻呼唤着那荒凉而又寂静的地球——别了，塔克拉玛干，我们的故居。

上景山

她阅读·旅行卷

Never Hao Loneliness

许地山

无论哪一季，登景山，最合宜的时间是在清早或下午三点以后。晴天，眼界可以望到天涯的朦胧处；雨天，可以赏雨脚的长度和电光的迅射；雪天，可以令人咀嚼着无色界的滋味。

在万春亭上坐着，定神看北上门后的马路（从前路在门前，如今路在门后），尽是行人和车马，路边的梓树都已掉了叶子。不错，已经立冬了，今年天气可有点怪，到现在还没冻冰。多谢芰荷的业主把残茎都去掉，教我们能看见紫禁城外护城河的水光还在闪烁着。

神武门上是关闭得严严地。最讨厌是楼前那支很长的旗杆，侮辱了全个建筑的庄严。门楼两旁树它一对，不成吗？禁城上时时有人在走着，恐怕都是外国的旅人。

皇宫一所一所排列着非常整齐。怎么一个那样不讲纪律的民族，会建筑这么严整的宫廷？我对着一片黄瓦这样想着。不，说不讲纪律未免有点过火，我们可以说这民族是把旧的纪律忘掉，正在找一个新的咧，新的找不着，终久还要回来的。北京房子，皇宫也算在里头，主要的建筑都是向南的，谁也没有这样强迫过建筑者，说非这样修不可。但纪律因为利益所在，在不言中被遵守了。夏天受着解愠的熏风，冬天接着可爱的暖日，只要守着盖房子的法则，这利益是不用争而自来的。所以我们要问，在我们的政治社会里有这样的熏风和暖日吗？

最初在崖壁上写大字铭功的是强盗的老师，我眼睛看着神武门上的几个大字，心里想着李斯。皇帝也是强盗的一种，是个白痴强盗。他抢了天下，把自己监禁在宫中，把一切宝物聚在身边，以为他是富有天下。这样一代过一代，到头来还是被他的糊涂奴仆，或贪婪臣宰，讨，瞒，偷，换，到连性命也不定保得住。这岂不是个白痴强盗？在白痴强盗底下才会产出大盗和小偷来。一个小偷，多少总要有一点跳女墙钻狗洞的本领，有他的禁忌，有他的信仰和道德。大盗只会利用他的奴性去请托攀缘，自赞赞他，禁忌固然没有，道德更不必提。谁也不能不承认盗贼是寄生人类的一种，但最可杀的是那班为大盗之一的斯文贼。他们不像小偷为延命去营鼠雀的生活；也不像一般的大盗，凭着自己的勇敢去抢天下。所以明火打劫的强盗最恨的是斯文贼。这里我又联想到张献忠。有一次他开科取士，檄诸州举贡生员后至者妻女充院，本犯剥皮，有司教官斩，连坐十家。诸生到时，他要他们在一丈见方的大黄旗上写个帅字，字画要像斗的粗大，还要一笔写成。一个生员王志道缚草为笔，用大缸贮墨汁将草笔泡在缸里，三天，再取出来写。果然一笔写成了。他以为可以讨献忠的喜欢，谁知献忠说："他日图我必定是你。"立即把他杀来祭旗。献忠对待念书人是多么痛快。他知道他们是寄生的寄生。他的使命是来杀他们。

东城西城的天空中，时见一群一群旋飞的鸽子。除去打麻雀，逛窑子，上酒楼以外，这也是一种古典的娱乐。这种娱乐也来得群众化一点。它能在空中发出和悦的响声，翩翩地飞绕着，教人觉得在一个灰白色的冷天，满天乱飞乱叫的老鸹的讨厌。然而在刮大风的时候，若是你有勇气上景山的最高处，看看天安门楼屋脊上的鸦群，噪叫的声音是听不见，它们随风飞扬，直像从什么大树飘下来的败叶，凌乱没有意思。

万春亭周围被挖得东一沟，西一窟。据说是管宫的当局挖来试看煤山是不是个大煤堆，像历来的传说所传的，我心里暗笑信这说的人们。是不是因为北宋亡国的时候，都人在城被围时，拆毁牢狱的建筑木材去充柴火，所以计划建筑北京的人预先堆起一大堆煤，万一都城被围时，人民可以不拆宫殿。这是笨想头。若是我来计划，最好来一个米山。米在万急的时候，也可以生吃，煤可无论如何吃不得。又有人说景山是太行的最终一峰。这也是瞎说。从西山往东几十里平原，可怎么不偏不颇，在北京城当中出了一座景山？若说北京的建设就是对着景山的子午，为什么不对北海的琼岛？我想景山明是开紫金城外的护城河所积的土，琼岛也是垒积从北海挖出来的土而成的。

从亭后的枯树缝里远远看见鼓楼。地安门前后的大街，人马默默地走，城市的喧嚣声，一点也听不见。鼓楼是不像正阳门那样雄壮地挺着。它的名字，改了又改，一会是明耻楼，一会又是齐政楼，现在大概又是明耻楼吧。明耻不难，雪耻得努力。只怕市民能明白那耻的还不多，想来是多么可怜。记得前几年"三民主义""帝国主义"这套名词随着北伐军到北平的时候，市民看些篆字标语，好像都明白各人蒙着无上的耻辱，而这耻辱是由于帝国主义的压迫。所以大家也随声附和，唱着打倒和推翻。

从山上下来，崇祯殉国的地方依然是那棵半死的槐树。据说树上原有一条链子锁着，庚子联军入京以后就不见了。现在那枯槁的部分，还有一个大洞。当时的链痕还隐约可以看见。义和团运动的结果，从解放这棵树，发展到解放这民族。这是一件多么可以发人深思的对象呢？山后的柏树发出幽恬的香气，好像是对于这地方的永远供物。

寿皇殿锁闭得严严地，因为谁也不愿意努尔哈赤再做白痴的梦。每年的祭祀不举行了，庄严的神乐再也不能听见，只有从乡间进城来唱秧歌的孩子们，在墙外打的锣鼓，有时还可以送到殿前。

到景山门，回头仰望顶上方才所坐的地方，人都下来了。树上几只很面熟却不认得的鸟在叫着。亭里残破的古佛还坐在结那没人能懂的手印。

鼓岭遇雨

陈应松

那些冬天也被植物纠缠的山野，笼罩在黧铅色的天空下。寒意是从雨雾中升起的，通过古老的街道和房屋、石板路，这些越来越黯淡的景物，又通过冷雨聚集在一起。深埋在时间厚壤下的记忆，那些人，那些古人和洋人——番仔，在雨中，他们会时常出现在闪着冷冽光芒的街道上，彳亍游荡。他们，古老的人，仿佛有最后一个坚守者，一个番仔，执着地，打着洋伞，皮鞋发出被雨水浸过的沉闷橐橐声。他刚从大清五个夏季邮局之一的鼓岭邮局出来，给遥远的亲人发过一封信。贴上大龙邮票，有沉重的邮戳在信封上奋力一踩的声音，他在鼓岭生活的信息便传送到大洋的另一端。他趔了个弯到邮局背后的古街，用地道的福州话点了一碗放有岭上薤菜的海鲜锅边，与店里的山民食客们聊天。然后，他买了挑担卖菜的几把水灵灵的青菜，还有牛肉，有香草——那是炖牛肉必放的。这种鼓岭生长的草，会把沉醉的香味留在味蕾上、梦境里。那些低于街面房顶的黑瓦和蓄水的石槽，都在雨中顽强呈现。他孤独地走过田陌、水井、坟、荒地，走近石砌的屋子，百叶窗在风中啪哒作响。檐廊上，一杯咖啡已经冷凝。溪水正在流动，溪上的大石圆墩墩的。

那些干净的石墙，经过了一百年，依然百毒不侵，连青苔都没有感染星尘，它们的自净能力太强大太神奇。也许到了半夜，它会悄悄掸掉身上的尘土和苔藓，挺着贞洁干净的胸，拗着脖子，站在这风雨如磐的时间里。

开始蒸腾起来的市声在一个山岭上，在曾经虎窜狼行、古木参天也鸡鸣狗吠的村落。千年紫杉横卧的虬枝像巨大的钢栅显示着它们的躯干。井壁上长满蕨类的水井台上，光滑的井圈刚被那个番仔汲水的绳子摩擦过。番仔在这儿有几百人，像候鸟一样，等五月天气转热后就会准时出现在这里。他们大兴土木，啸聚山林，兴办教育，传播宗教，免费治病。他们打网球、游泳、跳舞、赛马，也同时端着猎枪，射杀山兽，在他们打死的斑斓大虎面前吹着滚烫的枪口摆pose。

射杀老虎的美国牧师柯志仁，他还射杀过豹子和豺狼。他的枪和那只搁放死虎的凳子连同他自己，都不知所踪。他们欣赏自然，扼杀自然，行为古怪。但他们优雅的生活透过幽冷空寂的石屋，使我们能看到精制瓷器的碎片、门的铜手柄、地板小心翼翼的纹路、沐风且私密的百叶窗、宽大舒适的石级和设计精巧的地下室、通风口……

通过石级凹陷磨损的部分，我想象着夏日清凉中那些在雨雾里撕扯的身影，他们走在宋代铺就的南洋官路上，在石磴道上，抬着"竹笕"的褐衣乱头的笕工，吱呀的竹杠刺出雾霭，沉重的喘息与白雾汇在一起，在迂回曲折的街巷逶迤移动……前面是什么？是卖油条、油饼、老鸭汤粉的小吃店。民宿。杂货店。杂货店门口摆有一溜小摊，塑料篮里有鼓岭生长的香草、人参菜和天门冬。香草炖鸡鸭鱼肉，是一些风干的藤叶，有着植物特有的香味，一元一捆，自己投币。钱投在一个空的剪口的油壶内，全凭良心。人参菜健胃润肠，可以清炒和凉拌，五元一包，也请自己投币。还有紫背天葵，就叫西洋菜，是当年番仔带过来的。草药天门冬三十元一斤，想要自己过秤自己付钱。这是老街一百年的规矩，菜放门前，投币自取，绝无贪小便宜者。当年郁达夫和庐隐都来过这里，吃着村民的酒，睡着村民的床，也沉醉于此地的乡风人情，享受着仙境般的桃源生活。庐隐说："若能终老于此，可算是人间第一幸福人。"那个发现鼓岭的美国牧师伍丁应该是首先发现了这儿天境般的乡情才流连于此……

此刻的雨雾依然带着一点黛蓝，好像暮色早临。行人全无，门口的对联亮着唯一的红。但角落里的野茅、竹丛和梅花都在顽强生长，梅已打苞。往四下望去，松林和深厚的山体阴影将视线隐去，那些造型各异的石头屋，古堡一样蹲在暮景中。在迷蒙深处漂浮的屋脊与院墙，全像是用巨石凿的，像搁在旷野的怪兽，在绵延的青烟中忍受风雨和寒冷的刮削，它们残存的身影是冬天黑色的慰藉。

那个在石头上凿出的游泳池，是浪漫主义的杰作。这个巨大的空间，像是一场舞会过后的枯寂空寞，盛满了特别伤感和别离的残液，落叶成为信物。我们坐在池畔的椅子上抽烟。隔着桌子，关仁山给我们敬烟点火，火光带来的丝丝温暖慢慢渗入身体，仿佛在劝说我们忍耐和勿言。烟在烧，风很硬，我们在寒冷中吸着烟。当年更衣的屋子成了茶室，有电暖器和热气腾腾的茶水。电暖器照着桌上喝茶的器皿和套绒的椅背，泛着归家的红光。可是我们还是不愿进屋，我们这些人，依然坐在洋人们夏天泳装坐过的地方，望着空阔枯竭的泳池，像坐在落叶荒寺前。山坡密匝匝的松林里，似还有别墅的废墟，在那儿半露着它们的哀伤。风动山冈，一阵阵的浓雾从山上翻滚过来，像是天瀑，使得这疏肃的季节，我们无论如何都无法逾越某种悲伤的意绪，各自想着那些与我们无关却深深触动我们的事情，内心空落茫然，莫名惆怅。挖掘的石池，堆砌的石壁，在建造之初就似乎想到了它们的结局，隔绝了时光的温馨抚摸。芦花飘飘，冻雨霖霖，那些已经离弃的身影，像孤魂野鬼，漂浮在异国的荒野，或散落在破碎的回忆中。

奇异的失去主人的石屋，它们的内部是我不愿意走进的，好像你前行一步，就是与某个孤魂汇合，看他手擎油灯，从百叶窗透出的幽幽光线里，那被石头潮湿的反光勾勒的脸，在一瞬间，又嵌进石壁，一阵淡墨洇开，变成了旧时的镜框和水渍。

在万国公益社高大的挡风墙外，当地人指给我看纪念郁达夫的鹤归亭，在那儿，是农历清明，他曾在村民自酿的酒中醉过，并酒后真言说："魂若有灵，我总必再择一个清明的节日，化鹤重来一次。"更远处是东海，有一条通往连江县的路，但我们看到的依然是无边起伏在细雨中的山岭。

大梦书屋的出现是一个小小意外。也许它就是志书上记载的商务印书馆或者开明书局的前身——我愿意这样想。就像在无人荒郊遇到一个妖冶女子，有前世的气息。这座灵异的书楼，在冷雨清寂中独自优雅，也可以是一座书的教堂。是谁将那么有水准的书搬运至此，在门外的野云与寒风灌进来时，那些书，文史哲，都是精心挑选上山的。阔大，幽深，还有着书楼的美妙幽暗，仿佛偷蓄着随时可能失去的整个人类的智慧，让一个探秘者发现这儿满地宝藏。还是石屋，是一个石头垒砌的库室。那些深刻的、在历史星空中闪亮的文字，静静地摆放在这里，因为潮湿，翻动书页的声音喑哑而低细。云雾一团团涌进，萦绕在书架和走廊里，你忍不住有想要挺身而出保护这些古老而脆弱的书籍的念头，怕它们在如此的严寒中衰老和死去。再新的书在这里，都像是一件古物，蒙上了羊皮封面，里面画着通往奇境的地图。它们如此幽寂，简直像在暗夜里摇曳的寺火。我们在迂曲的书架中穿梭，寻觅，脚步轻轻地迈上楼梯，进入二楼，继续寻找，看书，静坐，在窗口向外张望。绍武、跃文、马原、我，我们搭着肩，这张被夏无双小朋友拍摄的照片成为那个冬日书屋中精灵般的亮点。我们在书楼听雨。我们在窗口看山。那渐渐爬升的石磴道上，隐隐传来当年番仔们的赛马声，马蹄敲打着石头。蹄声远逝，云雾缭绕，寒风吹彻。这清简浩大的凉意，在白鹭与云雾沉瀣一气的野岭，适合我们在此楼远眺。

鼓岭最值得敬仰的景物是那棵 1300 年的紫杉树，一定在浓林如墨的时代，它只是其中的一棵。以它的体位占据宠大时空的树，枝丫泛滥，挣扎在微亮的雨中。"谷暗山尤静，林昏地愈明。"在那"如擘絮飘扬，如突烟溢涌"的鼓岭浓雾中，虎啸狼嗥的阵势敲击得群山嗡嗡直响，那种被群山掷下的空旷和时间，变得如此辽阔苍茫，它的挟风的厚重与神秘，几乎覆盖了一座山岭的历史。只有它才有资格与时间对峙，充当证人。想到与东海澎湃一样的字眼，那曾经连绵起伏、莽莽苍苍的紫杉丛林，奔跑过多少珍禽异兽，它们美丽的羽毛和花纹，它们强健的蹄爪和骨骼，它们的吼声，赋予了多少生命的壮美，每个夜晚的森林骚潮声，与那些灵兽同在。可这棵树，老树，它太老，太孤独，简直像神一样，这是多么可悲的现实。寒冬来临，它吞咽着扰人的雨雾，鼓岭的山川在它眼里缓缓移动。生命太久之后的寂静是一场苦刑，那些曾经一起磅礴流淌的吼声，消失在了大地深处。激越的倾诉，凶猛的摇撼和锥心的疼痛，漫漶成无边无际的悲剧。好在，在宜夏别墅门口，我又看到了两棵千年紫杉，无奈它们离得很远。孤独是永久存在的理由。孤独有着圣像般的庄严。

这一棵树，和这几棵树，有如鼓岭的沉重鼓槌，它们引而不发，永远只为汹涌欲狂的激情做一个姿势。

那天的雨，我又想起在吃饭过后，被马原索去的一苋蕹菜，青翠可人，它将被马原带去栽种在西双版纳的南糯山。无论是乔木还是柔软的草叶，在这里经历过万年，如果它们与我们相遇，一定有某种道理。现在我的口里还留有薤菜香软腻滑的气息，那些植物生长的神秘气息和浓密阴影，有如穿过大地的深邃甬道，抵达生命的秘境。在生命尽情狂欢过后，一株草，连同一棵树庞大的影子，将带往各处，继续呼吸。

黄河源

地阅读·旅行卷

胡榴明

我问：这是黄河么？

那日，在黄河源，天好晴。

当中国东部半爿大陆块被太平洋暖湿气团包裹得严严实实，只有这里——青藏高原，以雄踞西北的地理位置和昂首天外的海拔高度争得了大片的干爽和清凉。那一年我来到黄河源，想在那里脱胎换骨，很多曾经有过的梦撞击成碎片，我从陈腐的湿闷中艰难地举步。走上层层叠叠的世界屋脊的阶梯，高原的风和太阳洗涤我如一个初生的婴儿。那是公元一九九二年。

日头泛白地溶进透明的天宇空气冰凉像细碎的雨滴，簌簌地沁入发根腋下的每一寸肌肤里去，深深地吸进一口，胸膈间便有一种生风的感觉。

我刚从那一架架山梁上直翻下来。清晨，乘坐的吉普气喘吁吁地从山的那一边爬上了拉吉尔山的山脊，接天而来的是铁青色的山峰，我们从山的夹缝中吱溜地掠过。青海的山峦刚毅得近乎横蛮，寸草不生的岩壁，巨大的石头块面，肆意地堆砌向上，地球上没有任何力量能够阻挡这新生代隆升的块板运动，直至它插入天际。山根子下就是黄河。

站在黄河边，捧起一掬水，清澈的河水从指缝间洒下，被高原风吹散，成珠，成丝，凉凉的银色的珠丝。纤秀的河道受龙羊峡水电大坝的阻隔，汇聚成一湾湖，在澄碧的天空的环抱下，展现出净如琉璃的湖面。在上下天光闪烁的一片宏大的脉脉温情之中，空气水晶般在水上凝固。有一种看不见的神秘的氛围涌出，我感觉到身内原始大空间的岑寂——山之极，河之源，在原始的宇宙间也莫过若此——这曾经是我梦寐以求的。

我需要岑寂，经历了太多的喧哗与骚动之后。我真的说不清楚，那一天在河之源，在那样蓝那样静那样清的黄河之源，我有一些突然的什么样的思绪，我只觉得全身都浸泡在那河水的冰凉和澄澈之中了……思维的宁静，如同溶化在天宇中的白日，也许，这就是宗教，也许，宗教只适合产生在这样的地方……

那一天，我真的不相信我看到的就是黄河。真的，实在叫人难以相信。我心中的黄河永远是浊浪掀天波涛翻滚，她奔腾怒吼让人心惊了亿万年，然而，她曾经安静清纯和娇柔，在我身边这一块连空气都纯净透明的青藏高原。虽然这里是大块蛮荒险峻的山地，陡峭的山峰连绵羊都立脚不住，但是，就有了这么美这么静这么清的黄河的源头——一旦她从高天落下，离开了生她养她的这一块土，劈山陷地地冲出——那一天，宗教消失，喧嚣融汇，于是她挟带污泥浊尘，于是，她掀起狂涛巨澜，向东，她滚滚而去，我想，她也义无反顾。

她流着，激流飞溅地流着，流着她的梦，她梦见生她养她的高原，高原下的一块净土，那里有她的源流，在那里，她曾经漾一脉温柔的澄碧……

梦里的黄河源，她为她而落泪……

一条江的远方到底有多远，远到混沌初开的从前，远到不知的未来。在川西北，有一条江，它以时光为波，以季节为浪，咆哮而来，舒缓恣意，逾越亿万年……这条江，名叫涪江。

涪江之源有需要仰望的高度，海拔 5000 米以上。那里是一片冰天雪地，闪烁着母性般圣洁的光辉，这里有一个只属于她的名字：雪宝顶，藏语称"夏尔冬日"。

当阳光舔舐着冰雪，雪宝顶四大冰川便开始变得柔软，化作水，从最初纤巧的蠕动慢慢轻盈起来，再后来他泠泠作响，穿过锋利的冰锥，淌过刃脊的岩体，以一种雄性的力量奔涌，开启了一条江的走向，并痛快淋漓地写下了自己的名字：涪江。

他的奔涌，只能用一个词来形容：壮观！是的，峭壁、岩体，两山之险，百川之冲，见证着他驰骋的豪气，承载着他雄性的壮美。"丘壑无奇山自好，青山绿水任逍遥"。他就这样壮观地奔涌着，积淀着，拓展着。

涪江，就是以这种姿势在地面上行走着，走了千年，走了万年，为雪宝顶开启一个浩大的走向，为巴渝两地铸就一片厚土沃野。

涪江万年奔涌，如同人类历史的进程，涤荡起伏，滚滚前行。君不见，在时光和时间的交错里，涪江的远山近水，百味杂感，浩浩而来：有岸边枯颓的野草，有人事渺茫的仓疾，更有脂肥沃厚的繁华……风景，就这样徐徐铺陈……

涪江绵亘的里程上，镌刻着钓鱼城上帝折鞭的骁勇气场，弥漫着报恩寺深山故宫的王者气度，涌动着三国争霸的滚滚硝烟，肃立着全国四大汉墓群的绝美造型，还有陈子昂的悲怆沉郁、李白的浪漫豪气，杜甫的悲悯情怀……每一处风景，无不凸显澎湃汹涌，潇洒大气，明朗沉静，也写满了寂寞沧桑，焦渴等待，狂暴绝望……看涪江潮来潮涌，那潮头的奇峰，那奇峰上的神采，那神采凸显的美学、智慧，都注定了涪江是一条男性的江。

这条男性的江，是如此青春血性。

曾记得，我也曾这般血性奔涌过。跟着雪宝顶的水，千千万万的人流如潮，我也随着潮流一路走来，血性奔涌！然而当光阴掠过十年二十年，就觉得心气枯槁了。但心有不甘，冥冥之中祈盼有一条不老的江来灌注自己日渐干涸的精神和灵魂，唤回逝去的情爱、理想、坚守和纯真的梦境！

涪江，不就是这样一条我祈盼的江么？

当涪江静水流深，她宽阔舒缓的模样让我又感受到了女性的柔美。宋瓷的精妙温润随水们的涟漪，漫溢在遥远的视线中；目连戏女子的水袖，舞出了江南的灵秀轻盈；明清建筑的精雕勾画，写意出古色古香的意境……这时的涪江，幻化为青和绿两种颜色，万物蓬发的青绿，清幽静谧的青绿。这样的青绿，荡漾着母性圣洁的光辉；这样的青绿，能唤醒曾经笃信的纯真！

一次次的江涛拍打水岸，好似我生命的一次次漾动。在江的怀抱中，我觉得自己是那么渺小，因为我不及一颗水滴；然而又感知到自己的强大，因为我已融进了涪江日夜的奔涌中。

在这样的一条江里，可以捡拾很多东西，比如繁衍、记忆、故事。而一个人的悲喜、思想、灵魂……则应该在这样的江水里漂洗、沉淀，然后珍藏。

在这个过程中，我阅读着涪江，解读着自己。如果以漫长来度量我的生命，涪江于我，有石生青苔和树刻年轮的功力；如果用瞬息来度量我的生命，涪江于我，就是最浓烈过瘾的那次张狂和最深沉绝对的那声叹息。

相伴一条江的流动，生命如此漫长，又如此短暂。我努力着，让自己的血脉、情感、灵魂以一条江的姿势向前走，希望能活出一条江的境界！

涪江，是大水也！他承载着时代的变迁，用千百年的时光，写意出沿线七百余公里的自然风光和现代城市风情，积淀着边堆山、卓筒井、火药等璀璨文明。涪江今朝的风流，就是伫立时代潮头，唱响着现代科技的骊歌、演绎出现代都市的气派、践行着人与自然和谐的真谛。

滚滚波涛，是涪江不遏东逝的气势。穿越迢迢时光，看他呼啸狂暴掩过群山，看他博纳过往无边静寂，看他一路奔腾拓展新的天地。

涪江，一望无际，来自远方又去向远方……

草原上
在若尔盖

Never Had Loneliness

地阅读·旅行卷

陆明祥

三年前，我们去了若尔盖。

我国第二大草原，就是若尔盖。绿油油的小山包，连绵起伏。湛蓝的天空，清澈透明，白云如絮，仿佛儿时手中的棉花糖，甜甜地飘浮在蓝天上。空中，一只苍鹰在盘旋。远处，绵羊与牦牛，一群接着一群，悠然地吃着鲜美的嫩草，真是"风吹草低见牛羊"。毡包、白塔不断从车旁掠过，还有风马旗，白的、黄的、红的、绿的、蓝的，五种颜色的小旗串成长串，疾风掠过，迎风招展，蔚为壮观。草原上就是这样，即使日丽，风也不和，永远似野马奔腾。

来到草原，纵马奔驰必不可少。我的坐骑，是匹枣红马。小伊呢，骑在白马上，俨然白马公主。牵马人，是扎西和他妻子，我们就这样在散步似的在草原上"纵马奔驰"。扎西问，北京来的？我说是武汉。武汉？他茫然地摇摇头，接着，他放开嗓子，唱起藏歌来。浑厚的原生态男中音，宽广嘹亮、高亢浓郁，高原风情原汁原味。"奔驰"过后，扎西用腰刀在篝火架上的烤全羊身上，片下两片肉，递给我们。鲜嫩微咸冒着热气，还带有一点点血丝，像七八分熟的牛排。草原上的牧民太热情了。

前面的草地上，一个巨大的赭色雕塑，像一柄长剑刺向蓝天，上面刻着"中国工农红军班佑烈士纪念碑"——这里是班佑。碑座上是迟浩田将军的题词——胜利曙光。碑座上的雕像，是许多坐着的红军战士。碑文选自红军过草地时，时任红十一团政委、开国上将王平将军的《回忆录》："红三军在草地里走了七天，终于进到班佑。我们红十一团过了班佑河，已经走出七十多里，彭德怀军长对我说，班佑河那边还有几百人没有过来，命令我带一个营返回去接他们过河……走到河滩上，我用望远镜向河对岸观察，那边河滩上坐着至少有七八百人。我先带通讯员和侦察员涉水过去看看情况。一看，哎呀！他们都静静地背靠着背坐着，一动不动，我逐个察看，全都没气了……"

七百多名战士，在饥寒交迫中默默地坐着，等待黎明，太阳出来了，他们，却进入了永恒。今天的班佑河，只有几米宽，大部分草地都是干的，感觉轻而易举就能越过。气候变暖、水利疏通，几十年前的沼泽消失了，当年艰难的草地，不再重现，但七百多名战士，却永远地安眠，在这青青的草地上。

新疆有馕，若尔盖也有。若尔盖县城边的三岔路口，有一个小店，与《水浒传》里那些山路边的小店有点相似，只是不杀人越货。一人一盘牦牛肉炒面，牦牛肉片比较粗，加点辣椒油，与食指宽的荞麦面同嚼，西北风味油然升起。吃完炒面，我们的目光落在那一摞脸盆大的馕上，挑一个咸的，再挑一个甜的，撕开一尝，有武汉烧饼的味道。

唐克，藏语是唐妃之意。相传若尔盖境内辖曼部落土官向曼的弟弟马扎西昂，与当地大土官唐热的女儿结婚，在黄河第一湾的青滩绿草地上立寨创业，寨子人丁兴旺，遍地牛羊，于是人们尊称马扎西昂的妻子为唐克——唐热家的女儿，"克"在藏语里，意思是妃。

地老天荒，传说中的人物走进传说，唐克却留下来，成了地名。唐克镇的入口处，九匹奔驰的石雕骏马，好似万马奔腾。看到它，不禁想起气势恢宏、雄伟壮观、波澜壮阔、奔腾咆哮的黄河。石雕基座上，醒目的金色大字直刺眼帘：黄河九曲第一湾。没错，我们就是冲着黄河九曲第一湾来的。"黄河之水天上来"，我们要看看，它究竟是怎样从天上来的。

　　穿过唐克镇，来到黄河九曲第一湾。观景的木制栈道，要经过索格藏寺。索格藏寺建在平缓的山坡上，飞檐翘角、金碧辉煌、精致完美、气势恢宏。寺庙中白塔林立、肃穆庄严、纯白圣洁。索格藏寺是藏传佛教中的著名寺院，属格鲁派。寺庙始建于 1658 年，有三百多年历史。走进索格藏寺，在红墙璃瓦间穿行，在白塔下冥想。转一下转经筒，祈福一下我们的行程，祈福一下我们的今生。

　　蜿蜒的栈道直通山顶，凭栏远眺，眼前的黄河并非奔腾咆哮，一泻千里。而是非常宁静，像宁静的港湾，没有一点波澜。河水倒映着蓝天，像一条蓝色的纽带，从天际边，缓缓地，在绿洲般的草原上，忽而向左、忽而向右，曲折往返来回飘荡。九曲第一湾的黄河，是四川与甘肃的分界河，这边是四川，那边就是甘肃。九曲第一湾是黄河流经四川境内唯一的一段，黄河在这里，犹如回眸一笑的少女，一甩长发，给四川留下一个美好印象，然后婀娜多姿地走进甘肃，消失在碧绿葱茏的大草原上。

　　天高云淡、风清水美，高原草甸一派碧绿。坐在河滩上，看着清澈见底、缓缓流过的黄河水，是那样纯净、安定、祥和，心灵仿佛受到洗涤，心中，一种从未有过的安逸缓缓升起。记得来时的路上，有一片蓝色的草地，是薰衣草，蓝蓝的梦，童话一般。小伊说，薰衣草代表真爱。真的吗？真想与小伊一起，在若尔盖草原上，直到永远。

下一站，是红原县的日干乔，红原也是若尔盖大草原的一部分。当年，一支红军部队从班佑过草地，另一支是从这里过的草地，在这里，牺牲了几千人。为纪念他们，周恩来总理亲自把这个县，命名为红原。

车在三块巨石前停下，一块刻着"日干乔大沼泽"，另一块刻着"红军长征走过的大草原"，第三块刻着"长征精神永放光芒"。这里就是日干乔，半山坡上，山势平缓，坡下是一大片草地，绿油油的，茂密而旺盛，像一个盆地，有一座小城那么大，一座栈桥从草地上蜿蜒穿过。如今的沼泽，不及当年的十分之一。看着绿如油毯安定宁静的沼泽，怎么也想象不出它当年的威风。眺望沼泽中央，我仿佛看到，当年衣衫褴褛、饥寒交迫的红军战士，在狰狞的草地上，慢慢地、慢慢地陷入泥泞。乌黑的泥水浸到胸口，浸到脖子，浸过头顶，水面上只剩下那顶灰色的、缝有红五星的八角帽。多少个鲜活的生命啊，多少个朝气蓬勃的青年男女，他们翻过千山，越过万水，却永远停留在，这一望无际的大沼泽。端起相机,给日干乔留一个影，留下那些石碑,留下那绿如油毯的大沼泽。这些照片,在今后的岁月，我会时常翻看，看到绿草繁茂的日干乔，我会想起那支红色的队伍，想起那些鲜活的生命，想起他们深邃明亮的眼睛。

日薄西山，老王猛一踩油门，我们离开日干乔，风驰电掣般朝川主寺驶去。

八月的清晨，武汉的骄阳能把人烤出油来，在海拔三千米的川主寺，我们冻得鼻青脸肿，非得穿上棉衣。当然，在若尔盖草原上，我们更是棉衣紧裹。大夏天穿棉衣，真是"大姑娘上轿头一回"。川主寺是松潘县的一个小镇，距县城十七公里，是一个十字路口。我们的后面，是若尔盖大草原。往左拐，是去九寨沟，往右拐就回成都了。前面，就是我们要去的黄龙，九寨沟机场也在这条路上。

　　黄龙的路口，在元宝山下。山上，一座巨大的红军长征纪念碑，碑顶站着一个红军战士，他双手向天张开，右手举着一支步枪，左手握着一束鲜花，像一只展翅的雄鹰。这是红军三大主力会师的纪念碑。山路崎岖，越盘越高，我们来到雪宝鼎的一个山峰——雪山梁。路边有一个观景台，巨石上刻着"4003M"，哇！我们居然爬到了海拔4000米，还没感到呼吸困难，太神奇了。另一块巨石上，刻着"雪宝鼎"，主峰海拔5588米。"雪宝鼎"是岷山的主峰。我们把目光投向对面。大气变暖，积雪融化，多少雪山露出峭壁的真容。但雪宝鼎主峰，依然终年积雪，犹如纯洁的圣山，从容地面对乱云飞渡。

　　望着皑皑白雪的主峰，我不禁想起当年红军爬过的雪山。没错，当年红军爬过的雪山，全都在这附近。昨晚住的川主寺，今天要去的黄龙，都属于松潘县。与松潘紧邻的红原县和黑水县，两县之间有一座雪山，叫雅克夏山，当年红四方面军曾三次翻越这座雪山。在黑水县境内，另一座雪山是达古山，它还有一个名字，叫达古冰川，红一方面军和红四方面军都曾多次翻越。雅克夏雪山海拔4743米，达古雪山海拔4860米，即使走垭口，也在4000米以上。这么高的海拔，还要翻越雪山，当年衣衫单薄的红军战士，是何等艰难。有的战士走不动了，就在路边坐下，再也起不来了。夜晚，战士们在露天和雪洞里睡觉，第二天醒来，发现身边不少战士，已经冻成雕像。红军三大主力先后翻越了夹金山、昌德山、达古山、雅尔夏山、梦笔山等雪山，共牺牲了上万人。

　　离开雪山梁，绕进一个山谷，便到了黄龙。黄龙在另一座山的半山腰，有小溪潺潺自山顶而下，缠缠绵绵，汇成许多水池，清澈透明、五彩斑斓。自然冲积而成的十几个水池从上到下，形成一道道水帘瀑布，丝匹流泻、熠熠生辉。沿着栈道，在黄龙沟内行走，恍如仙界。在黄龙看水，湖蓝色的水、碧绿色的水、黄玉般的水，各种颜色的水，美不胜收。黄龙的景观与九寨沟相差无几，可以说，黄龙就是袖珍版的九寨沟，游人却比九寨沟少了许多，一点也不拥挤，很是惬意。

辞别黄龙，踏上去九寨沟的路，行不多久，就到了元宝山下。此时约莫下午两三点钟，一抹阳光照耀在红军长征纪念碑上，碑顶上那个红军战士，在阳光的沐浴下，双臂张开呈"V"字形，像是欢庆胜利，像是拥抱未来。那首凄美动听的电视剧《井冈山》插曲，慢慢从耳边响起：

红军阿哥你慢慢走嘞

小心路上就有石头

碰在阿哥的脚指头

疼在老妹的心里头

红军阿哥你慢慢走嘞

走到天边又记心头

老妹等你哟长相守

老妹等你哟到白头

红军阿哥你慢慢走嘞

革命胜利哟你回头

老妹等你哟长相守

老妹等你哟到白头

荔江之浦

地 阅 读 · 旅 行 卷

王 剑 冰

一

拉开窗帘的时候，竟然看到了一幅画。一江碧水蜿蜒过眼，水之上是跌宕起伏的山，那山一直到目力不及才稍显收敛。那些硬朗的、柔美的起伏充满了神迷与梦幻，由其体现出来的情致与动感又让人不无美妙的遐想。

南方的天气忽晴忽阴，晴的时候，山也像一个个荔浦芋，头上摇动霞的叶子，阴了，又似在化蛹成蝶，最后烟岚蹁跹。

偶尔，云层里射出的光打在水上，水就尤其明润，山则隐晦迷蒙。就像两个主角在剧情需要时被镜头虚化转换。起初你或对那光不大在意，但架不住它打信号似的，云隙间连着闪，将水面闪成一片片锦，你的惊奇就不得不跟着它闪了。天光温和的时候，山与水的颜色惊人地相似，似是一江颜料刷在山上，新鲜得还在淌水。这样的山水连在一起，就是非同于他处的桂林荔浦了。

想来住在江边的人，一定家家有个大飘窗，时时刻刻让这无限江山飘进来。每天早晨都像是仪式，缓慢而隆重地拉开那一帘幽梦。

二

总觉得这地方最盛产水，到处水润润的，山上是水，江里是水，田里还是水，水绕着村绕着城地流，生出水润润的植物，生出水润润的人，人出口一说话，也带着水腔。在荔浦走着看着，空气中还会有刘三姐样的歌声，那是文场和彩调，随便哪个街头巷尾，几个人那么一凑，锣鼓弦子响起来，柔润的嗓子就亮起来。怪不得，这地方是曲艺歌舞之乡呢。逢节日，山水边就热闹成海。

荔草，究竟是一种什么样的草，会让一条江葳蕤荡漾，最后荡漾成自己的名字？水中划船，水随山转，那么多的弯，又那么多的漩。水有时像上了一层荧绿的釉，有时又如一面深蓝的绸。船上人一会儿伸出手，甚而脚也伸出去，尽情地撩拨，一会儿又呆愣着唏嘘，发无数慨叹。这样给人的感觉就有了不同，山若是给人带来了美感，水则是带来了快感。

船行中，你会看到有人在洗浴，有人在江边烧纸祭奠，有人穿着婚纱在照相。总归是，荔浦人的祈愿和祝福离不开这一江水。

这个时候，两岸涌来一片金黄，初以为花，却是沙糖橘。还有马蹄（荸荠）秧子，也是一波波的粉黄，马蹄踏过一般。芋头的叶子莲叶似的漾漾迎风，正是收获季节，罗锅宰相何时再来？

荔浦由很多这样的细节构成。就觉得造物主打造桂林山水的时候，一高兴把荔浦也捎带了。有些细节，甚至做得比桂林还好，比如银子岩，会唤起你一腔呼唤，比如丰鱼岩，一洞鱼水穿越九座山峰，是为洞中之冠。所以人们看了桂林还要跑来开眼，那是一条完美的锦绣，他们不想让这锦绣有头没尾。其实荔浦人还是会偷偷笑，你去鹅翎寺了吗？层层信仰嵌在山崖上。你看荔江湾了吗？从江上划船进入，上岸再由洞里出来，江山美景可有这样的结合？荔浦再垫底的山也是桂林山水系列，可人家会说，咱这是荔浦山水。底气硬朗着呢。就让人想了，桂林山水与荔浦山水是一对孪生姐妹，妹妹一直躲在深闺，不好意思见人，守着美丽悠悠而过。

如此的美是会被人瞄上的，最早是一波逃难来的，一到这里便扎进水边的山洞不走，繁衍成村林。后来还有土匪、日本人，都流过口水，但最终没能留下来。这片山水不喜欢他们。

顺脚走进一个村子，村子叫青云村。依着的山叫龙头山。不用多说，你就能想到住在这里有多美气，起伏的山下，扶桑、紫罗、百香果到处都是。沙糖橘和马蹄更是金黄地铺展。老者在田里不紧不慢地忙，见你走近，友好地招呼。一个女孩担着马蹄沿田埂走，田埂两边，是香扑扑的桂花苗。遇到好奇的你，停下来，翻出几个大的马蹄让你长见识，而后笑着重新上路，身子和手臂的摆动中，悠悠去远。

荔江与漓江、桂江、西江相通，交通便利，往来客商就多。走入一条很老的巷子，巷子曾经临水，磨光的石板、镇水的古塔、宏阔的会馆和斑驳的城门，让人想象曾经的繁闹。传下来的是豪爽耿直的性情，你来了，做芋头扣肉芋头焖鱼各种芋头宴待你，陪你大碗喝酒，还给你呀呵呵地唱彩调。荔浦人吃芋头是一绝，这一绝绝到电视里。荔浦人的吃法你学不会，乾隆皇帝品着棉线切片的美味却一直忘不掉。这里的山水养人，芋头也养人，养得人精气豪壮，细腻明丽。由此你会感到荔浦人的幸福指数多么高。

三

天空积蓄着黄昏，像谁在絮被子，一层层絮厚了，铺排开来，所有的一切都盖在了被子下面。

那些山以为将夕照挡住了，没承想夕照还是投到了江里。江不仅把夕照全部接收，还把那些山也揽进了怀中。这样，上面啥样，水里也啥样，完全是一个原型复本，直到夜来，将那复本折叠在一起。

雨敲了一夜的窗，早晨开帘一看，江边竟然飘浮了一层伞花，红的，黄的，蓝的，那是沿江晨练的人的。没有什么能阻止人们对这条江的热爱。

离去的时候，荔浦已让你眼里、心里、口袋里都装得满满的，够你消受很长时光，其中有一种芋饼，家家会做，出去的人都带，说那是思乡饼。

而后，荔浦人会说，想着啊，还来呀，别忘了我在这儿等你。

崂山寻瀑记

地阅读·旅行卷

管用和

　　崂山潮音瀑，多么好听又多么富于诗意的名字。料想那一定是个能给人心弦上缀满音韵的地方。为了寻找幽闭于深山里的歌，我在崂山的山谷中疾行。时而跨上铺砌得整整齐齐的石路，时而踏着未经修饰的山道，时而转入林树荫庇护的山村，时而涉过乱石拥积的泉溪。好一个幽寂灵秀的山谷呀！两边突兀的高崖峻峰，展览着奇巧怪异的石头，似人、似兽、似禽，或立、或坐、或卧，做出种种生动的姿态，引动我的巧思奇想。更有沟壑回荡的山风，松竹流动的清韵，缠满我的情绪。正午的阳光，被树荫筛成金斑，不时洒在我的身上。虽是夏天，骄阳也因着绿意的轻抚而变得温柔了。我的心身在一个凉爽、静谧而湿润的画廊里游弋。山，愈来愈雄奇，谷，愈来愈清幽。蝉儿唱着安谧、恬适，鸟儿在欢悦的闲暇中展开羽翼。"斩云峰""石门亭""飞凤崖"，应接不暇，只嫌自己两目不够使用。啊！好一个开裂欲倾的悬崖，以其触目惊心的一幕令我胆寒——这不就是人们所说的"锦帆障"么！多么威武的一张石帆，该是高高地扬起亿万年了吧。然而，却寸步未移。是舍不得离开这优美的山谷吧。不，谁说它寸步未移，它以这美丽雄奇的身影，印在多少游人的心中，走遍五湖四海。让我的双眼先择好一个最佳的角度，细细品尝一番，将它也摄入心中带回我的故乡吧。可是，我要急着去看潮音瀑呀。锦帆障遮断了我的视线，前面的道路在哪儿呢？会不会岔入歧途？我不禁观望起来，犹豫起来。走着、望着……

望断一截路，又迎来一截路。问来人，来人说还远着哩。于是，我心中郁结起焦愁，怀疑自己走岔了道儿，我的步履变得沉重起来了。走！我不再老是张望了，见了来人也不再询问，只是默默地走着。我记起童年时随妈妈远出的情景。在路上，走不多远我就问她：快到了吗？还有多远呢？怎么还不到啊？妈妈说，路是走到的，可不是问到的。我就不好意思再问了，就默默地走着，脚步也越来越快……

似乎走到山谷的尽头了，三面崖壁托出一个奇异的境界。哦！见到了——潮音瀑！原来你并非从高崖上飞流直下，以迸玉泻银、轰轰烈烈做出惊人之态。你是崂山一幅古雅幽逸的画。我渴慕的眼睛投给你如愿以偿的怡悦，像蜜蜂循着花香的气息努力寻来，终于落在花蕊之上。你闪射出奔放而幽秘的银光，仿佛从不可知的山崖上的石窟中释放出来，急不可待地将你的全部激情，泛流于这久已向往的翠谷，使每一草木和石块都流露出生气与喜乐。哦！你全然改变了我想象中的模样，以独特的神貌和风度，奇迹般地展现在我的面前。我选择了一个理想的角度，欣然将你描进了我的画册：

在两壁构成一个倒写的"人字"形的"窄门"里，三块巨石成"品"字形垒于中间。稍下靠左边有一块更大的石头深藏于门里，与右边偏低的一块较小的石头交错对应。再下面是一块凹着的弧形石"门槛"——我估计门槛里面有水潭。门里还有一些嵌得紧紧的小石块，光与影复杂交错，显得幽暗而深邃。这正好衬托出了里面瀑布明亮的身影——自"品"字形石下边的左方，向右射出一股不太粗的水柱——大概是干旱的缘故——斜碰到右边的大石上，再折向左边，错落下来，愈展愈宽。在溅落于石门槛上时，被截住了，看不清去处。然后，忽地又从石门槛的左方泻出，以更宽的幅度展开，直注深潭。溅起雨雾，激起浪花，漾起波皱，漫入下面的两个潭中，绿茵茵蓝莹莹的。哦，多么美妙的瀑布，忽隐忽藏的三截银流，像三折闪电抖动在高崖与大石浓重的阴影里，带着舞蹈的旋律，完美地越过这生动而壮丽的一程。

我微闭双目，凝神倾听。瀑声划破深山的沉寂填满空谷，游荡于奇峰峭壁和高树之顶，沉淀于深壑幽涧石缝之中。我尽心地捕捉住每一跃动的音响。那汹涌澎湃的飞鸣呢？那惊涛裂岸的轰响呢？潮音，嘿！潮音。我怎么辨别不出那海的歌咏、海的呼号呢——哦！我还是第一次见到海哩。昨天，我只是贪婪地眺望那无际的平坦与空阔，将整个身心沉浸于一片蔚蓝之中，让思绪紧追着鸥鸟的翅膀、船儿的帆翼向神秘的远方飞驰，并未着意于谛听潮音啊。今日，我哪能从瀑声里辨别出海的韵律呢。是的，潮音瀑已告诉我：没有刻意体验过的东西，是不会在心上打下烙印的。我将携着这潮音瀑的旋律、节奏和音韵，重返海岸，在那浪涛与礁石奏鸣的地方，用我的心灵去体验大海的情感——她的喜怒，她的哀愁，她的痛苦与欢乐。那时，潮音瀑啊，我将会不只是从记忆的屏幕上进一步认识你的外表，而且，会用我的情感去触摸你的心灵，将你的心声纳入我的诗行……

多情的山泉送我一路归来。现在，我才知道这水原来是从潮音瀑流下来的，对它注满了深情与厚爱。坦白地说，刚才沿着它来的时候，并未引起我特别的注意。

啊！崂山泉水，从潮音瀑流下来的泉水呀，望一眼就能止渴的清冽的泉水呀，是经过亿万年的洗涤，使你们的道路上绝了尘垢么？竟是这般的清澈透明。你"淙淙潺潺"无休无歇地在向着静谧细语，是交谈着那藏匿于深深的山涧里的秘密？是倾诉着那隐蔽于荆棘与草丛里的幽情？还是述说穿越大大小小石缝中的艰难和险阻的经历呢？

明亮的泉水，映出我轻松地跨越着的步履——这里不需要桥梁接通道路，有早已安排好了的"跳石"支起我的双足。人们饶有兴味地任意选择着跨过流水的道路。时而轻挪，时而跃起，每一步都踏着欢欣与快乐。啊！崂山泉，竟然也步履倥偬、行动急迫地奔流，奔流……

我怎能不想起远离这儿的故乡的山泉？它们追逐着时光的脚步，从知更鸟呼求着曙光的黎明，到蝉声渐倦的日暮黄昏，直至密叶的露点闪耀着星月的幽光的午夜，从来不休歇地匆匆赶路，那是因为距离所期望的大海太远太远呀。而你，海风已将潮声捎进你流经的幽谷，与你的歌唱一同和鸣；白云已将海涛的折光投入你的明眸，如萤火虫似的，在草木和石块的影子里闪耀——你离海这么近这么近，为什么还像我故乡的山泉一样，潺湲着渴望的流波，在曲折的道路上迸出急促而紧迫的足音呢？

啊！你每一清亮的足音都紧扣着我灵感的门扉，勾拨着我诗的琴弦。我目睹过你跳下悬崖的欢快，注入石潭的激动，挤出石缝的喜悦。你以饱满的激情来充填我的心胸，使我的情感串起了诗韵的链子，我怎能不为你唱一支歌：

从悬崖上一跃而下 / 像闪电射进山谷 / 在潭里打个滚儿 / 又慌忙寻找去路 / 匆匆地向草丛涌进 / 急急地自石缝挤出 / 像我故乡的山泉一样 / 来去都那样迅速 / 故乡离大海遥远 / 山泉加快了脚步 / 你就在大海身边 / 为何也步履急促？ / ——啊！ / 远有远的向往 / 近有近的追求 / 心有激情常驻 / 就会全力以赴……

游海去
到北戴河

地图读·旅行卷

尔容

　　一座以河命名的城，一座以海闻名遐迩的城。炎炎夏日，凡到北戴河的，没有人心里不装一片海的。与海亲近，做海的游子，任海水荡涤凡尘，在海的怀抱里如婴儿般徜徉，应该令每个人心驰神往。来北戴河不游海，就等于亵渎了天意。就像面对热情的主人呈上的一桌盛宴，客人却不动一下筷子。固然有人会说，来这里能享受凉爽清新的空气，能避暑足矣。说这话的十之八九也是苦于身体的种种不便无奈罢了。而享受凉爽清新的空气又何尝不是另一种游海？望梅止渴，临渊羡鱼，姑且称岸上游吧。

　　找海去。走出幽静的安一路，右转至东径路，再左转，海是商铺酒店的招牌。一路向下。水唯善下方成海。果然，海就在城的最低处，在路的尽头，在视线以下。人低成王，水低成海。海再低也是藏不住的。想起一首诗：手把青秧插野田，低头便见水中天。六根清净方为稻，退步原来是向前。远远地，就见一道墨色大堤横亘眼前。拥挤的车流，汹涌的市声，一街的红男绿女瞬间退潮，都是尘埃，不能托举的尘埃。海顶天立地了，那分明是海，纯净的海，一律的墨色。一堵城的高墙，一座平整的山，一道天然的屏障，浑厚，静默，在清白的天与参差的人之间，海巍然仁立，将视线刀一般截断又无限放大。近了，再近些，原来这不是墙，不是堤，更不是山，而是海，真真切切的海。她以如此低矮的姿态宽广的胸襟显示出山的高度。视觉真是个神奇的显像仪。山与海竟是同体的，山即是海，海即是山。也难怪山海关号称天下第一关了。这是不能攀越的山，望洋兴叹；那是不能触摸的海，探臂难及。看海成山，这不是幻觉，更不是错觉，是感觉。感觉有时才是洞知真相的高人。游海去！

近海情更切。沿路都有穿泳装浑身湿淋淋的人，男女老少，戴着浴帽，挎着游泳圈。祖胸露乳，穿短裤衩，趿着拖鞋，头发一绺绺的，还滴着水。背和肩膀都似从酱油缸里滚过的，在阳光下红得发亮。这就是海滨城的随性宽容。满街都是海的气息。

黄的沙滩是海的过渡色。海更蓝了，蓝得近乎青黛，更显厚重。天空倒是轻而薄的蓝，微微的白云像海吐出的气缓缓地飘摇。天空一片虚无，只有海和陆地是真实的，是世间唯一可靠的依傍。沙滩是来诱惑脚的，鞋子成了沉重的盔甲。将脚解放出来，沙立即成了温柔的床，细碎地揉搓，软软地抚摸，舒舒麻麻的，似小孩子挠痒痒，从脚板心一股股地上升。脸上顿时浮起童真的笑，心花怒放。脚步摇曳生姿。无数的脚印叠加着复制着亲海的喜乐，沙滩笑成了一片金色的酒窝，连绵的小丘远望去，似外星球的表面。海，沙滩，天空，苍茫秋色今又是，换了人间。清空了的世界忽然变得简单起来。一切都放下了，只有海和沙滩。小孩子在水里嬉戏够了，便拿着小铁锹在海边挖沙，沙是湿的，容易成形。浪来了，瞬间带走刚刚垒起的城堡。再垒。恋人们变着花样地考验衷心。男人从水里上岸，将自己埋进沙里。女人细细地埋，男人坦然地躺。男人将沙抹平了，在沙上写字，男人爱女人，再画上两颗心。女人便笑得咯咯打鸣。沙是一座富矿，藏着无尽的乐趣。

衣服很多余。男人女人剥去岸上的装束，道貌岸然都免了。只剩下赤膊和泳衣。遮羞成了人在海面前不得不顾及的最后的尊严。众目睽睽之下，大庭广众之间，赤裸从最初的羞涩已成见怪不怪。没有伪饰，没有邪念，人原本是可以赤裸相向的。这就是海的力量，给人回归原始的力。

不会游泳不打紧。在海里走走，有海水和沙的亲吻就能返老还童。巨海无边，小小的心忽然阔大起来。海水将沙打磨成细粉，卷着裤腿，脚丫子踩进沙里，海水钻进指缝里捉迷藏。追着浪奔跑，笑声驱赶着年龄。这是潜藏的童趣。

不会游泳，又想像鱼一样与海亲密无间，那就借助游泳圈吧。五颜六色的游泳圈，还有形色各异的橡胶船艇都是旱鸭子们的工具。浴场规定，须得橡胶胎方可抵御水下的贝壳和礁石。周围门店单靠这一项也尽可坐收渔利了。十元一只，浴场内三十元一只，当日时间不限。就这样，五彩缤纷的人成了海活泼的风景。已是午后四点左右，阳光收敛了锋芒，海上的阳光被海水的蒸汽过滤了乌云尘埃，更加丝薄晶亮。海面跃金，粼粼地闪着灼热的光，不敢对视。

进了海，才知海水并不蓝，而是透亮的澄碧，与长江水并无二致。海风习习，这撒了盐的水凉爽浸人，初入水里，将全身神经扯得一悚，须得咬一咬牙方能立定脚跟。本来是想鹞子入水扑入海里，不行，海太浅，水底沙砾可见。在海里蹚行百米，由浅及深，依然仅没过膝盖。海以砭骨的凉丝丝渗透。将前胸后背浇一些水拍一拍，弯一弯腿，将身体没入海里，反而瞬间暖了。身体真是个变色龙，一下子人成了海中的鱼，畅游自如了。风吹浪涌，浪里白条。

海不矜高自及天。海天相接，无边无际。人陡然面临如此雄阔的海，是有畏色的。周围不时响起惊惧的叫声，那一定是初入海的新手，游一游，须得踩一踩，踩到沙底，心才踏实。这叫心里有底。

几天下来，对游泳圈对海都有了信任，便只想往更深处游去。海水清澈，水下一臂的位置五指依然清晰可见。细小的鱼成群结队地闪着细碎的鳞光，倏忽而来，又倏忽而去。水母一张一弛像白蘑菇软软地浮游，逗引着人追逐的兴致。那时，多么渴望自己就是海里的一尾鱼啊。海草绿而宽，贝壳也是俯拾皆是。舔一舔嘴唇，竟是咸的，人被海水腌过了，却不自知。

人像浮叶，与海一体一线地荡漾。眼睛与海齐平，只见海面如丝如绸，身体和神经在温柔的爱抚中舒展。海成了世界唯一的主宰。无穷的海向四周弥漫。这是一个巨大的能量场。将手掌并拢成桨片，合掌，劈水，划弧，前行，人必须是自己的船与桨。人在海里是多么渺小啊。杜甫说,飘飘何所似,天地一沙鸥。想必他是没游过海的。我是连沙鸥都嫌大，沙粒一颗，海水一滴啊。

仰望天空，发现那或许才是海，是升腾的海，深不可测。海不是蓝色，可为什么呈现在眼里的却是蔚蓝的海天一色呢？海与天空，是谁染蓝了谁？是海沉淀了天空，还是天空拥抱了海洋？拟或是彼此的倒影彼此的依恋成全假象？天容海色本澄清，日耀月华从太始。海鸥是来嘲笑鱼的，它们轻捷地伸展小小的银翅优雅地来去，鱼儿却只能望空兴叹了。孜孜以求的海面成了束缚的网，凌空翱翔成了又一个梦想。看来，人的欲望总是无止境的。有人举起手臂说，来吧，海鸥! 歇一歇脚。是啊，四海无遮无挡，当你艳羡海鸥自由飞翔的时候，你是否知道它其实是在寻找可以栖息的枝条。

船系在浅海处，随海波一起一伏，让人期待出海渔归的盛景。船暂时充当了游海人的参照物，缆绳将它们彼此勾连，划定游泳区的安全边界。缆绳上积了厚厚的青苔，这青苔却不像内陆的青苔那么细碎绿茸茸的，而是根根独立的海带，叶片狭长透绿，摸一摸禁不住唾液的潜溢了。海蜇肉肉的，鼻涕似的晶体，水母的样子，托在手上颤动不已,对人秋毫无犯,总惹人怜爱。听说不小心被蜇一口,只需用沙抹一抹,再擦上明矾,三天就痊愈了。我托着这个巨大的水母,从深海区向浅海蹚水,希望让岸上人开眼界,意外地发现一个小小的乳白透亮的水母贴在沙滩上,想必是被浪打到沙滩上搁浅了。我急将小水母捧回海里。大水母是来寻小水母的吗?无意的成全,竟是天作之合,让人窃喜不已。有的孩子被大人领着,拎着小水桶,执一柄小渔网,将小鱼和水母舀进桶里,再放归大海。无限的童趣就在这一收一放之间。所有的兴奋都因海起。爱不知所起,情不知所以。

海水海风稀释着阳光的温度,不知不觉脸和身体涂上了一层褐色的釉,油光发亮。游一次海,皮肤就上了一层釉,一天天人就变得黑黝黝的,像海狮黑得光滑锃亮。胳膊和腿壮硕如大象腿。在海里游久的人,走起路来,像螃蟹横行,膀厚腰圆,脚下生风,视线却像海一样一望无垠。

　　花莲县太鲁阁的清水断崖，是太平洋上的海崖，台湾八大奇景之一。五月初的某一天，我们坐着大巴，从花莲县的瑞穗乡赶到太鲁阁的崇德隧道口，沿途为浩瀚无际的太平洋和不时吹来的海风所惊，一边是云雾缭绕的高山，一边是苍茫无垠的大海，太鲁阁的山山水水太壮美了。如果你从太平洋行驶的船舶上，往台湾岛方向张望，会看到翠绿的高山直耸云霄，蔚蓝色的海岸线清澈闪耀，真正是景色分明的美丽岛屿。

　　我站在清水断崖，上下四处走走看看，在怪石嶙峋的断崖下发现了一汪蔚蓝、浩瀚的海水，烟波浩渺，深不可测。海洋，蓝得晶莹剔透；海浪，白得纤尘不染。逼近海岸线的群山，被大自然伟力之手削得笔直，我瞻望辽阔的太平洋、暗礁满布的海滩和险峭的高山隧洞，脸颊上分明感觉到太平洋的海风徐徐吹拂，白色泡沫般的海浪阵阵袭来，汹涌澎湃，浩浩汤汤，我嗅到海风咸腥潮湿的气息，耳畔似乎响起台湾民谣之父胡德夫元气充沛、朴实甘醇的歌唱《太平洋的风》，歌声激越浑厚、充满磁性，击荡着我的灵魂，穿透了岁月山河的迷雾，穿透了太鲁阁故事的悲情。

太鲁阁 TAROKO，取自高山族的语言，意为"伟大的山脉"，伟大的山脉中居住着太鲁阁人信奉的彩虹神灵。1914 年日军发动太鲁阁战役，当时日军分为东西两路夹击山区的太鲁阁族人。日军沿路侵犯太鲁阁人部落，遇到族人的激烈抵抗。2500 个太鲁阁男丁手持猎枪弓箭，以原始的方式对抗装备精良的 2 万日军。经过 74 天的激战，双方死伤惨重，太鲁阁人几乎灭绝。直到太鲁阁人放下武器，日本人对台湾的侵犯才算彻底完成。看过电影《赛德克·巴莱》（太鲁阁人是赛德克族的分支）的人，想必对片中日本人野蛮血腥入侵的一幕幕印象深刻。

肃立在清水断崖，绝壁映着波澜，我想起了电影《赛德克·巴莱》和太鲁阁的往事，远望着悬崖峭壁和深邃海洋，一时眼眶湿热、心潮起伏，刹那间明白了，为什么这块土地会被称为台湾人的精神后花园，因为这里的山更坚毅刚劲、这里的水更慷慨激昂、这里的草木更壮烈豪迈，就像这里的民族性格，难以被征服。台湾吟游诗人、"卑排族"（父亲卑南人，母亲排湾族）人胡德夫，在民谣中继续苍凉豪放地歌咏，太平洋的风"吹散迷漫的帝国霸气……吹落斑斑的帝国旗帜，吹生出我们的槟榔树叶，飘夹着芬芳的玉兰花香，吹进了我们的村庄"。侵略、隔阂、族群、信仰、图腾、优美的山川、不屈的灵魂……这些久违的大词突然闯入我的脑海，击中我积压已久的家国情怀，让我猝不及防，泪流满面。

太平洋的海风吹得人微醺，我周身发热发燥，再回首观望，辽阔无际的太平洋仍然是那么远那么静，中国和美国隔着一个浩大无边的太平洋，它应该有足够的胸怀包容两个不同个性的国家和文明。太平洋的风，亘古通今一直在吹，我衷心祈望，太平洋的风，能够"吹过真正的太平"。

苏花公路开凿在悬崖绝壁之上，是全台湾最危险、最漂亮的一条景观公路，北方起点是宜兰县苏澳镇，南方终点是花莲县花莲市，临海道路全长 118 公里，大致依海岸线修筑，临渊而盘旋于悬崖峭壁之上，西靠高峻陡峭的崖壁，东临一望无际的太平洋，路途蜿蜒，其险无比，东西两侧都是万丈深渊，一脚踏空就会万劫不复，不知道有多少人和车，一不小心就消失在山坳或海角。

而清水断崖是苏花海岸中最具特色、最惊险壮丽的一段景观。清水断崖位于花莲县清水车站南北一带，长约 5 公里，为台湾岛上最高的临海绝壁，此段公路逶迤曲折、临崖逼岸，岩壁陡峭几近直立，当路人和车辆行经断崖路段，犹如凌空高悬，脚下的大海声势浩大、汹涌湍急，车中旅客往往无法看见狭窄道路的边缘，仅见低处海色蓝白，胆战心悸之余，更对大自然的鬼斧神工与苏花公路开建的艰辛惊叹不已。太鲁阁此处深崖峭壁，当年开山修路时，摔死工人无数。

从崇德隧道出口处向北望去，可以看见一层又一层险峻的峭壁，从太平洋中凭空拔起，这就是清水断崖。清水断崖是板块运动挤压造成的。约 600 万年前菲律宾海板块碰撞欧亚大陆板块，菲律宾海板块隐没到欧亚大陆板块之下，板块持续抬升，形成台湾岛。同时也在板块隐没带附近，形成清水断崖这道长长的海崖。清水断崖山海相连，其中崇德到和仁这截路段最精华，令人击节叹赏。

从这里眺望清水断崖，可以发现接近海面的坡脚，长期受到海水侵蚀而接近于垂直，循着断崖向上仰望，是一二千米的高山，最高的是 2408 米的清水山；崖下则是数千米的太平洋深海，山高海深的绝壁天险，惊涛骇浪、波澜壮阔，令人叹为观止！清水断崖，险峭得令人屏息窒息，也美丽得令人瞠目结舌。

千万年来，太平洋上的海崖，依旧险峻；太平洋的涛声，依旧轰响，这里是汪洋中最瑰丽的珍珠。花莲，太鲁阁，风景奇绝，气壮山河，空气一流，涛声一流，险峻也是一流。千万年后，清水断崖，它还会继续险峻，继续轰响，继续存在，不朽下去，以至永恒。

方 苑

一

突然觉得上海，就像一只乖巧的燕子，将我的心当成屋檐垒巢，它从形到神都是一把锋利的刀，插入我的骨髓深处，游刃有余地在我的精神脉络中出神入化地游动；突然觉得上海，本身就是一种矗立着的艺术，每个人物的生命史、每串脚步、每座建筑、每束光，甚至是一餐一饮……就是它的华丽作品；上海人总能把世俗的日子、烦琐的小事，当成一件精美的作品来细心构思、全力以赴地去完成，这座近乎完美的大都市，有上品文章所应有的美点。

在上海仅仅待了一个元旦佳节的四天时光，然而归来时一下火车，在阴沉沉、冷飕飕的嘈杂建筑群落里，顿感自己也有种黯然失色的怅然……

刚刚归来，我的喜悦竟已铸就了一种铭心的怀念，如诗，如梦，如一张淡淡的泛黄的旧照片。

然而，当我坐在电脑前，很想将我在上海的四天时光，用文字编织成一扇古色古香的精彩窗子，将藏着的无数色彩斑斓的惊喜，通过这扇窗全部呈现出来时，才发觉文字的表述是这样苍白无力，干涩无味：在满园的韶光和空想下酝酿出的豫园，在冬日里姹紫嫣红的梅花和一汪翡翠湖水渲染着的气氛，那种红楼幽远古老的味道，伴随着上海的光、影、层层叠叠的景点……全部幻化成一种细小的碎片，捕捉起来，真是有种力不从心的贫乏。

那是一种非常奇特的感受，好像是我通过张爱玲晶莹剔透的文字长廊，一直遥想着、却总也到达不了的天边的一座奇妙的玫瑰园。

可是当我有一天，轻轻叩响了那扇门时，才发觉它一直就是开在我窗口的玫瑰，一瞬间全部放开，似一团火，像一盏灯，像一切熟悉如故的乡音。

在那里，似乎用不着精明，更用不着你心里小小的算盘，蓬勃的友情垂着绿荫，开着明媚的花，结着芳香的果，根本不需要任何人权衡着下步的棋。

早早组织这次文友活动的季先生，却临时去了海南处理公务，前来接站的两位靓丽的文员，在人流如织的虹桥车站找到我已属不易，安排我住进离南京路不远的军区招待所，于曾是军嫂的我更是多了一重安全、熟稔的惊喜。

她们留下静谧的空间，让我洗去一路的尘埃，抛却一切疲惫。当重新出现在她们早就预订好的上海百年名店、上海文人和影视界的朋友们常聚的小绍兴就餐时，在那古色古香的大门为我缓缓开启的一瞬，我就有种打开魔盒的感觉：在温暖四溢的空间里，刚才在我眼前还是大衣拖地、羽绒服穿戴的文员们，此时全部脱掉了略显臃肿的外套，以艳丽的旗袍、藕结般的丰润，光彩靓丽地衬托着这里的气氛，而她们似乎也将充满宠溺、欣赏的目光在我身上笼出一层光圈，似乎表明在这里，能让我免去所有烦恼、紧张和不安。

第二天，在浅浅的晨光中，我们一群人在杏花楼旗下的百年老店大壶春品尝完上海最有名最地道的生煎、牛肉汤，弃车从古朴典雅的金陵东路乐器一条街，来到豫园。

据说豫园，是老城厢仅存的明代园林；据说，所有到过上海的人，不去素有"奇秀甲江南"之誉的豫园，就等于是没有到过上海……我早已对朋友们嘴里娓娓流淌的豫园风情充满向往。

豫园内，楼阁参差，山石峥嵘，湖光潋滟。园内有穗堂、大假山、铁狮子、快楼、得月楼、玉玲珑、积玉水廊、听涛阁、涵碧楼、内园静观大厅、古戏台等亭台楼阁以及假山、池塘等四十余处古代建筑，它设计精巧、布局细腻，以清幽秀丽、玲珑剔透见长，像颗璀璨的明珠般处处吸引着人的眼球。

我们的中餐，就在城隍庙九曲桥畔的绿波廊餐厅。提起绿波廊，上海朋友们脸上满是一种自豪的表情，他们介绍说那是一家扬名国内外的本帮菜馆，以精美的菜点、周到的服务成功地接待了四十余批外国贵宾，其中包括英国女王伊丽莎白、美国前总统布什等。

坐在布局彰显着老店独特意味的绿波廊临窗的位子，透过红木雕花小窗欣赏着九曲桥的风景，看着邻桌的日本游客不时伸着大拇指的表情，还没品尝美食，我的心就有种浓浓的、甜甜的沉醉感。

第三天，组织这次文友活动的主角季先生才从海南归来，他带着我们品尝的早点是鲜得来的百年小排年糕，我原以为也就是我们湖北的糍粑，只不过是如鲁迅所言，只是换了一个地方，烹制的方法不同，所以换了一个名称而已。事实上，当片片金灿、散发着微甜气息的年糕叠加着一个煎鸡蛋，和一块黄澄澄的酥香排骨，装在白瓷盘里端上来时，感觉它更像是西餐。然而，白瓷碗里的肉丸、豆皮丸汤洋溢出来的缕缕芬芳，分明证明这是一个中西合璧的早点。餐间，季先生郑重其事地说：看，我们上海人多实在，不像你们湖北，几年前出差时买了一个拳头大的油香，一咬开，里面全是空的，假的……这使我想起了武汉的早点欢喜坨，它撒着芝麻、炸得金黄的鼓囊囊的体内本来就是空的啊！

看来，要解释起这个误会，还得从不同地域不同的饮食说起。而吃得正开心的我，还来不及解释，已爆发出一阵开心的大笑，接下来的哄笑，覆盖了解释的多余。

临江公园的清幽，陈化成纪念馆的肃穆、上海淞沪抗争纪念馆的浩然之气，望江楼前那座不忘历史的警钟，保存得完好无损的战时衣、场上炮以及奏折，不仅彰显着每个特殊的时代，似乎也在向我昭示着：能在时间长河里保存下来，流传下来的，除了英豪的爱国之气，还得有笔墨记录下来的关于自己的思想……

在长江的入海口，一望无边的水面上，万吨轮船的大气，与岸边上恋爱男女刻下的恋爱誓言，亦庄亦谐，相映成趣：港湾，是轮船永远的家，而家室温馨的少男少女们，则总喜欢将爱的表白铭刻在满是风浪的堤岸……

二

我拼了命想写好上海，感觉却依然是徒劳：它就像一条条游弋在光影中的五颜六色的鱼儿，我想抓住这条，我想捉住那条……结果，所有的绚丽，所有的感动，所有的惊喜，大杂烩般堆砌在我的文字里，显得杂乱不堪。

我想，如果将我的上海之行分成风景、餐饮两大类来写，来一一介绍，或许条理要清晰得多、明朗得多，然而心底里水一样喷薄而出的感受，还是让我舍不得一键删除。

我深知，如果我是一个打工者，感受最深的可能是上海的忙碌、如织的人流、繁华和拥挤；如果我是一名商人，也许感觉到的是上海科技的发达、浓郁的商业气息、上海人的聪明；如果我只是一名观光客，感受到的就会是东方明珠、外滩的璀璨、所有城市里都大同小异的宾馆或浮光掠影……

而我在上海的四天时光，就犹如随手打开的音乐魔盒，每一天踏上的都是古色古香、幽静优雅、最具有上海历史与文化沉淀的略显沧桑的华贵之地，似乎是在我踏出宾馆大门的那一刻，张爱玲已在路的另一端朝我频频招手……

上海，从我的指缝尖，还遗漏了什么？上海的夜？是的，上海是座不眠的城，它的夜比白天更流光溢彩，金灿灿、湛蓝蓝、绿莹莹、红艳艳的光束……带着生命的喧闹，流水似的欢欢地溅，静静地流淌，浓墨重彩地汇聚成一片片五颜六色的光的海洋。从南京路老正兴就完晚餐出来，立身其间，真有种恍然隔世、人间天堂的梦幻感，我分辨不出这样的不夜天，到底是从一朵朵硕大无朋的花蕊里一层层、一片片绽放开来，投射到绚丽的天空，还是天空将彩虹般一重重的色彩，凝成了地上由浅至深、由淡至浓的绚丽漩涡？

上海，从我的指缝尖，还遗漏了什么？上海的男人？是的，他们侬侬伊伊、语音快速语调轻缓的上海话，事业与小小家园并重的精心，都显得出打天下、过日子的郑重，他们当众给搓麻将的妻子按摩、进洗手间给妻子放洗澡水……在我看来觉得是婆婆妈妈、不可思议的事情，他们做得是那样从容、天经地义。似乎他们喜欢在细碎的日子里穿行，爱那种身为微尘的感觉。到底是找了个机会，询问了一下我心中的感觉，他们说男人嘛，出门就要是君子，进门就要是小人！他们扛下闯天下的辛苦，就是为了让家人更安逸、舒适！上海男人，也许不威武，也许说不上英俊，甚至是有许多人因家内家外的生活压力而秃顶，可是他们身上绝对有一种令人敬仰的可爱!

　　上海，从我的指缝尖，还遗漏了什么？上海的女人？是的，上海的女人轻声软语，讲究服饰，讲究美容，很嗲，可是确实挺智慧、惹人爱怜。记得刚下动车，一个小小的透明包装袋被我捏了一路，提行李间险些从我手中滑落，一个文员眼疾手快地从我手里接过，左右瞅瞅，实在是没有垃圾桶，便装进了她的口袋。上海女人，总能在最小的空间布置起最富有诗情画意的情调，总能在最细微处体现出令人难忘的感动。上海女人，的确值得上海男人全身心的呵护！

　　上海，从我的指缝尖，还遗漏了什么？第一次吃日本料理、手拿刀叉，不知道从何处下手的笨拙？众人陪我去新世界挑衣服、楼上楼下反反复复的耐心陪同？我无意间说我喜欢前几天逛街时在一家商店门前看到的披肩，众人就南京路、西藏路奔波了几小时，直到为我购下为止？还是，分别之际，他们早早带我到永和吃水晶包子、鸡丁粥、喝豆浆还觉得不过意？还是，他们躲过交警的"抓捕"提着我的行李直奔我的车厢，回去时却因迷路，不得不主动走到"抓捕"他们的交警面前认错，请求交警带路？

　　上海的人，上海的景，上海的物，上海的一餐一饮……实在是给了我太多太多的感触，太多太多的感动！我却有种无力回报的渺小和无奈，还是用季先生的临别赠言来作为这次游记的结尾吧——

　　"小方，凡能用文字去打动人们的艺术家，往往会历尽沧桑，甚至要闯过许多生死的关口，还得日后反复揣摩，昼夜不能停歇，既然你已经为文学耗尽了这么多的心血，投入了如此艰辛的功夫，就应该永不停歇地追求下去……"